Du bringst mein Leben so schön durcheinander

Claire Christian erzählt Geschichten: in Gedichten, Theaterstücken und Romanen. Sie feiert große und kleine Erfolge mit ihrer Arbeit und nimmt sich doch immer Zeit für den Kunstnachwuchs – so arbeitet sie gemeinsam mit Jugendlichen an den verschiedensten Projekten und hat schon ganze Theaterstücke mit ihnen auf die Beine gestellt. Für ihr Jugendbuchdebüt »Du bringst mein Leben so schön durcheinander« erhielt sie 2016 den wichtigen australischen Text Prize. Claire Christian lebt in Brisbane.

Bettina Obrecht wurde 1964 in Lörrach geboren und studierte Englisch und Spanisch. Sie arbeitet als Autorin, Übersetzerin und Rundfunkredakteurin und wurde für ihre Kurzprosa und Lyrik bereits mehrfach ausgezeichnet. Seit 1994 schreibt sie Kinder- und Jugendbücher und hat sich in die »Garde wichtiger Kinderbuchautorinnen hineingeschrieben« (ESELSOHR).

Mehr über unsere Bücher, Autoren und Illustratoren auf:
www.thienemann.de

Christian, Claire:
Du bringst mein Leben so schön durcheinander
ISBN 978 3 522 20257 2

Aus dem australischen Englisch von Bettina Obrecht

Umschlaggestaltung: Formlabor unter Verwendung einer Abbildung von shutterstock.com/one line man
Innentypografie: Kadja Gericke
Reproduktion: Digitalprint GmbH, Stefan Kessler, Stuttgart
Druck und Bindung: GGP Media GmbH, Pößneck

FSC www.fsc.org MIX Papier aus verantwortungsvollen Quellen FSC® C014496

2. Auflage 2019

First published in 2017 by The Text Publishing Company, Melbourne, Australia, Originaltitel: Beautiful Mess

CLAIRE CHRISTIAN

DU BRINGST MEIN LEBEN SO SCHÖN DURCHEINANDER

Aus dem australischen Englisch von Bettina Obrecht

THIENEMANN

Für …
den siebzehnjährigen Liam
den sechzehnjährigen Dave
den fünfzehnjährigen Steve

AVA

»Wir dürfen nicht vergessen, dass wir hier in der Schule von Mount Saint Michaels eine Gemeinschaft sind.« Die dreieckigen Augenbrauen von Mrs Bryan unter ihren öligen, mit Gel nach hinten gekämmten Haaren wirken sehr ernst. »Und wenn eines der Mitglieder unserer Gemeinschaft zu Fall kommt, müssen wir zusammenhalten. Einer muss dem anderen auf die Füße helfen.« Kurze Schweigepause. »Dieser Baum soll uns als Erinnerung daran dienen.«

Dann räuspert sie sich, aber ich weiß nicht, was sie als Nächstes sagt, weil ich schreie. Mein Körper katapultiert sich vom Stuhl, aus meinem Mund bricht ein so wütendes Gebrüll, dass ich beinahe Angst vor mir selbst bekomme.

»Sie ist nicht gefallen, sie ist gestorben! Sie ist tot!«

Eine Welle scheint über die Zuhörer hinwegzugehen, siebenhundert Köpfe wenden sich in meine Richtung, alle sehen mich an.

»Und ein Baum? Im Ernst jetzt? Sie hat die Natur gehasst!« Ich brülle Mrs Bryan an, die in ihr Mikrofon brummelt, dass die Schüler sich wieder setzen sollen.

Der Zorn, den ich spüre, ist anders als alles, was ich je empfunden habe – jedes einzelne meiner inneren Organe möchte am liebsten aus meinem Körper springen und um sich beißen wie ein tollwütiger Hund, und das liegt an den Dingen, die hier über sie gesagt werden. Oder nicht gesagt werden. Das, was hier nicht gesagt wird, macht mich so sauer. In den letzten sechs Monaten habe ich es ganz gut hingekriegt, cool zu bleiben, aber heute, als sie angefangen haben, über diese dämliche Gedenktafel zu reden, die auf diesem dämlichen Betonklotz neben diesem dämlichen Baum angebracht wurde, diesem Scheißbaum – ach ja, es hat ja so lang gedauert, den zu pflanzen, und jetzt tun sie so, ich weiß nicht, sie tun so, als wäre das eine Riesenleistung – sie tun so, als wäre es ihnen nicht scheißegal –, da habe ich es einfach nicht mehr ausgehalten.

»Und wenn Sie schon über sie reden müssen, dann nennen Sie doch wenigstens ihren Namen.«

Geflüster und Gekicher wälzt sich durch den Raum wie eine Lawine. Mrs Bryan brüllt jetzt auch, versucht sich gegen die Übermacht zu wehren. Ich bin in der Mitte einer Sitzreihe eingeklemmt, klettere über diejenigen, die neben mir sitzen, hinweg, rede dabei vor mich hin wie durchgeknallt. Der Typ mit den abstehenden Ponyfransen kneift mich in den Hintern, ich wirble herum und versetze ihm einen Schlag auf die Brust. »Scheiße, meinst du das ernst?«, schreie ich ihm ins Gesicht und ich bin mir ziemlich sicher, dass es sich bei dem, was da in seinen winzigen blauen Augen zu sehen ist, um ernsthafte Angst handelt.

Als ich endlich den Durchgang erreiche, mitten zwischen den wogenden Schülergruppen, die sich zwar jetzt beruhigt haben, mich aber immer noch anstarren, bleibe ich wie angewurzelt stehen.

Mach irgendwas, Ava.

Mrs Bryan funkelt mich so an, als möchte sie mich mit Blicken töten, und dann breche ich einfach in Gelächter aus. Sag irgendwas, Ava. Hör auf zu lachen. Aber ich kann nichts dagegen tun. Mir ist sehr bewusst, dass ich garantiert aussehe, als käme ich aus der Klapsmühle. Aber das ist mir egal.

Ich streiche mir die Haare zurück und schüttle den Kopf, als ich den ganzen Saal anspreche. »Und wisst ihr, was an der ganzen Sache die schlimmste Beleidigung ist? Dieser Chor, der das dämliche Lied von Miley Cyrus singt – das, in dem es darum geht, wie sie in ihrer Erinnerung irgendeinen bekloppten Berg bestiegen hat – wenn sie das gehört hätte, dann hätte sie sich garantiert am liebsten gleich noch mal umgebracht.«

Im ganzen Saal brandet Gelächter und Gejubel auf.

»Ach, leckt mich alle am Arsch!«, brülle ich abschließend, drehe mich auf den Fersen um, marschiere durch den Saal nach hinten, direkt durch die zweiflügelige Tür hindurch. Ich höre, wie sie hinter mir mit einem Knall zufällt.

Super hingekriegt, Ava.

Ich habe mir gerade heute Morgen geschworen, dass ich versuchen würde, eins dieser stillen, unauffälligen Mädchen zu sein, die sich ihrer Umgebung anpassen. Ich habe sogar mit schwarzem Filzstift »sei farblos« auf meinen Handrücken geschrieben, als Erinnerungsstütze. Seit ich wieder in die Schule gehe, glotzen mich die Leute an, flüstern, zeigen mit dem Finger auf mich, so feinfühlig wie ein Schlag mit dem Dampfhammer mitten ins Gesicht. Ich habe überlegt, ob ich mir nicht ein T-Shirt bedrucken soll: *Meine beste Freundin ist tot, tut mir leid, wenn dir das unangenehm ist.* Aber die Druckertinte war alle. Na ja, indem ich aus meinem Sitz hochgeschossen bin und aus vollem Hals gebrüllt habe, habe ich vermutlich eine ähnliche Wirkung erzielt.

Ich besuche erst seit einem Monat wieder ganztägig die Schule, davor bin ich ein paar Wochen lang nur unregelmäßig hingegangen, und das auch nur, weil ich musste. Wenn ich es hätte entscheiden können, dann wäre ich niemals wieder hingegangen. Ich hätte noch eine kleine Abschiedsvorstellung gegeben, zum Beispiel mit Unkrautvernichter einen dicken Stinkefinger ins Gras gesprüht oder so etwas. Aber Mrs Bryan und die anderen Lehrer haben einen Riesenaufstand gemacht, das sei doch jetzt die elfte Klasse und ich würde den ganzen Stoff verpassen, und meinem Vater fielen allmählich keine Argumente mehr ein, mit deren Hilfe er sie mir noch weiter vom Hals halten konnte. Die letzten Wochen fließen in meiner Erinnerung zu einem einzigen verwischten Bild zusammen – da sitze ich und versuche, mich zu konzentrieren, oder plappere einfach irgendwas. Oder ich schalte einfach komplett ab, wenn jemand mich zutextet, dass er ja genau weiß, wie ich mich fühle, weil irgendwann ja auch seine Omi gestorben ist oder das Tantchen oder damals der Scheißköter, da waren sie ja auch so traurig blablabla. Aber keiner hat auch nur einen blassen Schimmer. Nicht meine Oma ist gestorben, nicht meine Tante, nicht mein Hund oder meine Katze – sondern Kelly. Meine beste Freundin. Es gibt keine Worte, die ausdrücken können, wie sich das anfühlt, und ich möchte auch gar nicht darüber reden, wie es sich anfühlt, weil alles, was seither passiert ist, alles jetzt im Moment, einfach nur richtig, richtig scheiße ist, und irgendwelche Quadratgleichungen ergeben nicht den leisesten Sinn, wenn dir von Kopf bis Fuß alles wehtut. Wenn diese schreckliche Traurigkeit dich vollkommen betäubt.

Eigentlich fühlt es sich so an, als würde die Zeit langsamer vergehen. Vor ihrem Tod kam es mir auch schon so vor, als würde sich ein Schultag unglaublich in die Länge ziehen. Aber jetzt habe ich das Gefühl, die Zeit ist einfach mit ihr gestorben. Was die Sache noch schlimmer macht, ist, dass alle sich so aufführen, als wären sie sauer auf sie, weil das passiert ist, und sie sind sauer auf mich, weil ich mich einfach nicht damit abfinden kann, dass es passiert ist. Aber es sind doch erst sechs Monate vergangen. Das ist nichts. Ich vermute, ich werde mich für den Rest meines Lebens so fühlen.

Als ich an Kellys Elternhaus ankomme, öffne ich das Seitentor und marschiere an den Mülltonnen vorbei in den Hof. Lincoln sitzt im Innenhof auf dem Boden. Er trägt nichts außer seiner Unterhose.

»Was machst du da?«, frage ich.

Lincoln zuckt zusammen. Erkennt, dass ich es bin, und entspannt sich. »Mum hackt dauernd auf mir herum, weil meine Klamotten nach Rauch stinken.«

»Und?«

»Und jetzt stinken sie nicht.« Er zieht kräftig an seiner Kippe.

Ich versetze ihm einen kleinen Tritt und setze mich neben ihm. »Kluges Kerlchen.«

Ich beobachte, wie sich sein Brustkorb beim Atmen leicht hebt und senkt. Seine braune Haut strafft sich über seiner Brustmuskulatur. Es ist nicht dran zu rütteln, er ist sexy wie nur irgendwas. Aber nicht so normal gut aussehend; eher schon ein bisschen übertrieben schön, wie ein Model. Er könnte sich für einen Surfer-Katalog ablichten lassen, nur in Badehosen und selbstverständlich mit nacktem Oberkörper. Er hat ein kantiges Kinn und große, braune, tragische Augen, die sofort auffallen, weil er seine Haare immer ganz kurz rasieren lässt.

Die Mutter von Lincoln und Kelly ist voll aggressiv, seit Kelly tot ist. Wir sind früher richtig gut miteinander ausgekommen. Sie war fast so etwas wie meine Mum. Aber ungefähr einen Monat nach der Beerdigung fing das an. Ich hatte immer deutlicher das Gefühl, dass sie es hasste, in meiner Nähe zu sein. Dad meint, es liegt daran, dass ich sie an Kelly erinnere. Er sagt, es muss für sie total schwierig sein, und das verstehe ich, aber ich vermisse sie einfach, ich vermisse alles, mein ganzes früheres Leben. Jetzt kann ich nur vorbeikommen, wenn sie nicht zu Hause ist. Wenn Tina mich hier antreffen würde, dann würde sie ausrasten, und wenn sie das von Lincoln und mir rauskriegen würde, dann würde sie vermutlich völlig durchdrehen. Ich möchte nicht, dass sie wegen mir unglücklich ist, aber es lässt sich nicht ändern. Ich bin einfach gerne hier, der Geruch in diesem Haus ist mir so vertraut, eine Mischung aus Kokosöl und Lavendel und Staub. Ich weiß, wo in der Küche alles steht, und wie man so auf die Bodenbretter treten kann, dass sie nicht knarren. Wenn ich hier bin, habe ich nicht mehr so stark das Gefühl, dass ich abnormal bin, und das ist an sich schon abnormal, weil in ihrem Haus im Moment alles völlig abnormal ist.

»Du warst nicht in der Schule«, sage ich. Mir fällt es jetzt auf, wenn er nicht da ist. Früher habe ich es überhaupt nicht bemerkt.

»Nee.« Er zögert kurz, dann sagt er: »Aber du warst da, habe ich gehört.«

O ja, selbstverständlich hat er davon gehört.

Ich atme laut aus und wende mich von ihm ab, reibe mir mit der Hand die Stirn.

»Möchtest du. Darüber. Reden?«

»Lincoln, du möchtest nicht darüber reden.«

»Nee. Aber was ist mit dir?«

»Nein«, sage ich schnell. Jetzt im Moment möchte ich nicht darüber reden, weil ich wohl oder übel noch ziemlich viel darüber reden werde. Ich werde es mit Dad durchkauen müssen, mit der Schulleiterin, mit dem Schulpsychologen und mit jedem dämlichen Mitschüler, der mich in den nächsten Wochen so ansehen wird, als hätte ich sie nicht mehr alle. Ich nehme Lincoln die Zigarette aus der Hand und genehmige mir einen tiefen Zug. Eine ganze Weile sitzen wir stumm da, keiner spricht ein Wort.

Wir sind immer gut miteinander ausgekommen, aber befreundet waren wir nie. Ich meine, seit ich vier war, habe ich praktisch jedes Wochenende hier verbracht, und Kellys Familie hat mich in beinahe jeden Urlaub mitgenommen. Aber Lincoln war immer nur der coole große Bruder, der Fahrräder repariert oder laut Musik gehört oder in der Garage mit seinen Kumpeln Bier getrunken hat.

Als wir noch kleiner waren, haben wir sie vom Hof aus heimlich beobachtet. Wir dachten, wenn wir herausfinden, worüber Jungs reden, wenn keine Mädchen dabei sind, dann würde es uns leichter fallen, mit ihnen zu reden, wenn wir mal bei ihnen waren.

Als wir in der neunten Klasse waren, haben wir zunehmend dieselben Partys besucht wie Lincoln, und ich glaube, das hat ihn ein bisschen aus der Bahn geworfen. Kelly hat mit seinen Kumpeln rumgemacht und er ist ausgeflippt, ganz der Beschützer, und Kelly hat sich mit ihm deswegen gestritten, und er hat dann gesagt: »So ist das nun mal, Kelly. Ich bin älter, deswegen weiß ich es besser.«

Das ließ Kelly sich von niemandem sagen, schon gar nicht von Lincoln. Sie stellte eine Regel auf: Er sollte niemanden aus unserer Klasse abschleppen und sie würde sich mit niemandem aus seiner Klasse einlassen. Beide haben sich an die Abmachung gehalten – bis zu dem Abend, als wir alle zu Stuart Gillespies achtzehntem Geburtstag eingeladen waren. Lincoln wollte unbedingt etwas mit Amanda Higgins anfangen, die mit den riesigen Titten. Also riesig wie im Pornofilm.

»Scheiß auf deine Regel, Kelly, Amanda wartet doch nur drauf, oder?«, sagte Lincoln. Er stand direkt vor ihr, verlagerte sein Gewicht von einem Fuß auf den anderen wie ein Mädchen in einem Netzball-Spiel, sodass Kelly sich nicht an ihm vorbeidrängen konnte.

»Du bist ein Schwein«, fauchte sie.

»Komm schon, nur das eine Mal.«

»Wenn du etwas mit Amanda anfängst, schnappe ich mir …« Sie sah sich um und musterte die Jungs, die auf der Party waren. »Tom Greig.«

Lincoln lachte laut. »Das ist ein Vollidiot.«

»Du bist ein Vollidiot«, feuerte Kelly zurück.

Lincoln ächzte, warf einen Blick in Richtung von Tom Greig, der laut johlte, als einer der anderen Typen sich eine Flasche Wodka an den Hals setzte. »Na gut«, murmelte er im Davongehen. Dann wandte er sich um und sah mich direkt an. »Und mit wem willst du rummachen, Ava?«

Ich stand da wie vom Donner gerührt. »Mit keinem«, murmelte ich. »Mit keinem.« Beim zweiten Mal versuchte ich, es selbstbewusster zu sagen.

»Na dann.« Er zögerte. »Na ja, es gibt wahrscheinlich auch nicht wirklich viele Jungs, die daran Interesse haben.« Und er marschierte davon und Kelly schrie ihm nach, er sei ein Arschloch.

Sie wirbelte herum und sah mich an. »Er hat das nicht so gemeint, Ava, er versucht nur, mich auf die Palme zu bringen. Jeder einzelne der Typen hier würde sich glücklich schätzen, wenn er mit dir rummachen könnte.« Und plötzlich erstrahlte in ihrem Gesicht ihr breites, zahniges Grinsen, und ich musste unwillkürlich lachen. Sie lehnte ihre Stirn gegen meine, sodass ihre Augen mehr oder weniger zu einem einzigen Auge zusammenflossen – so dicht war sie vor mir. »Du bist die Allerschönste von allen«, flüsterte sie und ich nickte einfach. Sie fand immer genau die richtigen Worte. Immer.

Kurz nach diesem Vorfall fingen Lincoln und ich an, uns Textnachrichten zu schreiben, meistens über irgendeinen dummen Scheiß, den die anderen Leute so sagten oder taten, und dann hingen wir zusammen rum, und dann – na ja, das eben. Ich glaube, er ist der Einzige, der wirklich versteht, wie ich mich fühle. Irgendwie. Ich weiß nicht mal, ob ich ihn mag, noch nicht mal jetzt, nach allem, was zwischen uns vorgefallen ist.

»Willst du kiffen?«, fragt Lincoln. Ich schüttle den Kopf. Will ich nicht. »Willst du«, er zögert, sieht mich mit seinen großen, braunen Augen an und holt tief Luft, »vögeln?«

»Mann, Lincoln.« Ich schüttle grinsend den Kopf. »Wer sagt denn ›vögeln‹?«

Er bewegt seine Hand nicht, lässt sie leicht auf meinem Nacken liegen und lächelt mich an. »Was willst du denn?«

Ich atme noch einmal aus und lehne meinen Kopf an seine Schulter, dann hebt er den Arm und legt ihn um mich. Ich spüre Lincolns Kuss auf der Stirn und muss schwer schlucken. Lincoln sieht mich an, sieht mir direkt in die Augen, und keiner von uns rührt sich, mindestens eine Minute lang. Wir sitzen nur so da und sehen einander an. Ich habe es nie geschafft, jemandem länger in die Augen zu sehen, aber mit Lincoln ist es so. Ich bin nicht mal nervös. Ich hatte schon Beziehungen mit Jungs und so, nichts Ernstes, aber immer war es Kelly, die die Sache ins Rollen gebracht hat. Sie war selbstsicher, vor allem bei Leuten, die sie mochte. Sie küsste jeden, den sie küssen wollte, und wenn sie jemanden mochte, dann sorgte sie dafür, dass derjenige sie auch mochte. Genauso sorgte sie dafür, dass jeder, den ich mochte, auch mich mochte. Es war ein ziemlich netter Ausgleich.

Es gab nur weniges, was wir nicht gemeinsam taten. Wir verloren sogar am selben Abend unsere Unschuld, im selben Haus, ziemlich genau gleichzeitig, denn so hatten wir es geplant. Ahmed war ein freundlicher muslimischer Junge, der gerade an unserer Schule seinen Abschluss gemacht hatte, und ich fand ihn am allernettesten. Er spielte im Streichquartett der Schule die erste Geige und er wollte an der Uni studieren und Ingenieur werden. Wir chatteten fast jeden Abend – über die Hausaufgaben, über unsere Zukunft und alles Mögliche, und wenn er mir in der Schule begegnete, achtete er immer darauf, mich zu grüßen. Er ging nicht häufig zu Partys und deswegen sah ich ihn außerhalb der

Schule kaum. Sein bester Kumpel Jack spielte Rugby. Jack war ein groß gewachsener Typ, total witzig und total nett; er war zu Anfang der zwölften Klasse achtzehn geworden, und damit entwickelte er sich über Nacht zu einem der beliebtesten Schüler an der Schule – am Wochenende kaufte er Sprit für alle. Kelly mochte Jack, und so teilten wir uns zu viert eine Flasche Galliano und Kelly bat Jack, ihr sein Zimmer zu zeigen. Ahmed und ich blieben starr vor Schreck alleine im Wohnzimmer zurück. Keiner von uns wusste, was er sagen sollte, bis er schließlich murmelte: »Willst du das Gästezimmer sehen?«

Ich nickte und wir gingen schweigend die Treppe hoch. Die stumme Verlegenheit war quälend, deswegen küsste ich ihn, sobald wir im Gästezimmer angekommen waren – auf diese Weise waren wir wenigstens beschäftigt und mussten das Schweigen nicht noch länger ertragen. Wir redeten praktisch gar nicht, während es passierte, wir taten es einfach. Ich weiß gar nicht warum, wahrscheinlich, weil wir dachten, wir müssten es tun und weil Jack und Kelly es im Zimmer nebenan auch machten und es leichter war, es einfach zu tun, als später zu erklären, warum wir es nicht getan hatten. Es war in Ordnung. Ich meine, es war nicht schlimm, es passierte eben, nicht so hochromantisch oder mit brennender Leidenschaft wie im Film oder so, sondern ganz schnell. Eigentlich ein Un-Ereignis.

Mit Lincoln ist es anders. Besser. Es macht Spaß. Meistens.

»Hozana hat mir ein Video von deinem Auftritt heute geschickt.« Lincoln lacht und ich sehe kurz auf, bevor ich mein Gesicht total verlegen in seiner Schulter vergrabe. Ich als tobende Irre, für immer online. Super. »Ich habe mich totgelacht, als du Mrs Bryan angebrüllt hast. Zana hat ihr Gesicht rangezoomt. Sie sah so aus, als würde sie gleich kotzen.«

Ich ächzte. »Sehe ich aus, als käme ich aus der Klapsmühle?«

»Nee. Du hast süß ausgesehen«, lügt er.

Ich lächle, versetze ihm einen Klaps auf den Schenkel und er packt meine Hand und drückt sie.

»Die machen mich einfach wahnsinnig.«

»Ja, Ava. Ich weiß.«

Wenn ich mit Lincoln erst ein bisschen flirte, habe ich ein besseres Gefühl zu dem, was gleich passieren wird. Vielleicht geht es ihm genauso. Ich weiß nicht mal, ob er mich mag. Ich meine, er muss mich ein bisschen mögen, aber nicht so richtig. Ich weiß nur eins: Wenn ich mit Lincoln zusammen bin, dann ist alles andere nicht so wichtig. Was heute in der Schule passiert ist, ist nicht so wichtig. Wenn ich mit Lincoln zusammen bin, kann ich vergessen, wie kaputt alles andere in meinem Leben ist. Oder vielleicht ist vergessen ein zu starker Ausdruck, vielleicht gibt er mir einfach nur einen Moment lang das Gefühl, etwas anderes zu sein als nur ein Stück Scheiße. Wie ich mich gefühlt habe, als Kelly noch am Leben war. Was seltsam ist, weil das alles niemals passiert wäre, wenn Kelly noch am Leben wäre.

»Na komm.« Lincoln hebt die Augenbrauen und steht auf. Er sagt kein Wort, führt mich einfach durch die Schiebetür, die Treppe hoch, an Kellys verschlossener Zimmertür vorbei und auf sein Bett.

⌘

Es ist bereits dunkel, als ich nach Hause komme.

»Wo warst du?«, ruft Dad in dem Moment aus der Küche, als ich zur Tür hereinkomme.

»Bei Kelly zu Hause.«

»Ava!« Dad taucht auf, mit grimmigem Gesicht, ein Geschirrtuch hängt über seiner Schulter. Sein zotteliges graues Haar wippt, als er den Kopf schüttelt. »Ich habe gedacht, wir wären uns darüber einig, dass du da nicht hingehst.«

»Ja, schon, aber Lincoln war nicht in der Schule und da wollte ich nachsehen, ob bei ihm alles in Ordnung ist«, lüge ich und beobachte, wie sich Dads Gesicht zu einem spöttischen Lächeln zusammenzieht.

»Blödsinn, Kleine.« Er wendet sich um und spaziert zurück in die Küche.

Ich kicke meine Schuhe von den Füßen und gehe ihm nach.

⌘

Als uns meine Mutter das erste Mal verließ, war ich ungefähr sechs Monate alt. Sie gab mich bei der Empfangsdame in Dads Büro ab und ging weg. Rund zwei Jahre lang hörten wir nichts mehr von ihr, aber dann tauchte sie plötzlich in einem Kastenwagen vor unserer Eingangstreppe auf. Eine Weile blieb sie, dann hinterließ sie eine Nachricht auf dem Kaffeetisch – *Ich rufe euch an*, stand darauf – und verpisste sich nach Übersee.

Das war ihr längster Trip – wir sahen sie erst wieder, als ich neun Jahre alt war. Sie schrieb Postkarten aus Paris, Berlin, Litauen, Ägypten, und sie unterschrieb diese niemals mit *Mum*, sondern immer mit *Barb xx*. Keinerlei Regelmäßigkeit, einfach immer dann, wenn ihr gerade danach war.

Sie und Dad hatten sich Hals über Kopf ineinander verliebt. Innerhalb von zwölf Monaten hatten sie geheiratet und mich bekommen. Sie befand sich wohl gerade in einer ihrer manischen Phasen; dann kommt sie immer ganz flatterig und offenherzig rüber, wie eine echte Zigeunerin. Aber an ihren anderen Tagen, wenn das Tief kommt, ist sie finster und launisch; sie lügt und ist bösartig.

Mein Verhältnis zu meiner Mutter ist sozusagen nicht existent. Ich denke an sie, wie man an eine entfernte Verwandte denken würde. Ich habe das Gefühl, ich kenne sie nur über das, was mein Vater mir von ihr erzählt hat, oder aus ihren kurzen Anfällen von Interesse an mir. Wir haben absolut nichts gemeinsam bis auf die Gene. Ich glaube, würde ich sie kennenlernen und wüsste nicht, wer sie ist, würde ich sie immer noch nicht mögen, aber damit komme ich klar.

Ich habe gesehen, was sie Dad angetan hat, und eine Weile hat es mich wirklich belastet. Ich wollte sie bei mir haben, konnte es nicht verstehen. Ich verstehe es immer noch nicht, aber ich habe mich einfach dran gewöhnt. Ich habe sie seit einem Jahr nicht gesehen. Sie wohnt in Darwin. Sie hat irgendeinen langhaarigen Kerl geheiratet und mir ein Foto geschickt. Sie hat nie ein zweites Kind bekommen.

»Was gibt es zu essen?«

»Lenk jetzt nicht ab. Du hast einen üblen Tag gehabt?« Er wendet mir den Rücken zu, rührt das um, was sich da gerade auf dem Herd befindet. Den zweiten Teil spricht er aus, als wäre es sowohl eine Feststellung als auch eine Frage. Als wüsste er, dass ich einen üblen Tag hatte, und als wollte er wissen, ob es wirklich ein übler Tag war.

»Hat die Schule angerufen?«

»Ja.«

»Warum hast du mich nicht angerufen?«

»Weil ich weiß, dass du es mir erzählen wirst.«

Er hat recht, ich werde es ihm erzählen. Ich werde ihm von dieser dämlichen Rede erzählen und von meinem Tobsuchtsanfall. Ich werde ihm erzählen, dass ich aus dem Raum gerannt und zu Lincoln gegangen bin. Natürlich werde ich ihm nicht erzählen, womit Lincoln und ich praktisch den ganzen Nachmittag zugebracht haben, aber er wird es wohl ahnen. Dad und ich konnten immer miteinander reden, aber früher haben wir regelmäßig bestimmte Teile der Geschichte übersprungen. Es ging einfach nur darum, was Dad unbedingt wissen musste, und ehrlich gesagt, es gab jede Menge Dinge, die er nicht unbedingt wissen musste. Ich sagte ihm zum Beispiel, ich würde zu einer Party gehen, aber ich erzählte ihm natürlich nicht, dass ich dort Alkohol trinken würde. Ich erzählte ihm, dass ich mit einem Jungen ausging, aber ich sagte nicht, dass ich bei ihm übernachten würde. Frag nicht nach, erzähl nichts. Das hat bei uns funktioniert. Aber seit Kelly tot ist, reden wir ernsthaft miteinander, ohne Spielchen. Ich sage ihm, was los ist, und er hört es sich an und sagt mir, was er denkt, und nur ganz selten wird er komisch.

Nach dem Abendessen und als wir eine Weile an der Küchentheke gesessen und über den Tag geredet hatten, fragt er: »Und was ist mit Lincoln?« Er greift über mich hinweg nach meinem Teller, betrachtet die Spaghetti Bolognese, die er zubereitet hat, und runzelt die Stirn. Ich habe kaum etwas gegessen, im Grunde nur alles auf dem Teller hin und hergeschoben.

»Was soll mit ihm sein?«

»Was ist das mit euch?«

»Keine Ahnung«, sage ich, und ich habe wirklich keine Ahnung. Ich weiß nicht, warum es jedes Mal so ausgeht, wenn ich jetzt auf Lincoln treffe. Jedes Mal schlafen wir miteinander. Ich weiß nicht, warum wir kiffen. Ich weiß nicht, warum wir jedes Mal, wenn wir uns treffen, so tun, als wäre überhaupt nichts passiert, und ich weiß nicht, warum wir niemals über Kelly reden. Ich habe keine Ahnung.

»Nur …« Dad bremst sich selbst. »Sei einfach vorsichtig.«

»Klar.« Ich beiße mir auf die Lippen und das altbekannte schlechte Gewissen übermannt mich.

»Du musst einfach immer daran denken, dass im Moment alles …« Er zögert, holt tief Luft, sucht nach dem richtigen Wort. »… alles nicht so im Lot ist. Lincoln muss mit ein paar echten Hämmern zurechtkommen, und vielleicht ist er einfach … einfach nicht er selbst.«

Ich stütze die Ellbogen auf die Tischplatte und reibe mir mit den Fingerknöcheln die Schläfen, stütze mich in meine Hände.

»Aber genau das ist es doch. Genauso fühle ich mich, wenn ich bei ihm bin.« Ich sehe Dad an, der jetzt an der Spüle steht. »Wie ich selbst.«

Er betrachtet mich sehr lange. Seine Lippen bewegen sich, als würde er gleich etwas sagen, aber er tut es nicht, er nickt nur.

»Ich hasse das, Dad.«

»Ich weiß.«

Als ich klein war, durfte ich nie sagen, dass ich irgendetwas hasste. Mein Vater hasst das Wort »hassen«. Wenn ich etwas absolut nicht mochte, dann musste ich es zum Beispiel so ausdrücken, dass es mir absolut nicht schmeckte. »Ich hasse Brokkoli«, sagte ich zum Beispiel, und Dad verbesserte mich dann: »Nein, du hasst Brokkoli nicht, dir schmeckt Brokkoli einfach überhaupt nicht.«

Logischerweise hatten Mum und Dad eine verwirrende, chaotische, einfach-nur-beschissene Beziehung, hauptsächlich deswegen, weil sie ein absolutes Miststück war. Er hat sie gehasst. Jetzt ist es nicht mehr so schlimm, er hat das alles hinter sich gelassen, aber damals hat er sie gehasst und er hatte jeden Grund dazu. Er weiß, wie sich echter Hass anfühlt: die Wut, die Intensität, die Bitterkeit, die alles überdeckt, was gut und echt ist, die dir vollkommen das Gefühl dafür raubt, wer du eigentlich bist. Er kannte das Gefühl. Das, was ich für Brokkoli empfunden habe, unterschied sich ganz wesentlich von seinen Gefühlen für Mum. Wenn man das zur Messlatte macht, was mein Dad für meine Mum empfunden hat, muss man wohl zugeben, dass ich im Leben noch nie etwas wirklich gehasst habe.

Bis jetzt jedenfalls. Ich hasse das, was Kelly gemacht hat. Ich hasse es, dass sie mich ganz allein zurückgelassen hat.

GIDEON

Ich schreibe Gedichte.

Aber es ist unmöglich, so etwas auszusprechen und dabei nicht wie ein absoluter Vollidiot zu klingen. Ich verwende ziemlich viel Zeit auf den Versuch, nicht wie ein Vollidiot zu klingen. So verläuft mein Leben – ich versuche, nicht wie ein Vollidiot zu klingen und dann überschlage ich mich mit meinen Bemühungen, jene Momente auszugleichen, in denen ich zweifellos wie ein Vollidiot rübergekommen bin, jetzt gerade zum Beispiel. Ich bin mir ziemlich sicher, dass ich gerade wie ein Vollidiot rüberkomme.

Ich schreibe Slam-Poetry.

Wenn ich das so formuliere, funktioniert es auch nicht, hauptsächlich deswegen, weil die meisten Leute überhaupt nicht wissen, was Slam-Poetry überhaupt ist, und wenn sie nachfragen, dann verwickle ich mich in umständliche Erklärungen zu Ursprung und Entwicklung der mündlich dargebotenen Dichtkunst rund um den Globus. Falls es jemanden interessiert: Eine todsichere Möglichkeit, wie ein Vollidiot zu wirken, ist die, ein schlaksiger, weißer Jugendlicher zu sein, der irgendwas über die Wiederbelebung der Poesie im Amerika der späten 1980er-Jahre daherstammelt.

Und genau aus diesem Grund entscheide ich mich in der

Öffentlichkeit meistens dafür, stattdessen den Mund zu halten, und aus demselben Grund schreibe ich lieber, als mich mit echten Gesprächen zu belasten, es ist viel einfacher. Man kann seine Fehler korrigieren, sogar ganze Absätze im Nachhinein komplett löschen. Man kann intelligent oder künstlerisch klingen oder irgendwie anders, es gibt jede Menge Worte, die das beschreiben können. Zu diesen gehört: nicht-wie-ein-Vollidiot.

Ich zerre an dem viel zu engen Knoten an meiner Krawatte und starre auf die Rückseite der Klotür. Versuche, gleichmäßig zu atmen, mich zu beruhigen. Ich habe mich in helle Aufregung hineingesteigert, seit ich darüber nachdenke, welche Fragen sie mir wohl stellen werden, und jetzt trennen mich nur noch vier mühsame Atemzüge vom Schicksal, von meinen eigenen inneren Organen ermordet zu werden. Das möchte ich ganz gerne vermeiden. Ich starre auf die Werbeanzeige auf dem Türblatt und wackle mit den Zehen. Mir ist nicht klar, warum Zehenwackeln helfen soll, aber meine Eltern haben mir jedenfalls immer dazu geraten. Also tue ich es. Vermutlich soll es mich einfach ablenken von jenem drohenden Unheil, das wie ein Schatten am Rande meines Wahrnehmungsbereichs lauert. *Konzentrier dich nicht auf den Schatten*, sage ich mir immer und immer wieder. Konzentrier dich *nicht* auf den Schatten. Konzentrier dich nicht auf den *Schatten*. Konzentrier dich darauf, mit den Zehen zu wackeln. Konzentrier dich auf die Werbeanzeige.

Spalte diesen Teil von dir ab. Gut.

Während ich wie verrückt mit meinen Zehen in den engen braunen Lederschnürschuhen wackle, betrachte ich die

Werbeanzeige, die Dame im kurzen schwarzen Rock und den hochhackigen roten Schuhen. Sie steht über einem Mann, dessen Gesicht einen Ausdruck typischer Witzblatt-Ratlosigkeit trägt. Die Dame mit den hochhackigen Schuhen hält einen Besen gegen seine Brust, und unter dem Bild steht in großen, geschwungenen Buchstaben: *Lass dich nicht unterkriegen. Sei der Mann, den sie sich wünscht.*

Ich brauche ein paar Minuten, bis ich kapiere, dass es sich um Werbung für ein Spray gegen Erektionsstörungen handelt. Aber als ich so ausgiebig ihre Schultern und die extrem steilen Brüste betrachte, die wohlkalkuliert über ihr trägerloses Top hinausquellen, sehe ich mich in einigen Dingen bestätigt. In so vielen Dingen, dass es für eine ganze Liste ausreicht.

Dinge, die mir im Moment klar sind: eine Liste.

1. Ich habe eine leichte Panikattacke.
2. Ich habe eine leichte Erektion.
3. Die auf dem Plakat angegebene Telefonnummer für Männer mit Erektionsproblemen muss ich demzufolge nicht anrufen.
4. Ich schreibe Gedichte.
5. Und, wie man sieht, Listen.

Ich schließe die Augen und versuche, mich aufs Atmen zu konzentrieren, nur aufs Atmen. Ich versuche, nicht daran zu denken, wie dämlich sich das alles anfühlt, wie dämlich ich mich fühle. Nur wegen eines dämlichen Vorstellungsgesprächs. Ein dämliches Vorstellungsgespräch in einem dämlichen Geschäft für Herrenbekleidung, in dem ich solchen Herren behilflich sein soll wie demjenigen auf dem Bild vor mir, die vermutlich das Spray gegen Erektionsstörungen benötigen. Wenigstens brauche ich das Spray gegen Erektionsstörungen nicht, das ist doch schon ein Lichtblick. Allerdings wünschte ich, es gäbe so etwas wie ein ganz einfaches Spray gegen alle möglichen Störungen. Das käme mir jetzt sehr gelegen.

Ich spüre, wie mein Herzschlag allmählich den lebensbedrohlichen Bereich verlässt und in einem Bereich ankommt, der eine gewisse Ähnlichkeit mit Normalität hat, und dann lese ich den Werbetext noch mal.

Lass dich nicht unterkriegen. Sei der Mann, den sie sich wünscht.

Aber das ist es ja gerade, du attraktive Frau in deinem unerhört kurzen Rock: Du möchtest, dass ich einer dieser Männer bin, die Erektionen haben und damit etwas anzufangen wissen. Einen Typen mit schicker Frisur und annehmbarer Muskulatur, der sich von nichts und niemandem einschüchtern lässt, schon gar nicht von Bewerbungsgesprächen.

Ich klappe den Klodeckel herunter und setze mich. Ich bin jedenfalls keiner von diesen Typen. Nicht im Geringsten. Ich bin die Art siebzehnjähriger Typ, der fast durchgehend nervös ist, der Ausdrücke wie »helle Aufregung« benutzt und der ständig in helle Aufregung gerät, wegen jedem noch so albernen Anlass, ein Bewerbungsgespräch zum Beispiel oder, wenn man so will, wegen jeder Situation, in der ich über mich selbst sprechen muss. Ich bin einer von den Typen, die sich von einer wunderschönen Frau in einem Cartoon anturnen lassen, aber die sich lieber allein in ihrem Zimmer verbarrikadieren, als jemals ausreichend Kontakt zu wunderschönen Frauen aufzunehmen, um sich im echten Leben von ihnen anturnen zu lassen. Ich bin einer von den Typen, die in Toilettenkabinen Panikattacken durchmachen.

Ich werfe einen Blick auf meine Armbanduhr.

Ich bin einer von den Typen, die am Ende zu spät zu ihren Bewerbungsgesprächen kommen. Einer von denen, die jetzt, wo sie sowieso zu spät kommen, ihr Bewerbungsgespräch gleich ganz sausen lassen, ihren Eltern aber erzählen werden, sie seien hingegangen. Einer von den Typen, die ihren Eltern erzählen werden, dass das Bewerbungsgespräch sehr gut verlaufen ist, die ihren Eltern nicht erzählen werden, dass sie das ganze Bewerbungsgespräch verpasst haben, wegen derartiger Dinge wie Panikattacken oder Erektionen oder weil sie in einer Toilettenkabine festgesessen haben und dort drin darüber nachdachten, was für Typen sie sind.

⌘

»Und das bedeutet, das Leben ist …«, fragt Robbie, mein Therapeut, und ich zucke mit den Schultern. Seit wir hierhergezogen sind, gehe ich zu Robbie. Er ist mein vierter Therapeut. Die anderen drei waren zu alt, zu herablassend oder einfach enttäuschend. Er ist anders. Robbie sieht absolut nicht wie der »typische« Therapeut aus. Er ist ein bisschen dick, trägt einen Bart und klammert sich verzweifelt an seinem Pferdeschwanz fest, obwohl ihm schon die Haare ausgehen. Er trägt Jeans und T-Shirts. Er ist daran schuld, dass ich mit Slam-Poetry angefangen habe. Er ist anders als jeder andere, den ich kenne.

Als ich zum ersten Mal bei ihm war, hat er zu mir gesagt, wenn man sich für einen Therapeuten entscheidet, dann ist das so, als würde man sich für eine Beziehung mit einem Mädchen oder mit einem Jungen entscheiden. Das gefiel mir auf Anhieb – er ging nicht selbstverständlich von irgendeiner sexuellen Neigung bei mir aus, und ich vermutete, dass er auch sonst keine Mutmaßungen anstellen würde. Bis dahin hatte ich immer nur erlebt, dass die Leute aufgrund der Dinge, die ich so sagte oder wegen meines Outfits oder wegen meiner lesbischen Mütter oder wegen meiner Narben irgendwelche Mutmaßungen anstellten. Robbie tat das nicht. Er tut es bis heute nicht. Er sagte, er würde nicht beleidigt sein, wenn ich ihn nicht mochte oder wenn ich nicht wiederkäme, weil manchmal eben etwas einfach nicht sein sollte.

»Also, Gideon, jetzt können wir uns mal ein bisschen beschnuppern«, hatte er verkündet. Die Hände hatte er auf seinem dicken Bauch verschränkt. Dann stand er auf, angelte zwei Coladosen aus dem kleinen Kühlschrank neben seinem Schreibtisch und stellte sie auf den kleinen Beistelltisch zwischen uns. Noch ein Punkt für Robbie. Seit Monaten waren meine Mütter besessen davon, mich vernünftig zu ernähren. Kein Zucker. Gar keiner. Sie stellten sogar selbst meine Zahnpasta her, weil Mum etwas über Zucker in kommerzieller Zahnpasta gelesen hatte. Zum Glück hatte diese Phase nicht sehr lange gedauert, aber diese Coladose war wie der erste Schuss nach langer Zeit für einen drogenabhängigen Sträfling. Der entscheidende Punkt ist, diese Cola war eine nette Geste, und durch sie wirkte Robbie in meinem leicht verdrehten, zuckerfreien dreizehnjährigen Hirn total cool. Den Rest dieser ersten Therapiestunde verbrachten wir damit, uns einfach nur darüber zu unterhalten, welche Promis wir gut fanden. Ich verriet ihm, dass ich keine der Frauen in der Serie *Friends* übermäßig attraktiv fand, und er sagte, ich würde das niemals verstehen. Er brachte mich zum Lachen. Dritter Punkt für Robbie. Er fragte nicht ein einziges Mal nach Antidepressiva oder Selbstverletzung oder Depression und Psychiatrie und Mobbing oder danach, wie ich mich fühlte. Nur danach, ob sich für mich die *Simpsons* oder *South Park* besser anfühlten. *South Park*, logisch. Robbie entschied sich für die *Simpsons* und witzelte dann darüber, dass er T-Shirts trug, die älter waren als ich.

Vier Jahre später ist Robbie immer noch mein Therapeut.

»Und das bedeutet, das Leben ist …« Lächelnd wiederholt er die Frage.

Ich kenne diese Gespräche so gut, aber deswegen fällt mir die Antwort trotzdem nicht leicht. Von dem Vorfall in der Toilettenkabine habe ich ihm schon erzählt, und zugegeben, er hat gelacht und mir dann erklärt, ich hätte eigentlich Glück gehabt, dass ich nicht in einem Job in der Männerkonfektion gelandet wäre.

»Das Leben ist gleich wie immer. Aber«, ich zögere und Robbie hebt erwartungsvoll die Augenbrauen. »Aber ich habe das satt.«

»Erklär mir das.« Seine Stimme klingt leicht beunruhigt.

»Nicht das Leben. Nein. Quatsch, Robbie. Ich habe es satt, dass alles wie immer ist.«

»Okay.«

Ich hole tief Luft und starre auf die alten Kinoplakate an seiner Wand. »Es langweilt mich«, sage ich schließlich, und sobald ich es ausgesprochen habe, kommt es mir so vor, als hätte ich einen riesigen Scheinwerfer genau auf meine Gefühle gerichtet. Ja, es langweilt mich. Das alles langweilt mich: das

Vorsichtigsein, das Nervössein, und auch, dass ich ständig viel zu viel über alles nachdenke, dass ich mich in Toilettenkabinen einschließe.

»Das tragischste Dilemma überhaupt, mein Freund.« Robbie redet jetzt mit einem merkwürdigen Akzent. »Es heißt, der Tod würde dich umbringen, aber der Tod bringt dich nicht um, Langeweile und Gleichgültigkeit bringen dich um.«

Ich sehe ihn an und er grinst. »Wer hat das gesagt?«

»Gandhi?«

»Beinahe. Iggy Pop.«

»Wer?«, frage ich und er bewirft mich mit einem Bleistift.

»Ich möchte, dass du über kleine Risiken nachdenkst … sichere Risiken, die dich dazu zwingen, deine Komfortzone zu verlassen. Manchmal reicht eine Kleinigkeit aus, um ein Feuer zu entfachen oder dich auf eine ganz neue Spur zu bringen oder irgendeine andere beknackte Metapher, ja?«

Ich nicke. »Ich brauche einen Job.« Robbie hat recht. Robbie hat immer recht.

»Was für einen Job denn?«

»Irgendwas. Ich brauche Geld.«

»Für verbotene Substanzen, Alkohol, Damen mit zweifelhaftem Ruf? Ich durchschaue dich voll und ganz!« Robbie schmunzelt über seinen eigenen Witz. »Na dann reden wir mal über deinen Lebenslauf.«

»Schlaksiger, introvertierter, peinlicher Dichter, langhaarig und mit fragwürdigem Geschmack in Kleiderfragen, benötigt gut bezahlten Job zur Finanzierung seiner peinlichen, introvertierten Hobbys«, sage ich.

»Also irgendwas im Dienstleistungsgewerbe?«

⌘

»Gideon, du musst diesem Streit ein Ende bereiten.« Meine Mum, Mandy, steht im Wohnzimmer auf einer Leiter und hält sich ein iPad vors Gesicht. Ihre blonde Kurzhaarfrisur wippt, als sie den Bildschirm dreht und meine Schwester Annie mir vom iPad aus die Zunge rausstreckt. Ich lasse meine Schultasche fallen und drohe ihr mit beiden Fingern, tänzle dabei auf sie zu. Mum und Annie lachen, als Susan hinter mir hereinkommt und mein Fingerdrohen und Getänzel imitiert. Sie legt mir den Arm um die Schultern. »Das ist kein Streit, das ist eine Verschwörung. Deine Schwester und deine Mutter verbünden sich mal wieder gegen mich.« Kurze Pause. »Wie üblich.«

Von Mum und Annie promptes Hohngelächter und Spott darüber, dass Susan es ja so schwer hat und dass es sich hier nicht um eine Verschwörung handelt, alles liege nur an Susans grauenhaft schlechtem Geschmack. Im Mittelpunkt der ganzen Aufregung stehen zwei große Tapetenstücke, die über unserem längst erloschenen Kamin an die Wand gepinnt sind. »Welche von beiden, mein Sohn?« Mum deutet nacheinander auf die beiden Tapetenstücke wie der Moderator einer Quizshow und wirft Annie auf dem Rückweg zu ihrer Couch eine Kusshand zu. Ich stelle mich neben die Leiter und betrachte prüfend die beiden verblüffend ähnlichen Kringelmuster; eins ist grün mit silbernen Kringeln, das andere silbern mit grünen Kringeln.

»Mir gefällt die silberne«, sage ich.

Susan springt von der Couch und drückt mich an sich. »Mir war klar, dass mein Junge einen guten Geschmack hat.«

»Zwei gegen zwei.« Mum verzieht das Gesicht. »Am besten lassen wir sie beide hängen und treffen uns in einer Woche noch mal.« Sie steigt von der Leiter und legt mir den Arm um die Hüfte.

Das Gespräch mit Annie dauert noch ein paar weitere Minuten – sie zeigt uns, wie hässlich und regnerisch es vor ihrem Fenster in London aussieht. Annie ist zwei Jähre älter als ich und sie ist das intelligenteste Wesen, das ich kenne. Sie hat den besten Abschluss an ihrer Schule gemacht und ihr wurden von den unterschiedlichsten Universitäten alle möglichen Stipendien angeboten. Sie hat alle höflich abgelehnt, hat stattdessen im Pub gearbeitet und ist nach Europa geflogen. Annie hat zu allem ihre feste eigene Meinung und ist politisch sehr interessiert; sie mag Mathe, malt mit ihren Pastellkreiden riesige Wandbilder und finanzierte ihre ganze Europareise dadurch, dass sie mit fünfzehn in ein vom Vater einer Freundin begründetes geschäftliches Schneeballsystem eingestiegen ist. Annie ist eine Unternehmernatur und unglaublich geschäftstüchtig. Mit acht Jahren kaufte sie im Kiosk vor der Schule Lutscher, verpackte sie neu und verkaufte sie neben dem Kiosk mit Gewinn weiter. Sie verdiente sich dumm und dämlich. Das wäre auch noch weiter gut gelaufen, aber dann bekam eine Mutter Wind von der Sache und die Schule machte ihr den Laden dicht. Ich vermisse sie an jedem einzelnen Tag.

Meine Familie ist ein bisschen ungewöhnlich – wir mögen uns alle nämlich gegenseitig echt gerne. Auch meine Eltern sind immer noch ganz offensichtlich ineinander verliebt, obwohl sie schon seit einer Ewigkeit zusammen sind. Letztes Jahr haben sie ihren fünfundzwanzigsten Jahrestag gefeiert.

Annie und ich haben draußen hinter dem Haus eine große Überraschungsparty organisiert und beide haben sich total betrunken und sind dann nackt in den Pool gesprungen. Es war ein berauschendes Fest.

Ich gehe hoch in mein Zimmer, lege meine Lieblingsplatte auf, setze mich auf die Bettkante und fange an, mir darüber Gedanken zu machen, wie kleine, sichere Risiken konkret aussehen könnten. Robbie und ich haben ein paar durchgesprochen: in den Geschäften der Umgebung meine Bewerbung abgeben, an ein paar neuen Poetry-Slam-Wettbewerben teilnehmen, mit Leuten reden, die ich nicht kenne. Vielleicht auch einen Teil meiner Elektronik wieder einschalten, von der ich mich vor sechs Wochen verabschiedet habe: meine ganzen Spielekonsolen, mein Laptop, mein Smartphone. Um ein Smartphone benutzen zu können, bräuchte man Freunde, und meine einzigen Freunde sind Norman und Andy. Ich habe mir vorgenommen, zwölf Wochen lang ohne eines dieser Geräte auszukommen. Einfach mal so. Der Auslöser war ein dämlicher Kommentar auf einem Foto. Es war ein Foto von einem Sportturnier. Vier Leute aus meiner Klasse fallen sich gerade grinsend in die Arme und ich latsche im Hintergrund ganz winzig und verpixelt übers Spielfeld. Irgendein Vollidiot hat kommentiert: »Wer hat den ausgebrütet?«

Es war gar nicht der Kommentar selbst – es war eher so, dass er so wirkte wie ein Stein, den man über einen Tümpel voller total beschissener Erinnerungen hüpfen lässt, Erinnerungen daran, wie ich mich früher gefühlt habe, warum wir dann schließlich umgezogen sind. Er wirbelte Erinnerungen auf an alles, was passiert ist. Nichts davon will ich jemals wieder fühlen, also habe ich mich von allem freigemacht. Einfach mal so. Und die Welt dreht sich weiter.

Vielleicht hat es ja was Gutes, wenn man sich langweilt. Es heißt nämlich auch, dass doch nicht mehr alles genauso ist wie früher. Und das ist eigentlich alles, was ich mir wünsche: Es soll nie mehr so sein wie früher.

AVA

Ich spüre einen stechenden Schmerz in der Stirn. Meine Augenlider öffnen sich nur einen Spalt, dann überspült mich ein ganz mieses Gefühl. Zum Teil ist es Verwirrung, zum Teil Furcht – jedenfalls ein Gefühl, an das ich mich in letzter Zeit leider schon fast gewöhnt habe. Es fängt wie ein Tsunami an, hoch über meinem Kopf, stürzt dann mitten durch mich hindurch und endet an meinen Füßen. Es zwingt mich dazu, mich aufzusetzen und mich umzusehen.

Ich liege auf einer Luftmatratze in einer Art Arbeitsraum. Es ist früher Morgen, ganz still, bis auf das ferne Aufheulen von Automotoren und die Vögel.

Mein Herzschlag setzt kurz aus: Ich bin nicht allein. Ein Typ mit bloßem Oberkörper schläft neben mir auf der Luftmatratze, den Kopf unter einem Kissen versteckt.

Ich schließe die Augen. Denk nach, Ava, denk nach.

Mein Mund ist trocken, ich kann kaum schlucken, sehe an mir herab. Ich trage immer noch das Kleid von gestern Abend und eine Jacke, eine Jungenjacke. Lincolns Jacke. Ich hebe das Kissen hoch und der Typ stöhnt, dreht das Gesicht in meine Richtung, die Augen zugekniffen, und es ist Lincoln.

Erleichtert seufze ich auf. Lincoln hebt den Arm und drückt

mich mit sanfter Gewalt wieder nach unten, sodass ich jetzt neben ihm liege.

»Schlaf weiter, Ava.«

»Wo sind wir?«

»Wir schlafen«, murmelt er. Er hat die Augen immer noch nicht aufgemacht.

Ich liege so still wie nur möglich und beiße mir auf die Unterlippe, versuche mich daran zu erinnern, was gestern Abend passiert ist. Lincoln hat mich an der Tankstelle am Ende unserer Straße aufgelesen, damit mein Vater nichts mitbekommt. Die ganze Woche über hat mein Vater versucht, mit mir über trauerbestimmte Fehlentscheidungen zu reden und darüber, dass ich auf mich aufpassen soll. Jedes Mal habe ich auf Durchzug gestellt und einfach genickt. Wir sind zur Party von Travis Deakin gegangen, aber es war öde, also sind wir wieder abgehauen. Lincoln hat aus dem Haus eine Flasche Johnnie Walker mitgehen lassen und wir sind bis ganz rüber zum MacGreggor-Park gelaufen, haben getrunken, irgendeinen Scheiß geredet, uns in dieses komische, mit Graffiti vollgeschmierte Ei gesetzt, das sich um sich selbst dreht, haben uns geküsst, stundenlang rumgemacht. Und dann habe ich beschlossen, dass ich mit hundertprozentiger Sicherheit nicht in diesem drehbaren Ei im Park Sex haben wollte – Lincoln wäre nämlich absolut dazu bereit gewesen, wenn ich zugestimmt hätte.

Ich starre zur Decke und alle meine Eingeweide winden und verkrampfen sich vor Verlegenheit, dann vor Dankbarkeit. Ich bin dankbar dafür, dass die betrunkene Ava gelegentlich in der Lage ist, die richtigen Entscheidungen zu treffen. Ich habe in letzter Zeit im Rahmen meiner »trauerbestimmten Handlungen« ziemlich viel Mist gebaut, aber wenigstens muss ich dieser Liste jetzt nicht auch noch Sex auf dem Spielplatz hinzufügen.

Ich erinnere mich, dass ich zu Lincoln gesagt habe, dass ich etwas Lustiges machen wollte, und dass er sagte: »Machen wir etwa gerade nichts Lustiges?«, und dann bin ich zu schnell aufgestanden und das Ei hat sich gedreht und ich bin rausgefallen und hart auf Händen und Knien aufgekommen. Ich betrachte meine Hände: Sie sind rot, geschwollen und brennen, weil sich kleine Kiessplitter und Sand hineingegraben haben. Meine Knie genauso: Sie sind blutverkrustet, ich muss auf irgendetwas Scharfem gelandet sein.

Ich weiß noch, dass Lincoln mich auf dem Rücken aus dem Park getragen hat und dann einen Anruf bekam, weil woanders noch eine Party stattfand. Dass er dann einen Joint gedreht hat und dass wir gefühlt stundenlang gelaufen sind, dass er meine Hand halten wollte, es hat aber wehgetan und ich habe ihn weggestoßen und er wurde sauer auf mich. Dann erinnere ich mich noch, dass ich ihn auf der Straße angeschrien und geheult habe. Lautes, wildes Schluchzen, und er hat versucht, mich zu beruhigen, hat mich festgehalten, als ich wieder versucht habe, ihn wegzustoßen.

Ich erinnere mich, dass wir im Haus von irgendeinem Typen angekommen sind, den ich nicht kannte, und dass ich mich wirklich beschissen gefühlt habe, betrunken, bekifft, dass mir übel war und dass ich Lincoln gebeten habe, mich nach Hause zu bringen.

Ich wende den Kopf und sehe ihn an. Er schläft tief, atmet durch die Nase. Er hat so lange Wimpern. Mir ist schlecht, ich bin traurig. Ungefähr so fühle ich mich durchgehend, seit es passiert ist.

Seit der Vater von Kelly und Lincoln meinen Vater morgens um 5:37 Uhr anrief. Ich weiß das, weil sie über das Festnetz anriefen und ich aufgewacht bin und sofort auf die Uhr gesehen habe. Sieben Minuten später kam Dad in mein Zimmer und flüsterte: »Ava, bist du wach?« Mir war sofort klar, dass etwas nicht stimmte, aber ich dachte, meinen Großeltern müsste irgendetwas passiert sein, weil in Dads Augen Tränen standen, die gerade losgerollt waren. Ich setzte mich auf und starrte ihn an und er schluckte so heftig, dass ich sehen konnte, wie sich seine Halsmuskeln bewegten. Es war, als verginge die Zeit plötzlich langsamer, als warte alles darauf, dass er es mitteilte, dass meiner Yiayia etwas passiert war, und als er dann endlich ihren Namen aussprach, als er endlich sagte: »Kelly hat …«

Eine Abrissbirne knallte gegen mein komplettes bisheriges Leben. Ich konnte mich nicht rühren. Konnte nicht wirklich hören, was er sagte. Nur mein Gehirn schwirrte, verflüssigte sich, tropfte hinab in mein Herz, machte es so schwer, dass es zerbrach. Nur dass mein Herz nicht einfach so brach, es ging in Stücke. Völliges Blackout. Sie ist tot. Nur das sagte er.

»Kelly hat … Ava. Sie ist tot.«

Sie starb vor einunddreißig Sonntagen. Das weiß ich, weil ich gezählt habe. Und jetzt fühlt sich jeder Sonntag so an. Fängt so an. Jeder einzelne der insgesamt einunddreißig.

Meine Hände stecken in einem geradezu lächerlich auffälligen Verband, wegen meines dämlichen Suff-Unfalls am Samstagabend. Die linke hat sich entzündet. Ich musste zum Arzt gehen und mir Antibiotika abholen, dazu noch einen weiteren Vortrag von Dad, in erster Linie darüber, dass ich mich nicht weiter so idiotisch benehmen soll.

»Ich weiß, dass du Kummer hast. Ich habe auch Kummer«, sagte er. »Es tut einfach weh. Aber du bist kein Schwachkopf, Ava. Fang jetzt nicht an, dich wie einer zu benehmen, nur weil du Kummer hast. Das Leben geht weiter, Liebes. Du musst irgendwie klarkommen.«

Ein Teil von mir weiß, dass er recht hat. Ich habe mich idiotisch benommen. Aber der andere Teil von mir ist einfach nur sauer auf ihn, weil er es nicht versteht. Weil er so tut, als müsste ich wissen, wie ich mich zu benehmen habe, wenn meine beste Freundin stirbt. Ich meine eigentlich, ich gebe mein Bestes – ich beiße die Zähne zusammen und mache irgendwie weiter. Ehrlich gesagt, ich bin sogar verdammt stolz auf mich und darauf, wie ich mich in den letzten Monaten geschlagen habe, denn wenn man mir vorher gesagt hätte, dass Kelly sterben würde, dann hätte ich wahrscheinlich darauf geantwortet, dass ich dann auch sterbe. Ich glaube, ganz falsch ist das nicht. Einige Teile von mir sind jedenfalls tot.

»Wofür bezahle ich dich eigentlich, wenn du heute noch nicht mal arbeiten kannst?« Ricky schüttelt den Kopf, betrachtet meine verbundenen Hände. Ich darf sie nicht nass machen, und das bedeutet praktischerweise, dass ich keine widerlichen Salatschüsseln abspülen oder den Boden abspritzen oder den Abfluss sauber machen kann.

Bis zu diesem Jahr war es für mich jedes Mal eine Tragödie, wenn ich bei *Magic Kebab* für Freitag- oder Samstagabend eingeteilt wurde, denn wenn man an einem Freitag- oder Samstagabend dort arbeitet, erlebt man seine ganz private kleine Hölle. Betrunkene grölen dämliches Zeug über lächerlichen Mist, sind aufsässig und ekelhaft. Garantiert kotzt irgendein

Mädchen im Ultraminirock den Eingang voll und versucht dann, sich mit einem anderen Mädchen zu prügeln, ihre glitzernden hochhackigen Schuhe in der Hand. Während ihre widerlichen Freunde daneben stehen und dämliche Kommentare darüber loslassen, dass sie sich jetzt jeden Moment einmischen werden.

Wenn ich einen Dollar für jedes einzelne Mal bekommen würde, dass einer der Jungs am Grill zu mir gesagt hat: »Lächeln, Prinzessin« … na ja, dann müsste ich jedenfalls nicht mehr am Wochenende bei diesem verdammten *Magic Kebab* arbeiten.

Aber ein paar Pluspunkte gibt es doch. Ricky selbst zum Beispiel, der das Geschäft von seinem Vater übernommen hat. Er ist der witzigste Typ, den ich kenne. Und er ist knüppelhart. Ricky hat so seine Methoden, wenn es darum geht, wie man mit Vollidioten fertigwird. Seine Methoden sind leicht zu erlernen, weil es nur zwei Abstufungen von Vollidioten gibt: Die A-Klasse und die B-Klasse. Wenn du ein Vollidiot der Klasse A bist, füllen wir dir deinen Kebab mit den allerschärfsten Chili-Paprikas oder mit Rickys selbst gemachter Chilisoße. Zuzusehen, wie ein dämliches, besoffenes Mädchen mit heraushängender Zunge dasitzt und absolut nicht kapiert, warum ihr Gesicht gerade in Flammen steht, gehört zu den schönsten Dingen in meinem Leben. Die Vollidioten der Klasse B kriegen einfach eine höhere Rechnung. Immer bedient Ricky die Kasse und hängt dann einfach eine zusätzliche 0 an ihre Rechnung. Ihr Kebab für achteinhalb Dollar kostet dann eben fünfundachtzig Dollar. Sie kapieren das nie. Niemals. An solchen Abenden kassieren wir von Ricky ein dickes Trinkgeld bar auf die Kralle.

Also, vielleicht ist *Magic Kebab* im Grunde gar nicht so übel.

Als Kelly starb, stand vor unserer Haustür eine Flasche mit selbst gemachter Chilisoße mit einem Zettel, auf dem stand: *Für die Vollidioten. Alles Liebe, Ricky.*

»Weil du mich so lieb hast«, sage ich jetzt zu ihm.

»Das stimmt.« Ricky schweigt einen Augenblick, nickt mit seinem großen, runden Kopf, Schweißperlen rinnen seitlich an seinem Schnurrbart vorbei. »Und jetzt putz die Fenster.« Mit einer schnellen Handbewegung drückt er mir eine Flasche Fensterputzmittel in die Hand und marschiert summend davon.

Ich putze gerne Fenster. Und Spiegel. Ich finde es seltsam befriedigend, weil man dabei ganz klar sehen kann, ob man seine Arbeit gut gemacht hat oder nicht. Also, buchstäblich klar. So vieles im Leben funktioniert vollkommen anders. Besonders in der Schule, wo alles ständig voller Scheißwidersprüche ist. Du sollst da deine eigene Meinung vertreten, aber nur, solange du das sagst, was sie hören wollen. Ständig ist die Rede davon, dass du Reife beweisen und dich deinem Alter entsprechend verhalten sollst, aber dann sollst du gleich jetzt und auf der Stelle entscheiden, womit du den Rest deines Lebens verbringen willst. Das ist doch total daneben.

Dad und ich mussten vor ein paar Tagen in Mrs Bryans Büro antreten und uns anhören, dass alle Lehrer und Mitschüler sich um mich Sorgen machten und wirklich alles in ihrer Macht Stehende tun wollten, um mir zu helfen, aber nur, solange ich mich an die Schulordnung hielt und so tat, als sei nichts geschehen, und nicht in der Aula allen verkündete, dass sie mich am Arsch lecken konnten. Sie machte deutlich, dass ich es nur ihrer Großzügigkeit verdankte, dass mich für meinen Gefühlsausbruch keine Konsequenzen erwarteten. Dann erklärte sie mir, ich benötige eine Therapie. Dad saß still dabei und hörte sich alles an. Ab und zu entschuldigte er sich oder dankte ihr für ihr Verständnis oder erklärte ihr, dass wir unser Bestes tun, um in diesen schwierigen Zeiten zurechtzukommen.

Ich saß nur mit verschränkten Armen da, voller Verachtung für diesen ganzen Mist. Sie wissen nicht, was sie tun sollen. Die Schule versucht immer noch, alles unter den Teppich zu kehren. Ich will keine Therapie – man sieht ja, was Kelly ihre Therapie gebracht hat. Und es ist mir so was von egal, ob ich irgendeine Horde von Achtklässlern geschockt habe. Ich bin selbst geschockt. Darum geht es doch überhaupt.

Schließlich kamen sie überein, dass ich ein paar weitere Wochen nur eingeschränkt am Unterricht teilnehmen sollte. Mrs Bryan ließ uns wissen, es bereite ihr Sorgen, wie viel Unterricht ich bereits versäumt hatte, und sie deutete sogar an, dass ich vielleicht wiederholen sollte. Dad war gar nicht klar, wie viel Unterricht ich versäumt habe, weil ich so oft schwänze und lieber zur Arbeit gehe.

Ich war früher ganz gut in der Schule. Zweien und Dreien in den meisten Fächern. Ich mochte aber keines davon, und ich habe keine Ahnung, was ich tun soll, wenn ich meinen Abschluss habe. Keine Ahnung. Nicht wie Kelly. Sie hatte alles genau durchgeplant.

»Ich gebe mir zehn Monate zum Sparen, und dann, an meinem Geburtstag im Oktober, reise ich ab. Es hat sowieso keinen Sinn, loszuziehen, bevor wir achtzehn sind.« Kelly sah mich an, sie saß auf dem Boden in meinem Zimmer und blätterte in einer Zeitschrift, ihr langer dunkler Pferdeschwanz wippte.

»Ich bin dann mindestens fünf Jahre weg und klappere ganz Europa ab. Ich lerne einen süßen Engländer kennen und verliebe mich über beide Ohren in ihn und dann kommt er mit mir hierher zurück und wir kaufen uns einen Geländewagen und fahren durch ganz Australien. Dann, am Ayers Rock, macht er mir einen Heiratsantrag, und wir heiraten und kriegen ungefähr eine Million Kinder, was meinst du, das wird der Knaller, wenn wir erst mal Mütter sind, oder?«

Ich lachte über sie und rümpfte die Nase. »Einen süßen Engländer?«

»Ja, als perfektes Andenken an Europa, und außerdem sind die Jungs hier in Australien so ordinär. Ich kann es nicht erwarten, den Eiffelturm zu sehen und ich möchte zu diesem Tomatenfest in Spanien und mit den Stieren rennen. Mädchen dürfen das eigentlich nicht, aber scheiß drauf«, sagte sie, setzte sich auf die Knie und legte sich über die Bettkante auf meine Beine, die eigenen Beine dramatisch ausgestreckt. »Und ich will nach Amsterdam. Da darf man ganz offiziell kiffen, Ava, einfach so auf der Straße, und da fahren keine Autos, nur Fahrräder. Und du kommst mit.«

»Fünf Jahre lang?« Ich muss lachen.

»Ich gehe doch nicht allein. Außerdem, was willst du denn sonst machen?« Sie verstummte, hob die Augenbrauen. Kletterte jetzt hoch aufs Bett, schob mit den Händen mein Bein weg, sodass ich zur Seite rollte und wir beide Platz hatten.

»Komm schon, Ava. Wir können Brüder kennenlernen und dann kaufen wir uns keinen Geländewagen, sondern einen alten Bus, und den bauen wir um. Kannst du dir das vorstellen?«

»Das wäre total genial!« Ich lachte, stellte mir all die verrückten Dinge vor, die wir anstellen würden.

»Wir könnten dann auch eine Doppelhochzeit feiern.« Sie packte meine Hände und es sah so aus, als würde sie jeden Moment vor Aufregung explodieren. »Hättest du Lust auf eine Doppelhochzeit?«

»Mit dir?«, quiekte ich. »O Mann! Unsere Väter würden uns zum Altar führen!« Ich starrte sie breit grinsend an.

»O Scheiße!«, kreischte Kelly. »Uns erwarten goldene Zeiten!«

Uns erwarten goldene Zeiten. Genau.

Ich bin komplett in meiner eigenen Welt abgetaucht, als Ricky von hinten schreit: »Wir haben heute Abend einen neuen Tellerwäscher. Dem kannst du unter die Arme greifen.« Er tritt zur Seite und hinter ihm entdecke ich einen langen, mageren Typen mit lockigen Haaren, die ihm in die Stirn fallen, aber im Nacken und an den Seiten kurz geschoren sind. Er steht da, den linken Ellbogen in der rechten Hand, und beißt sich auf die Lippen. Er wirkt nervös. Ich verdrehe die Augen in Richtung Ricky.

»Gideon!«, schreit Ricky, und der Neue wendet sich um und sieht uns an, dann wendet er den Blick schnell wieder ab. Die Tellerwäscher bei *Magic Kebab* bleiben nie lang, weil das der beschissenste Job aller Zeiten ist. Nach spätestens ein paar Wochen ist ihnen allen klar, dass das, was sie da tun –

Salatschüsseln und verkrustete Fleischtabletts abwaschen, siffige Abflüsse durchspülen – keinesfalls die lockere, entspannte Beschäftigung ist, die Ricky ihnen in Aussicht gestellt hat. Und dann kündigen sie. Alle. Während ich nach hinten gehe, frage ich mich, wie lange es dieser Typ hier wohl aushalten wird. So wie er aussieht, gebe ich ihm nicht sehr viel Zeit.

GIDEON

»Du bist neu hier.« Ein Mädchen taucht auf und feuert mir eine leuchtend violette Schürze gegen die Brust. Als ich endlich die Möglichkeit habe, ihr Gesicht wahrzunehmen, stelle ich fest, dass ich weiß, wer sie ist.

Ich schlucke. »Ja.« In mir breitet sich diese Nervosität aus, die sich immer einstellt, wenn eine neue Situation und ein hübsches Mädchen gleichzeitig ins Spiel kommen. Mir bricht der Schweiß aus.

»Willkommen bei *Magic Kebab.*« Sie sieht mich an und ich erwidere ihren Blick und innerlich schreie ich mich an, dass ich mich gefälligst normal benehmen soll, nicht irgendwie schräg, und etwas Witziges sagen, aber alles, was ich herausbringe, ist: »Danke?«

Nach meiner letzten Sitzung bei Robbie hat der einen seiner Freunde angerufen, Ricky, den Besitzer von *Magic Kebab,* und gefragt, ob er Hilfe brauchen kann. Es stellte sich heraus, dass dies der Fall ist, und mir hat man gesagt, ich soll mal zu einem kurzen Gespräch vorbeikommen, aber am Ende war das dann eher eine flüchtige Begegnung als ein Gespräch.

»Wie heißt du, Bohnenstange?«, fragte Ricky in dem Moment, als ich den Laden betrat.

»Gideon.«

»Gideon? Na dann. Du wärst hier dafür zuständig, das Geschirr zu spülen, aufzuwischen, vielleicht die eine oder andere Tomate zu schnippeln. Nicht zum Servieren. Nur hinten im Laden. Gut?« Ricky wandte mir den Rücken zu und fuhr fort, eine dicke Kebabrolle abzurasieren.

»Ja.«

»Du kannst doch abspülen, ja?«

»Ja. Klar.«

»Gut. Komm am Donnerstagnachmittag. Zieh dir alte Sachen an. Gut? Gut.« Und er verschwand im hinteren Bereich und ließ mich einfach stehen. Ich hätte nie so eine Panik vor Bewerbungsgesprächen geschoben, wenn ich gewusst hätte, wie einfach so was geht.

»Auf welche Schule gehst du?«, fragt sie.

»Auf deine.« Sie hebt die Augenbrauen. Super, dieser erste Eindruck von dir, Gideon, du wirkst gleich wie ein Stalker.

»Welche Klasse?«

»Zwölf.«

»Und da bist du auch ganz neu?«, fragt sie. Große Klasse. Sie hat nicht den leisesten Schimmer, wer ich bin. Warum sollte sie? Ich habe auch keine Ahnung, wer ich bin. Und ich wüsste nicht, warum Ava Spirini eine Ahnung haben sollte, wer ich bin.

»Ich bin seit der Neunten an der Schule.« Sie geht ein paar Schritte vor mir her und wartet an der Tür des Kühlraums auf mich.

»Das ist dann nicht gerade neu. Wie heißt du?«

»Gideon.«

»Wo kommt das her?« Sie kämpft mit dem dicken, silbernen Riegel der Tür und drückt sie auf. Ich stehe nur da und sehe ihr zu. Sie ist echt hübsch. Also so echt echt. Sie hat wildes, von der Sonne blondiertes braunes Haar, das sich ringelt und kringelt und ihr auf die Schultern fällt, aber mit so einem stumpf geschnittenen Pony, unter dem ihre dunklen Augenbrauen und die großen, großen braunen Augen umso größer wirken. Ihre Haut ist olivbraun, sie hat breite Schultern und sie ist klein. Sie reicht mir nur bis zum Hals.

»Aus einem Musical«, sage ich.

»Echt?«

»Und aus der Bibel«, murmle ich und wünsche im selben Moment, ich hätte geschwiegen.

»Worum geht's da?«

»Na ja, da ist so ein Typ, der heißt Jesus, und der ...«

»Nein. Im Musical.« Sie grinst ein bisschen verächtlich. Ich weiß es genau, weil ich sehe, dass ihr Mundwinkel ein kleines bisschen zuckt und ihre Augen sich leicht zusammenkneifen. Es dauert nur ein paar Sekunden, aber ich weiß, dass es passiert ist. Ich weiß, dass es passiert ist, weil ich so einen Knoten im Magen gespürt habe. Während ich noch damit beschäftigt bin, über dieses Gefühl in meinem Bauch nachzudenken, fängt mein Mund einfach an loszuplappern, ich habe keinerlei Kontrolle darüber.

»Es geht um diese sieben Brüder, alle Holzfäller, die leben irgendwo in den Bergen und kidnappen sieben Frauen, und dann lösen sie so eine riesige Lawine aus, damit niemand die Frauen retten kann.« Ich mache eine kurze Pause, in der Hoffnung, dass ich jetzt fertig bin, aber nein, mein Mund hat da eine andere Vorstellung. »Und dann verbringen sie den Winter damit, die Frauen davon zu überzeugen, dass sie sich in sie verlieben sollen.«

»Wie denn?«

»Was?«

»Wie schaffen sie es, dass die Frauen sich in sie verlieben?«

Ava steigt auf eine kleine Leiter, um etwas vom obersten Regalbrett zu holen, und dabei rutscht ihr T-Shirt ein bisschen hoch und man sieht ihren Rücken und den Bund ihrer Jeansshorts und ihre Unterhose. Die ist blau. Ich mache die Augen zu und wende schnell den Blick ab. Komm schon, Gideon, stell dich nicht so an. Sei jetzt bloß nicht so ein Knallkopf, der schon durchdreht, wenn er echtes Mädchenfleisch sieht und so etwas Privates über sie erfährt wie die Farbe ihrer Unterhose.

»Na ja. Schneeballschlachten und Blumen, und sie fügen sich selbst Verletzungen zu, nur damit die Mädchen sie bedauern«, platze ich heraus.

Ava macht ein Geräusch, das ich nicht Gelächter nennen möchte, ich glaube nämlich nicht, dass sie gelacht hat. Sie hat eher Luft aus der Nase geschnaubt und dabei so ein verächtliches Gesicht gemacht wie vorhin. Sie steigt von der Leiter und reicht mir eine Zweikilodose Gefüllte Weinblätter.

»Ach so, und sie singen, es ist auch Gesang dabei«, füge ich noch schnell hinzu, und dann herrscht Schweigen.

Ava bückt sich, weil sie etwas aus dem untersten Fach des Kühlraums holen muss.

»Diese Zusammenfassung wird der Sache nicht ganz gerecht«, murmle ich.

Wenn ich jemals jemanden gebraucht habe, der mir auf die Schulter klopft und gut zuredet, dann jetzt. Jeder Teil von mir, der irgendwie an diesem katastrophalen Konversationsversuch beteiligt war, drückt jetzt glühend heiß gegen die anderen Teile, die nur zugesehen haben, ohne einzuschreiten. *Was machst du denn da, Mann?*, schreien sie. *Reiß dich zusammen!* Eigentlich müsste ich doch inzwischen an all das gewöhnt sein, daran, dass ich in einer Kommunikation wild rotiere, weil mir diese Sache einfach nicht liegt. Ich werde nervös, dann weiß ich nicht, was ich sagen soll, dann rede ich zu viel oder nur Blödsinn. Und ich weiß nie, was ich mit meinen Händen anfangen soll. Wenn man das entsetzliche Geschwafel dazurechnet, in das ich verfalle, weil Ava Spirini ein Mädchen in meinem Alter ist, dann bin ich doch eindeutig der coolste Typ aller Zeiten.

Ich benehme mich allerdings bei allen Leuten so dämlich, nicht nur bei Ava. Bei allen menschlichen Wesen. Immer. Mein Gehirn hat so die Angewohnheit, mich davon zu überzeugen, dass es jedem Menschen zu jedem Zeitpunkt eindeutig klar ist, was ich für eine grässliche Person bin. Robbie behauptet immer wieder, dass das nicht der Fall ist, und er frage sich, wie ich überhaupt so narzisstisch sein kann, mir einzubilden, dass die anderen Leute darauf verzichten, sich um ihre eigene lähmende Unsicherheit zu kümmern und stattdessen ihre ganze Zeit darauf verwenden, meine Fehler zu analysieren.

»Nein, wirklich nicht.« Ava steht auf und reicht mir eine große Plastikschüssel voller Salat. Ich überlege, ob etwas dagegenspricht, jetzt einfach mit dem Salat und den Gefüllten Weinblättern aus der Tür zu marschieren und nie wieder zurückzukommen.

»Ich habe noch nie einen Gideon getroffen«, sagt sie und schließt die Tür des großen Kühlschranks.

»Ich habe noch nie eine Ava getroffen.« Ich lächle und sie lächelt und eine riesige Welle der Erleichterung überspült mich, weil das für einen Typen mit meiner Erfolgsbilanz gar nicht so schlecht war. Ich habe mich gar nicht wie der allergrößte Idiot angestellt.

Im Laufe des restlichen Abends reden wir nicht mehr miteinander, wenn man davon absieht, dass sie ab und zu ein »Mach das mal voll« oder »Spül das ab« oder »Hol mir doch mal jenes« auf mich abfeuert.

Ich spüle Geschirr, bis meine Hände ganz verschrumpelt sind, und während ich spüle, beobachte ich Ava Spirinis Rücken, und dann denke ich, was Jobs angeht, ist dieser hier eigentlich ganz in Ordnung.

Ich war wahrscheinlich der Letzte, der erfahren hat, was mit ihrer Freundin passiert ist, Kelly. Kelly Waititi. Kelly war wunderschön. Nein, wunderschön trifft es nicht. Sie war atemberaubend. Sie hatte lange, pechschwarze Haare und riesige braune Augen und dunkelbraune Haut. Ich vermute, sie war Maori oder Insulanerin oder so was. Ihr war alles scheißegal. Ich hatte in der Schule das Schließfach neben ihrem, und an irgendeinem Tag musste ich früher nach Hause, wegen eines Arzttermins oder so, und als ich meine Tasche holte, kam sie herein, schloss ihr Fach auf und fing einfach an, sich umzuziehen. Sie sagte kein Wort, stand einfach in ihrem BH da, während sie in ihrer Tasche herumwühlte und ihr Kleid suchte. Sie zog es an, warf sich die Tasche über die Schulter und ging in Richtung Tür. Kurz bevor sie draußen war, wandte sie sich noch mal zu mir um und fragte: »Schwänzt du auch?« Ich schüttelte den Kopf, sie nickte und verschwand.

Das war das einzige Mal, dass Kelly mit mir redete, aber ich wusste, wer sie war. Jeder wusste, wer sie war, und ich vermute mal, es war einfach, da eine Verbindung herzustellen.

Wenn man wusste, wer Kelly war, dann wusste man auch, wer Ava war, denn die beiden waren immer zusammen. Meine Vorstellung von Ava Spirini ist die: Sie ist temperamentvoll und leidenschaftlich, und soweit ich das beurteilen kann, auch witzig, denn die Leute, mit denen sie immer zusammen war, haben sich oft totgelacht. Sie ist auffällig – jedenfalls mir fällt sie auf. Sie ist die Art Mädchen, die kein Make-up tragen muss. Einfach hübsch. Letzte Woche in der Vollversammlung hat sie lauthals geschrien, dass alle sie am Arsch lecken können, und dann hat sie beim Rausrennen sogar noch Witze gemacht und Mrs Bryan die Zunge rausgestreckt.

Ich habe keine Vorstellung davon, wie sie sich fühlt. Bis jetzt ist niemand, der mir so viel bedeutet, gestorben. Ich habe immer noch alle vier Großeltern und unser Hund ist immer noch der, den ich im Alter von fünf Jahren bekommen habe. Der einzige mir bekannte Mensch, der jemals dem Tode nahe war, bin ich selbst. Und meinen Tod hätte ich überhaupt nicht schlimm gefunden. Er wäre eine enorme Erleichterung gewesen. Zumindest habe ich das zu jenem Zeitpunkt gedacht.

⌘

»Okay. Leg los, Gideon, welche Zahl hast du?«, fragt Ria. Ria ist durchgeknallt und rundlich und sie hat ganz kurz geschorene Haare, bis auf eine Stelle oben in der Mitte, von der ihr Strähnen seitlich ins Gesicht hängen. Die färbt sie in unterschiedlichen Farben. Im Moment ist das Haarbüschel silbergrau, als wäre sie eine Hipster-Oma. Ria ist von oben bis unten mit Tätowierungen bedeckt, lauter kleine Bilder, die auf ihrem Körper komplizierte Muster bilden, und über den ganzen linken Arm ziehen sich Tattoos, die etwas mit der Serie *Doctor Who* zu tun haben. Ria und Robbie sind Freunde. Über Robbie habe ich Ria vor drei Jahren kennengelernt, und damals habe ich begonnen, bei ihr Unterricht zu nehmen. Dann habe ich mit den Gedichtwettbewerben angefangen, und dann damit, mich mit fünfzehn Jugendlichen ungefähr in meinem Alter zu treffen, Texte zu schreiben, Theater, Kurzfilme und so was zu machen. Erst mal ging es um Selbstvertrauen und, wie Robbie es nennen würde, »normale soziale Interaktion mit Gleichaltrigen.« Aber an den Gleichaltrigen, mit denen ich mich jetzt treffe, ist nichts wirklich normal.

»Ich bin eine Sieben«, sage ich und die Gruppe nickt lächelnd. Ria fängt jeden ihrer Workshops so an, mit einem Nummernsystem zwischen eins und zehn. Eins bedeutet, es ist der mieseste Tag deines Lebens und beschissener kannst du dich gar nicht fühlen. Als ich mit den Stunden bei Ria angefangen habe, war ich eine Zwei, bestenfalls eine Drei. Ich habe die Nummernskala ernst genommen, anders als andere in der Gruppe, die schon auf eins waren, wenn sie einen Pickel hatten oder wenn ihre Eltern ihnen auf dem Schulweg keinen Milchkaffee gekauft haben. Aber deswegen ist es eben eine Zahlenskala und keine Jammer-Monolog-Skala. Zahlen kann jeder verstehen. Wer sagt denn, dass meine Zwei sich anders anfühlt als ihre Zwei? Vielleicht wollten sie diesen Kaffee ganz, ganz unbedingt. Vielleicht hatte es etwas mit einem nicht eingelösten Versprechen zu tun oder der Barista war ihre große Liebe und sie hatten ihm versprochen, heute bei ihm vorbeizukommen, und jetzt, wo die bösartigen Eltern Nein sagten, würde der Barista einfach ins nächste Flugzeug steigen und nach Nepal entschwinden und nie erfahren, was sie für ihn empfanden. Oder so was.

»Sieben? Gut. Und Frage?« Ria lächelt mir zu. Sie hat einen kleinen Plastikball in der Hand, den sie beim Sprechen in die Luft wirft, und sie trägt einen Armreif, der dabei jedes Mal klimpert. Jede Woche stellt sie eine neue Frage – und die Fragen sind unterschiedlich ernst. Manchmal führen wir stundenlang existenzielle Gespräche darüber, wofür wir eigentlich auf der Welt sind, ein andermal reden wir darüber, wer bei einer Zombie-Attacke als Erster sterben würde. Die Frage der Woche lautet: *Wenn du dir eine Superhelden-Kraft aussuchen könntest, welche wäre das*?

»Unsichtbar sein«, sage ich.

»Blödsinn!«, schreit Norma durch den Raum.

»Ganz meine Meinung!« Andy, der neben mir sitzt, stimmt in Blitzgeschwindigkeit ein und versetzt mir einen heftigen Klaps aufs Bein.

»Warum?« Norma hat die Beine übereinandergeschlagen, betrachtet mich stirnrunzelnd, ihre kurzen, kastanienroten Kraushaare sträuben sich um ihren Kopf wie eine Löwenmähne.

»Es stimmt aber«, sage ich. Ich kenne das schon von Andy und Norma, sie sind schließlich meine engsten Freunde. Ich habe die beiden vor Jahren in meiner ersten Stunde in einer ähnlichen Gruppe kennengelernt. »Weil, stellt euch mal vor, man könnte sich unsichtbar machen. Man könnte die Gespräche von anderen Leuten belauschen oder ihnen irgendwas ins Ohr flüstern oder ihr Zeug hin und herschieben. Das muss doch zum Brüllen sein.«

Ich grinse und ein paar der anderen lachen und steuern

ihre eigenen Ideen bei: nach dem Sportunterricht in den Umkleideraum der Jungs gehen oder einem besonders verhassten Lehrer beim Hinsetzen den Stuhl wegziehen.

»Du machst dich doch sowieso schon unsichtbar, Gideon«, ruft Norma durch den Raum.

»Okay, okay«, mischt sich Ria ein. Ihre Gruppe chaotischer Teenager gerät immer weiter außer Kontrolle. »Gideon, möchtest du auf diesen Kommentar antworten?«

»Nein.« Ich schüttle den Kopf.

Andy beugt sich zu mir herüber und flüstert mir zu: »Norma ist so ein Biest!«, dann stößt er sein wieherndes Gelächter aus. Er klingt wie die Hyänen in *König der Löwen.*

An meinem ersten Tag war Andy der erste Mensch, der mit mir redete. Er kam einfach in seinem Batik-T-Shirt anspaziert, ein Gewirr von schlendernden Beinen und Farbkringeln, und fragte: »Bist du schwul?«, noch bevor er sich nach meinem Namen erkundigte.

»Nein.«

»Ich auch nicht. Nimm dich in Acht.«

»Was?«

»Vor den Mädchen. Sie sind wie die Geier.«

»Was?«

»Fast alle gehen in reine Mädchenschulen und die einzigen Jungs, die sie kennen, sind schwul. Du siehst gut aus. Du wirst ihnen gefallen.«

Die einzigen Menschen, die mich jemals als gut aussehend bezeichnet haben, waren bis dahin meine Mütter.

»Hast du eine Freundin?«

»Nein.«

»Cool. Dann such dir eine aus.« Er zeigte in den Raum. »Nur nicht Norma. Ich mag Norma. Und Bridie auch nicht.«

»Warum nicht Bridie?«

»Weil sie ein Biest ist.«

Andy und ich waren sofort Verbündete und später wurden wir Freunde. Norma und Andy taten sich schon kurz danach zusammen, sie sind also ein Paar, seit ich sie kenne. Es gibt doch diese Paare, die auf fast unheimliche Weise füreinander bestimmt erscheinen? Mit vierzehn kann das nur bedeuten, dass die Sache schiefgeht. Bis auf ganz seltene Ausnahmen.

Andy und Norma sind eine solche Ausnahme.

Die Stunde läuft weiter und wir diskutieren über existenzielle Themen, beispielsweise darüber, was Sally mit ihren Haaren anstellen soll, ob Travis sich besser von seiner Freundin trennt und über den Podcast, den wir alle uns angehört haben.

Ich komme gern hierher. Es ist, als würde man sonst überall die Luft anhalten und könnte jetzt plötzlich ausatmen. Es gibt überhaupt keinen Druck oder so einen Mist. Das Einzige, was von dir erwartet wird, ist ehrlich zu sein und auf die anderen Rücksicht zu nehmen, und dass du alles erst mal hinnimmst und dich nicht wie ein Arschloch aufführst. Ich finde, die Welt könnte eine Menge von Ria und der Art, wie sie ihre Stunden leitet, lernen.

Diese Woche haben sie einen Haufen verschiedener Bilder auf dem Boden verteilt und wir sollen sie als Anreiz nehmen, um einen Text zu schreiben. Ich suche mir ein Bild von einem Trampolin aus und schreibe ein Gedicht über ein junges Mädchen, das unter dem Trampolin liegt und einfach ihr

Adrenalin spürt, wenn ihre Freundin über ihr springt. Issy muss es laut vorlesen und sie macht das echt gut. Issy hat einen Kurzhaarschnitt und unwahrscheinlich lange Wimpern. Sie hat genauso viel Selbstvertrauen wie Selbstverachtung und das Schlimmste an der Tatsache, dass ich gerade kein Internet habe, ist, dass ich nicht mit ihr chatten kann. Nur ganz dämliche Konversationen, in denen wir uns gegenseitig irgendwelche bekloppten Memes schicken, aber immerhin.

»Ich hoffe, das war so in Ordnung«, sagt sie, während sie sich wieder hinsetzt, und ich nicke. War es. Sie kann wirklich gut lesen. »Ich finde ja, ich habe es total versaut«, fährt sie fort.

»Klar. Und wie. Ich bin bloß froh, dass du das selbst gesagt hast, das war nämlich wirklich total scheiße«, platze ich heraus und schüttle dabei missbilligend den Kopf.

»Sei still.« Sie versetzt mir einen Schlag auf die Schulter und wendet sich ab, und in diesem Moment erhasche ich einen Blick auf Norma und Andy, die mich mit gerunzelter Stirn beobachten, und Andy flüstert lautlos: *Jetzt bist du dran.*

»Sie hat mit dir geflirtet«, sagt Norma, als wir draußen herumstehen und darauf warten, dass unsere Eltern uns abholen.

»Blödsinn.«

»Doch, klar. Hat sie doch, oder, Schatz?«

»Es lag eindeutig ein Hauch von Flirt in der Luft.« Andy lächelt.

»Das ist widerlich!« Ich schüttle den Kopf.

»Magst du sie?«, fragt Norma.

»Sie ist nett.«

»Ja, schon, aber macht dich ihr Gesicht so richtig an?«

»Welcher Teil von ihr sollte mich sonst anmachen?«

Andy schüttelt enttäuscht den Kopf. »Du musst noch viel lernen, mein Freund.«

»Ich würde sagen, du hast eine echte Chance.« Norma nickt.

»Ich denk mal drüber nach«, erwidere ich.

Mal darüber nachdenken? Wahrscheinlich werde ich an nichts anderes mehr denken, jetzt wo Norma mir den Floh ins Ohr gesetzt hat. Mag ich Issy? Darüber habe ich mir noch nie Gedanken gemacht. Nicht ernsthaft. Wir verstehen uns gut, aber es ist jetzt nicht so, als würde die Chemie zwischen uns so eindeutig stimmen. Andererseits würde ich das vielleicht auch gar nicht kapieren, weil meine Erfahrungen mit Mädchen gegen null gehen.

Zwei habe ich schon geküsst, Stacey Knight und Rebecca Simons. Am selben Abend. Innerhalb von fünf Minuten. Ich war in der Neunten und wir waren alle in Andys Garage. Ich hatte gerade mit den Stunden bei Ria angefangen und Andy hatte uns zu sich bestellt – er nannte es eine »Zusammenkunft«, die erste, zu der ich nicht nur eingeladen war, sondern tatsächlich auch hingegangen bin. Es waren nur ungefähr zehn Leute da und wir spielten Uno mit Spezialregeln, was in der Praxis bedeutet, dass man den Zahlen bestimmte Handlungen zuordnet. Wenn zum Beispiel eine rote Acht gelegt wird, müssen sich die beiden, die zuletzt ihre Hände auf den Kopf gelegt haben, eben küssen.

WAS ICH GEDACHT HABE, ALS ICH STACEY KNIGHT KÜSSTE (CHRONOLOGISCH NACH AUFTAUCHEN IN MEINEM GEHIRN GEORDNET)

---

1. Ich kann ja wirklich ihre Zunge in meinem Mund fühlen.
2. Das ist widerlich.
3. Bäh.
4. Wie kann ich verhindern, dass sie mir weiter das Kinn ableckt?
5. Das ist unglaublich enttäuschend.
6. Zeig nicht, dass du enttäuscht bist. Es könnte komplett an dir selbst liegen. Was ist, wenn du beschissen küsst und das selbst verursacht hast?

WAS ICH GEDACHT HABE, ALS ICH REBECCA SIMONS KÜSSTE (CHRONOLOGISCH NACH AUFTAUCHEN IN MEINEM GEHIRN GEORDNET)

---

1. Oh. Okay. Das ist jetzt anders.
2. Das ist besser.
3. DAS IST DAS SCHÖNSTE AUF DER GANZEN BESCHISSENEN WELT.
4. Warum knutschen die Leute nicht ununterbrochen? Das wäre vollkommen nachvollziehbar.
5. Puh. Es lag nicht an mir. Entweder das oder ich habe verdammt schnell dazugelernt.

Seither habe ich niemanden mehr geküsst. Die Gelegenheit hat sich nicht ergeben, in erster Linie aufgrund meiner tief verwurzelten Angst vor, na ja, jedem. Und wenn man lähmende Furcht zu Angstzuständen und Panikattacken hinzuaddiert, was ergibt das dann?

Furcht + Panikattacken + allgemein ängstlicher Mensch = Gideons Versagen als soziales Wesen.

Ich bin ein Spätzünder. Ein extremer Spätzünder. Es dauert ziemlich lange, bis ich mich mit jemandem so wohlfühle, dass ich nicht durchdrehe. Deswegen ist meine Schwester meine beste Freundin, deswegen habe ich keine Kumpels in der Schule und deswegen schnürt sich mir der Hals zu, wenn ich mir vorstelle, dass Issy mich vielleicht mögen könnte, und ich bekomme keine Luft mehr.

⌘

Ich war noch nie betrunken. Noch nie. Und jetzt, wo ich vier komplette Wochenendschichten im *Magic Kebab* gearbeitet habe und eine Horde von besoffenen Leuten gesehen habe, die über die eigenen Füße stolpern, blödsinnigen Mist grölen und vor dem Lokal in die Mülleimer kotzen, erschließt sich mir der Reiz nicht so richtig. Letzten Samstag war da so ein dämliches betrunkenes Mädchen mit einem Blumenkranz auf dem Kopf und den Schuhen in der Hand, die so viel geweint hatte, dass ihre Wangen aus achtzig Prozent Mascara bestanden, die brüllte Ava hundertmal hintereinander an, sie sei verdammt noch mal Pescetarierin und könne deswegen nur Huhn essen. Ava versuchte ihr zu erklären, was ein Pescetarier überhaupt ist, aber das Mädchen heulte nur noch lauter und das Ganze endete damit, dass sie einen ihrer Hackenschuhe über die Theke nach Ava schmiss und dabei brüllte: »Ich will Hühnchen-Kebab!« Einer ihrer Freunde musste sie packen und wegziehen und ich konnte mir das Kichern nicht verkneifen, als ich die Tomaten nachfüllte. Ava zwinkerte mir nur zu und formte mit den Lippen die Worte: *Pass auf.* Schnell füllte sie das Kebab des Mädchens mit Rickys Chilisoße und verbrannten Lammstückchen und reichte ihn dem Mädchen mit einem angedeuteten Knicks. Das Mädchen verdrehte nur die Augen und verschlang den halben Kebab, dann ließ sie die andere Hälfte einfach auf ihren Busen fallen. Zu diesem Zeitpunkt krümmten Ava und ich uns hinter der Theke vor Lachen. »So eine blöde Kuh«, sagte sie und wischte sich ihre wilden braunen Haare hinter die Ohren. Und ich grinste nur und sagte nichts, weil das so meine Art ist.

Während der drei vorhergehenden Schichten hatte sie nichts zu mir gesagt, nur »Wir brauchen mehr Zwiebeln« und »Pass mit den Oliven auf, du kriegst einen Ausschlag.« Ich bekam einen Ausschlag und ich musste Mum anrufen und mich abholen lassen.

Die Dienstagabende sind besser. Ruhiger. Es gibt mehr Gelegenheiten, sich zu unterhalten. Ich habe mir eine Liste gemacht mit geeigneten oder möglichen Themen für Small Talk mit Ava heute Abend; ich befürchte, wenn mein ständiges Nicken und Grinsen dazu führt, dass sie mich für einen Vollpfosten hält oder für noch etwas Schlimmeres, dann war's das.

GEEIGNETE ODER MÖGLICHE THEMEN FÜR SMALL TALK

---

1. Kino
2. Musik
3. Fernsehen
4. Wenn im Lokal etwas Witziges passiert
5. Das Wetter

•

Ich bitte Susan um Hilfe, als sie mich zur Arbeit fährt.

Sie seufzt. »Rede unter gar keinen Umständen über das Wetter.«

»Okay«, antworte ich.

»Und mach keine Liste.«

»Mach ich nicht.« Die Liste in meiner Hosentasche brennt bildlich gesehen ein Loch in mein Bein.

»Stell ihr einfach Fragen. Und benimm dich nicht komisch.« Sie wirft einen Blick in den Rückspiegel.

»Na ja, das sagst du so«, knurre ich.

»Mach dir keinen Stress. Du willst nur mit ihr reden, nicht mit ihr schlafen.« Sie grinst, weil sie weiß, dass ich jetzt ausflippe.

»*Susan*!«, flippe ich aus.

Sie schneidet mir schnell das Wort ab. »Oder vielleicht doch, dann ist es auch okay. Der Apfel fällt nicht weit vom Stamm«, sagt sie mit ihrem tiefen, heiseren Kichern.

»Du bist widerlich. Du bist seit fünfundzwanzig Jahren mit derselben Frau zusammen. Du verstehst überhaupt nichts davon.«

»Aber damals zu meiner Zeit war ich gefürchtet.«

»Ich möchte nicht gefürchtet sein. Ich möchte nur nicht, dass sie denkt, ich bin ein Idiot.«

»Du bist kein Idiot. Du bist der klügste Mensch, den ich kenne.« Sie tätschelt mir das Bein. »Benimm dich ganz natürlich und hör auf, dir Gedanken zu machen. Ich weiß, das ist so, als würde man dem Papst raten, nicht mehr katholisch zu sein, aber du weißt schon, was ich meine.«

Als ich das Lokal betrete, werfe ich meine Liste in den Mülleimer, zähle bis dreißig, mache dann kehrt, hole sie wieder raus und stecke sie mir in die Tasche. Nur für den Notfall. Es ist aber nicht wichtig. Ava spricht nur ein Wort mit mir.

»Hey.«

»Hey«, antworte ich. So weit, so gut.

Später am Abend legt Ricky wieder eine von seinen Platten auf und haut mir auf den Rücken. »Ich wette, du weißt nicht, wer das ist, Bohnenstange.«

»Das ist Led Zeppelin«, sage ich und Ricky tanzt um mich herum.

»Ava hat sie nicht gekannt, oder, Ava?«

Sie sieht auf. »Nein. Du brauchst dringend einen iPod, Ricky.«

»Schwachsinn. Ich will diesen digitalen Mist nicht. Schallplatten sind besser.«

»Irgendwie sammle ich Platten«, murmle ich.

Ricky lacht laut. »Siehst du?« Sein ganzer Bauch wackelt.

»Du sammelst irgendwie Platten?« Ava sieht mich an.

»Also tu ich«, sage ich. »Ich sammle sie.«

Ava nickt und geht weg. Ich würde sagen, das kann man als Small Talk durchgehen lassen, oder? Ich verharre einen

Moment lang am Spülbecken, die Arme bis zum Ellbogen im fettigen Wasser, und klopfe mir innerlich auf die Schulter: Ich habe heute Abend zwei relativ normale Interaktionen bewältigt.

Später sitzt eine Gruppe junger Afrikaner an einem Ecktisch. Sie amüsieren sich mit Beatboxen, ab und zu improvisieren sie einen Text dazu, dann johlen sie oder lachen laut und deuten mit dem Finger auf denjenigen, der gerade gerappt hat. Ich spitze die Ohren, als ich die Mülltonnen leere, und stelle fest, dass derjenige am meisten Beifall einheimst, der irgendeinen Mist in Bezug auf die Mütter der anderen redet. Als ich den Müll in die großen Container draußen gekippt habe, sind außer den Jungs keine Gäste mehr da und einer von ihnen ruft mich heran. Ich sehe mich einen Moment lang nach Ava um. Sie steht hinter der Theke und grinst so ein bisschen spöttisch, als die vier Jungs mich bedrängen, ich solle doch mitmachen.

»Jetzt du einen Vers. Jetzt du«, sagt der mit dem Hut.

»Nein, das kann ich nicht«, sage ich. »Aber danke, dass ihr mich eingeladen habt.« Sie lachen über mich. Der Kleinste, der ein Hemd mit Zebramuster trägt, legt mir den Arm um die Schultern und schiebt mich zurück an den Tisch.

»Du kannst. Klar kannst du«, sagt er.

»Ich kann nicht. Ich weiß doch gar nicht …«, stottere ich, aber die Jungs brüllen – klar kann ich und ich soll einfach spontan das sagen, was mir einfällt, es ist alles in Ordnung.

»Ganz locker«, sagt einer der Jungs und grinst das breiteste Grinsen, das ich jemals in meinem Leben gesehen habe. Sie fangen an auf den Tisch zu trommeln und mich anzufeuern, einer von ihnen improvisiert ein bisschen, ein anderer übernimmt, und dann sehen sie alle gleichzeitig auf mich und der Beatboxer macht einfach weiter. Ich kriege ein ganz heißes Gesicht, weil alle mich ansehen, darauf warten, dass ich etwas mache. Irgendwas. Ich kann buchstäblich spüren, wie mein Herz Adrenalin durch meinen Körper pumpt. Ich zögere eine Sekunde, bedanke mich bei Ria für die aberhundert Improvisationsspiele und Freestyle-Schreibsessions, mit denen sie mich im Laufe der Jahre konfrontiert hat.

Und ich mache den Mund auf.

Ich weiß nicht genau, was ich machen soll, mir ist schon richtig schlecht./So fies zu euren Müttern sein, das ist doch ungerecht./Wenn die hören würden, wie ihr rappt, das fänden sie nicht nett./Doch keine Sorge, Jungs, ich tröste sie – heute Nacht bei mir im Bett.

AVA

Ich bin geschockt. Also absolut vom Donner gerührt. Meine Kinnlade klappt nach unten, meine Augen sind weit aufgerissen und meine Augenbrauen sträuben sich in alle Richtungen. Die vier afrikanischen Jungs explodieren praktisch, springen in die Luft, schreien und lachen, und einer von ihnen hebt Gideon hoch und legt ihn sich über die Schultern, drückt ihn an sich und die anderen tätscheln ihm den Kopf.

»Das war voll krass, oder?«, ruft einer der Jungs mir zu.

»Jaja«, sage ich. Wer zur Hölle ist dieser Typ? Total schüchtern und nervös, spricht kaum ein Wort, und dann plötzlich erweist er sich als Hardcore-Rapper. Ich kichere los, als ich ihnen zusehe, und dann muss ich sogar richtig lachen, so laut und herzlich, dass ich mich krümme. Ich sehe zu, wie die Jungs Gideon herumschmeißen, ihm auf den Rücken klopfen.

Ich höre, wie sie sich darüber unterhalten, wem welche Musik gefällt und welche Hip-Hopper sie alle kennen, und schließlich kommen die Jungs zurück auf den Boden, schütteln ungläubig die Köpfe und sagen, »Junge, das war geil!«, und »Ja, ja!«.

Gideon grinst nur verlegen, seine Wangen sind leuchtend rot, als die Jungs tief beeindruckt das Lokal verlassen. Dann dreht er sich auf den Fersen um, senkt den Blick und trabt einfach an der Theke vorbei. Zwei Sekunden später taucht er mit einem Besen wieder auf und fängt an zu fegen.

»Willst du jetzt überhaupt nichts dazu sagen? Zu dem, was hier eben los war?«, frage ich, und er schüttelt nur den Kopf. »Was? Du da drüben mit deinem Besen bist so ein kleiner heimlicher Shakespeare?«

»Nee, nee«, murmelt er.

»Lass den Quatsch«, sage ich.

»Ich schreibe.«

»Du schreibst?«

»Ja. Gedichte«, sagt er.

»Cool.«

»Echt?«, fragt er. Zum ersten Mal sieht er mich richtig an.

»Das war cool.« Ich lächle. Es stimmt ja auch.

»Echt?«, fragt er wieder, und ich nicke.

Ich finde ihn süß – er wirkt wie ein etwas streberhafter Hipster, bloß ist er kein richtiger Hipster, dafür sind seine Haare zu wild und seine Klamotten viel zu groß.

Als das Lokal abgeschlossen ist und wir alles aufgeräumt haben, warten Gideon und ich vorne an der Straße. Ich weiß nicht warum, aber die Worte, die ich da plötzlich ausspreche, fühlen sich überhaupt nicht so an, als kämen sie wirklich von mir.

»Du solltest mich nach meiner Telefonnummer fragen«, sage ich. Ich wühle gerade in meiner Tasche nach der letzten Zigarette, die ich Lincoln geklaut habe.

Gideon wirkt völlig entgeistert, er kommt ins Stottern, seine Antwort lautet: »So…so…sollte ich das?«

»Ja.«

»Sollte ich. Aber …« Er verstummt.

Aber? Aber was? Hat er eine Freundin? Ich glaube nicht, dass er eine Freundin hat. Er denkt, ich baggere ihn an. Baggere ich ihn an? Ich glaube nicht, dass ich ihn anbaggere. Ich baggere ihn garantiert nicht an. Muss ich ihm irgendwie deutlich verklickern, dass ich ihn nicht anbaggere? Ich weiß nicht, was ich mache. Ich finde ihn lustig. Mir gefällt es, wie ich mich in seiner Anwesenheit fühle. Ich bin neugierig.

»Aber?«, frage ich. Endlich habe ich die Zigarette zwischen dem ganzen anderen Kram in meiner Tasche gefunden und suche jetzt nach einem Feuerzeug.

»Ich habe kein Telefon«, sagt er, und ich mache mir nicht mal die Mühe, den Kopf zu heben, weil mir klar ist, dass er einen Witz macht und mir gleich den richtigen Grund nennen wird. Zum Beispiel, dass ich ihm zu abgekackt bin oder dass er nach Botswana umzieht, um in einer Kommune zu arbeiten und dort keinen Empfang hat, es ist also sinnlos.

Gideon sagt nichts. Ich sehe ihn an. Himmel noch mal. Er meint es ernst.

»Echt jetzt?«

»Ja.«

»Okay. Dann solltest du mich als Freund zufügen«, sage ich.

»Ich habe auch kein Internet«, fügt er lächelnd hinzu und atmet tief aus. Er stopft seine Hände in die Taschen und sieht zu Boden. Wer ist dieser Typ?

»Echt jetzt?«

»Ja. Echt.« Gideon hebt den Kopf nicht, er sieht immer noch auf den Boden, zeichnet mit dem Fuß irgendein Muster in den Staub. Seine Locken wippen irgendwie bei jeder Fußbewegung mit. Er ist groß. Größer als ich, sogar größer als Lincoln. Und er ist sehr dünn. Nicht so mager, dass man seine Rippen sehen könnte, aber schon dünn. Seine Jeans sitzen ganz eng und er hat die Hosenbeine in glänzende schwarze Stiefel gesteckt und sein langärmliges Hemd ist vermutlich fünf Größen zu weit. Aber es steht ihm. Er sieht nicht aus wie irgendjemand sonst, den ich kenne. Wenn überhaupt, dann sieht er aus wie die alten Rockmusiker auf Rickys Schallplattenhüllen.

Gideon sagt nichts. Also sage ich nichts. Kein Telefon und kein Internet. Vielleicht lebt er ja wirklich in den Siebzigern und ich befinde mich gerade in so einer Art Paralleluniversum. Super, genau das fehlt mir dieses Jahr noch – dass ich mich mit einem Zeitreisenden anfreunde. Ich muss grinsen.

»Wenn du nicht mit mir reden willst, kannst du ja einfach Nein sagen«, erkläre ich schließlich und nehme meine Suche nach dem Feuerzeug wieder auf.

»Nein …«

»Oh!« Ich trete zwei Schritte zurück. Wow.

Immerhin war er ehrlich. Er will nicht mit mir reden und wer soll ihm daraus einen Vorwurf machen? Ich meine, ich bin im Moment ziemlich kaputt und man braucht kein Detektivbüro, um das herauszufinden.

»Nein, ich meine, nein, ich will mit dir reden.«

»Das wäre auch okay. Ich habe nur gedacht …«, murmle ich vor mich hin. Ehrlich gesagt weiß ich gar nicht, was ich gedacht habe. Oder warum ich überhaupt gefragt habe. Es macht mir gar nichts aus.

Aber es macht mir doch etwas aus. Ich habe dieses Gefühl im Bauch, dieses Abgelehnt-Gefühl. Jedes Mal schwöre ich mir, dass ich nie wieder in so eine dämliche Situation geraten werde, dass ich es nie wieder tue, weil es einfach zu sehr wehtut. Wenn ich versucht habe, Kel dieses Gefühl zu erklären, hat sie immer nur mit den Achseln gezuckt und mir gesagt, ich sei bescheuert, hat gesagt, sie habe keine Ahnung, was ich meinte. Hatte sie auch wirklich nicht, weil niemand Kelly jemals abgelehnt hat. Mädchen nicht. Jungs nicht. Lehrer nicht. Niemand. Nur Kellys Gehirn hat Kelly abgelehnt.

Gideon macht zwei Schritte auf mich zu. »Ava? Ganz ehrlich, echt, ich schwöre beim Leben meiner Mutter, dass ich kein Handy habe.«

»Und kein Internet?«

»Und kein Internet.«

»Ein Festnetztelefon?«

»Wer hat denn heute noch ein Festnetztelefon? Ähm, nein.« Er versucht, die Stimmung ein bisschen aufzulockern.

»Wir zum Beispiel.«

»Oh.« Gideon sucht nach Worten. Ich habe keine Ahnung, warum wir noch ein Festnetztelefon haben. Es kommen eh nur Werbeanrufe und ab und zu klingelt meine Yiayia durch.

Schweigen. Verlegenes Schweigen. Ich taste wieder in der Tasche nach dem Feuerzeug und entdecke es in einem Fach an der Vorderseite. Na endlich. Ich zünde die Zigarette an und nehme einen tiefen Zug.

»Wie kommt's?«, frage ich.

»Ich dachte, ich probier mal aus, wie sich das Leben ohne das alles anfühlt.« Gideon stopft die Hände in die Hosentaschen.

Ich nehme einen weiteren Zug. »Und wie fühlt sich das Leben ohne das alles an?« Ich halte Gideon die Zigarette hin, aber er schüttelt den Kopf.

»Ich bin mir noch nicht ganz klar drüber.«

Ich bin fasziniert. Wieso sollte jemand, der noch alle Tassen im Schrank hat, sich dafür interessieren, wie sich das Leben ohne Telefon und Internet anfühlt? Gideon wird immer nervös, wenn wir zusammen sind. Das gefällt mir an ihm. Normalerweise werden die Leute nie nervös, wenn sie mit mir zusammen sind. Ich werde nervös, wenn ich bei ihnen bin. Bei jedem, nur nicht bei Gideon. Vielleicht gibt es da so eine Art Quote an Nervosität, die zwischen zwei Leuten aufkommen kann, und weil Gideon allein die komplette Menge verbraucht, spüre ich nichts. Ich spüre in letzter Zeit sowieso nicht viel, abgesehen von Gefühlen wie Taubheit oder einer Scheißwut, aber mit Gideon spüre ich so etwas wie ... dass ich alles unter Kontrolle habe. Nicht dass ich Kontrolle über ihn habe, sondern mehr so was wie Selbstvertrauen, als hätte ich die Sache unter Kontrolle, weil er ja so nervös ist.

Ich frage mich, ob Kelly dasselbe empfunden hat. Ich sehe sie vor mir, wie sie sich die Haare über den Kopf nach hinten warf, den Kopf in den Nacken legte und die Schultern ausschüttelte wie eins dieser Mädchen in den James Bond-Filmen. Sie zog lang und tief an ihrer Zigarette und verknotete ihr T-Shirt über dem Bauchnabel. Kelly kümmerte sich einen Scheiß darum, was andere dachten. Als sie auf die Idee kam, dass sie Faye Donaldson toll fand, gab es für sie kein Halten mehr.

Auch wenn Faye Donaldson noch nie ein Mädchen geküsst hatte. Genau genommen gehe ich davon aus, dass Faye Donaldson noch nie jemanden geküsst hatte.

»Sie ist wunderschön, Ava. Ich glaube, ihr hat noch nie jemand gesagt, dass sie wunderschön ist«, sagte Kelly.

»Ihre Mutter bestimmt«, behauptete ich.

»Das zählt doch nicht.« Kelly drückte ihre Zigarette auf dem Boden aus und zog ihren iPod aus der Tasche. Ich saß neben der Aschenbahn hinter der Schule auf dem Boden. Kelly streckte die Hand aus und ich packte sie und sie zog mich hoch. Sah mir tief in die Augen.

»Stell dir mal vor, wie sich das anfühlt, wenn man so durchs Leben geht und niemand einem jemals sagt, dass man wunderschön ist.«

»Was willst du tun?«

»Ich sag's ihr jetzt.« Kelly steckte mir die Ohrstöpsel in die Ohren und drückte auf »Play«. Ich stand da und beobachtete, wie sie zu Faye Donaldson rüberging, die sie ahnungslos erwartete. Ich beobachtete, wie Kelly erst eine Weile mit ihr redete. Ich beobachtete, wie Faye ihr lächelnd antwortete. Dann musste Kelly ihr gesagt haben, dass sie wunderschön sei, denn Faye errötete und wandte den Blick ab und Kelly trat ganz nahe an Faye heran, strich ihr die Haare hinter die Ohren und dann küsste sie sie.

Nicht sehr lang, aber lang genug. Ihre Handflächen lagen auf Fayes Wangen. Es war sanft und ruhig und wunderschön. Endlich löste sich Kelly, küsste Faye noch kurz auf die Wange, lächelte und kam langsam zu mir zurück. Die ganze Zeit über plärrte irgend so eine Instrumentalballade in meine Ohren und ich fühlte mich wie im Kino, als spiele sich direkt vor mir irgendeine High-School-Romanze ab. Ich schüttelte den Kopf, als Kelly vor mir eine kleine Verbeugung machte, lächelte und sich bei mir einhakte. Dann nahm sie mir einen der Kopfhörerstöpsel heraus, steckte ihn sich selbst ins Ohr und wir gingen zusammen davon.

Faye kam zur Trauerfeier. Jedenfalls zu dem Teil der

Trauerfeier, der in der Kirche stattfand. Sie haben für Kelly eine traditionelle Maori-Beerdigung ausgerichtet. Jedenfalls so traditionell, wie es außerhalb von Neuseeland überhaupt möglich war. Sie richteten eine *Marae,* einen eingefriedeten zeremoniellen Bereich, in ihrem Wohnzimmer ein. Dort stand zwei Tage lang der offene Sarg, und am dritten Tag fand die eigentliche Trauerfeier statt. Eigentlich hätte die Familie sie lieber im Haus abgehalten, aber es wollten zu viele Leute kommen, deswegen fand sie dann doch in einem großen Kirchensaal statt. Während dieser zwei Tage kamen Leute, um Kelly zu besuchen, man ließ sie keinen Moment lang allein. Am zweiten Abend schlief ich mit ihnen allen im Wohnzimmer, und mit »schlafen« meine ich: Ich starrte an die Decke und hielt Lincolns Hand.

Ich war die Einzige von meiner Schule, die ins Haus ging. Ich glaube, die Leute hatten Panik davor, sie im Sarg zu sehen. Ich kann es ihnen nicht verdenken. Ich selbst fürchtete mich so sehr davor, sie zu sehen. Ich wusste nicht, was mich erwartete. Ich wusste nicht, ob ich es aushalten würde, und das Letzte, was ich wollte, war, allen noch mehr Kummer zu machen. Aber Dad begleitete mich und als ich auf dem Sofa saß und alles auf mich einströmen ließ, saß Dad mit Kellys Vater neben dem Sarg und beide weinten. Dad flüsterte etwas und küsste Kellys Stirn und dicke runde Tränen rannen ihm aus den Augen. Tina sah mich an und bedeutete mir, ich solle jetzt kommen. Ich erinnere mich genau an diese Übelkeit, die aus meinen Zehen bis unter mein Schädeldach stieg und dann wieder zurückfloss. Ich nickte und weinte und setzte mich neben sie, und sie legte ihren Arm um mich, während ich meine Freundin ansah.

Kelly sah nicht mehr aus wie sie selbst. Ihre schöne braune Haut war ganz grau und sie lag so, so still.

Während dieser beiden Tage saß Kellys Familie da, weinte, spielte Gitarre, und es fiel mir so schwer, etwas zu sagen, solange alle dabei waren, aber manchmal gelang es mir, einen Moment zu erhaschen, in dem ich Kellys Hand hielt und mich zwang, mir klarzumachen, dass sie wirklich von mir gegangen war, oder in dem ich versuchte, sie allein mit der Kraft meines Willens wieder aufzuwecken.

Als am dritten Tag die Sonne aufging, gab es noch eine Zeremonie, in der Kellys Tanten Lieder sangen und die Leute beteten und der Sarg zugedeckt wurde. Niemals im Leben werde ich die Laute vergessen, die Tinas Mutter ausstieß, als sie da saß und den Sarg in ihren Armen hielt. Es war mehr als nur ein Weinen, es war ein Heulen. Mehr tierisch als menschlich. Manchmal, wenn es ganz still ist, bin ich mir sicher, dass ich es immer noch höre, als hätte es sich in meine Seele eingebrannt. So klingt also Schmerz. Wir beobachteten, wie der Sarg in den Wagen geladen wurde. Ich glaube, das war der schlimmste Moment. Ich konnte gar nicht aufhören zu weinen und meine Beine gaben unter mir nach, und so stellte Dad sich hinter mich und legte mir die Arme um die Taille und hielt mich aufrecht, und dann fuhr der Leichenwagen davon und ich würde meine wunderschöne Freundin niemals wiedersehen.

Viele Leute aus der Schule kamen zur Beerdigung. Es waren jede Menge Schüler da, die gar nie etwas mit Kelly zu tun hatten. Mädchen, die Kelly gehasst hatten, standen da und heulten und ich weiß noch, dass ich mich kaum zurückhalten konnte. Ich hätte ihnen so gern gesagt, sie sollten sich verpissen. Ich tat es aber nicht. Ich stand da neben Dad wie ein schwerfälliger Zombie. Ich sagte gar nichts, zu niemandem, außer zu Faye Donaldson, die zu mir kam.

»Es tut mir so leid, Ava.« Sie sah zu Boden.

»Sie hat es ernst gemeint, weißt du«, sagte ich zu ihr.

»Was?«

»Sie fand dich wunderschön.« Faye holte einmal zitternd Luft, dann drückte sie meine Hand, nickte und ging.

Ich inhaliere tief und sehe Gideon an. »Was machst du denn dann, wenn du dich mit einem Mädchen triffst?«

»Tue ich nicht.«

»Was?«

»Mädchen treffen. Ich habe nicht darüber nachgedacht. Ich habe keinen Plan.« Er zieht die Hände aus den Taschen, sie flattern wild durch die Luft, als er spricht. Sie passen zu der Energie in seinen Worten, als wären sie Tänzer und die Worte die Musik dazu. Ich bin richtig fasziniert davon und hoffe, dass er weiterreden wird.

»Wie unterhältst du dich überhaupt mit jemandem?«

»Tu ich nicht.« Er schüttelt den Kopf und seine Hände fliegen in die Luft, als wüssten sie es auch nicht, und dann schlagen sie mit einem klatschenden Geräusch gegen seine Schenkel. Ich werfe die Zigarette zu Boden und trete sie aus.

»Im Ernst?«

»Na ja, schon. Meine Familie. Nur. Die wohnen ja bei mir im Haus, deswegen …«

Ich falle ihm ins Wort. »… ist es einfach.«

»Genau.« Er schmunzelt so halbwegs, also lache ich so halbwegs, aber es ist fast nur Luft, kein richtiges Gelächter. Kelly meint, jeder weiß immer genau, was ich denke, weil man es mir ansieht. Ich kann nicht gut lügen. Ich glaube, es liegt an meinen Augenbrauen. Die führen irgendwie ein Eigenleben. Ich mache meinen Opa für meine griechischen Augenbrauen verantwortlich, es sind seine Augenbrauen.

»Hast du denn wenigstens einen Fernseher?«

»Klaaaaaar!«, sagt Gideon, als wäre ich komplett bescheuert.

»Uff«, sage ich. »Ich habe allmählich schon gedacht, du wärst richtig seltsam.«

Gideons Lachen klingt nervös, aber ehrlich, und ich lächle und beiße mir auf die Lippen und frage mich, warum ich ihm vorher nie begegnet bin.

»Und was jetzt?«, frage ich. Ein Geländewagen kommt vor uns zum Stehen und hupt.

»Das ist meine Mum«, sagt Gideon. »Sollen wir dich irgendwohin mitnehmen?«

»Nein.«

»Okay.« Er nickt und geht zwei Schritte, dann macht er eine Drehung um hundertachtzig Grad. »Schule? Wir können uns in der Schule sehen.«

»Eigentlich gehe ich nicht. Eigentlich nicht. Ich weiß nicht, ob …« Ich verstumme.

»Nach allem, was war?« Natürlich weiß er von allem, was war. Hat meinen Auftritt in der Aula vermutlich miterlebt und weiß von Kelly. Wahrscheinlich ist er deswegen so nett zu mir, will mich nicht aus der Fassung bringen. Der Wagen hupt wieder, er geht zwei schnelle Schritte darauf zu, hält fünf Finger hoch und dann einen Daumen.

Aber als er zurückkommt, ist das Gefühl von vorhin verflogen. Ich brauche Gideons Mitleid nicht. Ich brauche von niemandem Mitleid. Was ich brauche ist, dass meine Freundin zurückkommt. Das brauche ich.

»Okay. Ähm. Ein Brief.« Gideon wippt auf den Zehen und erwischt mich unvorbereitet.

»Was?«

»Ich schreibe dir einen Brief. Wie lautet deine Adresse?«

»Im Ernst?«

»Im Ernst. Und dann kannst du mir antworten. Wenn du willst. Und ich sehe dich hier. Bei der Arbeit.« Er redet jetzt ganz schnell, blinzelt mich an, und reibt die Handflächen gegeneinander. Ich bin völlig verdattert und das sieht man mir an der Nasenspitze an. Meine Augenbrauen haben heute Wandertag wegen dieses Kerls hier.

»Meinst du das ernst?« Ich lache. »Bist du überhaupt echt?«

»Ja. Wie ist denn jetzt deine Adresse?«

Ich greife in meine Tasche, ziehe meinen Lohnzettel heraus und reiße die Ecke ab, auf die meine Adresse aufgedruckt ist. Ich reiche sie ihm, er greift danach und hält sie fest in der Hand.

»Gut. Cool.« Er lächelt, wippt immer noch auf den Füßen.

»Cool.«

»Briefe«, sagt er. Er hüpft zwei Schritte von mir weg, dreht sich noch mal um. »Gute Nacht, Ava.«

Und er geht weg, steigt ins Auto und ist verschwunden. Ich sehe ihm nach, bis die Scheinwerfer seines Wagens nur noch winzige gelbe Punkte sind, und dann tue ich etwas, das sich so anfühlt, als hätte ich es lange nicht getan. Ich atme. Ein langes, kräftiges, lautes Ausatmen aus meinem Mund und ich lächle. Aber nicht wegen Gideon; es liegt an etwas anderem, daran, wie ich mich fühle. Normal.

⌘

»Ava, ich möchte, dass du mir mit deinen eigenen Worten erzählst, was deiner Meinung nach heute vorgefallen ist.« Mrs Bryan starrt mich über ihren Schreibtisch hinweg an. Mein Vater legt mir die Hand auf die Schulter und ich schließe die Augen und hole tief Luft.

»Trevor Lane hat sie eine Psychoschlampe genannt«, sage ich.

»Wen hat er so genannt?«

»Ja, wen denn wohl?«

»Ava.« Mein Vater bremst mich aus und drückt mir die Schulter. Ich bin wütend. Meine Fingerknöchel bluten, meine Bauchmuskeln schmerzen, meine Kehle brennt von all dem Geschrei. Wenn Mr Barnaby mich nicht weggezogen und buchstäblich runter ins Büro getragen hätte, während ich weiter um mich schlug und schrie, hätte ich Trevor garantiert umgebracht. Ich habe gehört, wie er heimlich über mich, über sie geflüstert hat. Wie er gesagt hat, er ist froh, dass sie tot ist. Als ich das Mrs Bryan erkläre, fällt sie mir ins Wort. »Nun, Ava, ich bin mir sicher, Trevor hat nicht …«

»Er hat es gesagt. Er hat es so gemeint. Er ist ein gottverdammter Scheißkerl.«

»Ruhig, Ava, nicht ausfällig werden«, murmelt Dad. Die Jalousien zeichnen lange Schattenstreifen auf seine Stirn und dadurch sieht es so aus, als würde er noch heftiger die Stirn runzeln.

»Entschuldigung.« Ich sehe Mrs Bryan an. »Tut mir leid. Ich bin einfach – wütend. Es hat mich wütend gemacht.«

»Also, was ist passiert?«

»Ich habe zu ihm gesagt, er soll sein Maul halten.«

»Während des Unterrichts von Mr Barnaby?«

»Ja.«

»Und dann?«

Dann hat dieses schleimige Arschloch von Trevor Lane mit seiner fettigen Haut und seinen Augen, die so dunkel sind, dass sie wie schwarze Löcher wirken, mich angesehen, gegrinst und gesagt: »Schade, dass nicht du diejenige bist, die sich umgebracht hat. Die andere, die war wenigstens scharf.«

Mein Blut verwandelte sich in glühende Lava und katapultierte meine Füße mit so gewaltiger Kraft in die Luft, dass meine Faust auf sein Gesicht traf. Der Hieb warf ihn nach hinten auf den Boden und ich kletterte über den Tisch, um weiter auf ihn einschlagen zu können. Ungefähr in diesem Moment klemmte Mr Barnaby mich unter den Arm und trug mich aus dem Raum.

»Aber eigentlich wolltest du ihn gar nicht schlagen, oder, Ava?«, fragt Mrs Bryan.

»Doch.«

»Aber du warst wütend, und manchmal, wenn wir wütend sind, dann …« Ich fasse es nicht. Sie will so tun, als wäre gar nichts gewesen. Das war schon die ganze Zeit das Problem … jeder spielt alles herunter, als wäre gar nichts passiert.

»Ich wollte es tun. Ich habe es absichtlich getan. Er ist ein mieses Schwein. Es tut mir nicht leid. Und ich werde mich nicht bei ihm entschuldigen. Ich würde es wieder tun.« Ich werfe einen Blick auf meinen Dad, der leicht mit dem Kinn zuckt, aber ich sehe genau, dass er ein bisschen grinsen muss.

»O. Nun, in diesem Fall, Ava. Du weißt, wir haben eine Null-Toleranz-Politik in jedem Fall von körperlicher Gewalt.«

»Und was ist mit Trevor?«, frage ich.

»Was soll mit ihm sein?«

»Was er gesagt hat.«

»Ich werde mit Trevor reden.«

»Sie werden ihn nicht bestrafen?« Ich schüttle den Kopf.

»Wir werden angemessen handeln und Entscheidungen treffen, die sich spezifisch auf sein Verhalten beziehen. Ich bin mir sicher, dass andere Schüler deiner Klasse deine Aussage bestätigen, oder, Ava?« Und jetzt möchte ich ihr einen Fausthieb verpassen. Diese herablassende Kuh. Sie ist der Meinung, dass alles meine Schuld ist. Sie kann mich einfach nicht ausstehen, weil ich ihren Tagesablauf durcheinanderbringe. Es ist ihr scheißegal, wie es mir geht.

»Ava, wir müssen dich von der Schule suspendieren«, sagt sie, als wäre das die einfachste Sache der Welt, als hätte sie mir gerade mitgeteilt, welchen Wochentag wir haben.

»Was?« Mein Vater springt vor und legt beide Hände auf den Tisch. Ich sage gar nichts.

»Mit deiner Akte von diesem Jahr …«

»Tut mir leid, aber das ist absoluter Schwachsinn!«, schnaubt er.

»Dad«, sage ich. Jetzt bin ich diejenige, die ihm die Hand auf die Schulter legt.

»Sie wissen doch, was sie durchmacht, oder?«

»Ja. Uns ist klar, dass Ava eine traumatische Erfahrung gemacht hat. Wir haben alle unsere traumatischen Erfahrungen gemacht. Aber ich muss an die anderen Schüler denken. Ich meine, wir können hier nichts mehr für Ava tun. In einer anderen Institution wäre sie besser aufgehoben. Genau genommen habe ich Rahila Saeed von der Flexi-Schule angerufen und sie möchte sich liebend gerne mit Ihnen beiden unterhalten.«

»Die *Flexi-Schule*?«, schreie ich fassungslos.

»Ich bin der Ansicht, das Programm dort entspricht deinen Bedürfnissen momentan besser, Ava. Wenigstens, bis du die elfte Klasse abgeschlossen hast, dann kannst du zum Ende des Jahres noch überlegen, wie es weitergehen kann. Die elfte Klasse ist ein wichtiges Jahr und ich möchte nicht, dass du allzu viel versäumst.« Sie schiebt einen rot-gelben Prospekt in Richtung Dad. »Ihre Nummer steht hintendrauf.«

Sie meint, ich soll in die Flexi-Schule gehen? Die Flexi ist eine Schule für Versager, für minderjährige Mütter und Mobbingopfer und komische, von oben bis unten gepiercte Typen, die alle im Burgerrestaurant arbeiten, und für Schüler mit Aggressionsproblemen, die …

… die im Klassenzimmer ausflippen und Arschlöcher wie Trevor Lane zusammenschlagen, weil er irgendeinen Mist über die eigene Freundin sagt, die gestorben ist.

»Wir sehen es uns an.« Dad steht auf. Ich kann sehen, dass er wütend ist. Er hat die Lippen zusammengepresst und seine Brauen sträuben sich wild über seine Augen. Ich folge ihm bis zur Tür.

»Es tut mir leid, dass wir nicht mehr tun konnten«, sagt Mrs Bryan, die immer noch in ihrem Stuhl sitzt.

Dad wirbelt herum, schüttelt den Kopf und knirscht mit den Zähnen. »Nun, wenn wir mal ehrlich sind, haben Sie ja überhaupt nichts getan, Mrs Bryan. Übrigens werde ich das Kultusministerium kontaktieren und dort schildern, wie miserabel die Mount-Saint-Michaels-Schule mit Kellys Tod umgeht und wie ineffektiv und wenig hilfreich ihre Betreuung gewesen ist.« Dad stößt laut die angehaltene Luft aus. Mrs Bryan sitzt da wie vom Donner gerührt. Ich grinse. Mein Vater ist cool.

»Mr Spirini …«

»Alles Gute weiterhin, Mrs Bryan.« Und er legt mir den Arm um die Schultern, schiebt mich zur Tür und schweigt, bis wir den Parkplatz erreichen.

»So ein unverschämtes Weibsbild«, sagt er, als wir einsteigen.

»Dad, du warst großartig.«

»Aber dass ich sauer auf sie bin, heißt noch lange nicht, dass du keine Schwierigkeiten bekommst, Ava. Einen Jungen verprügeln? Meine Güte, Ava. Du kannst doch nicht einfach rumlaufen und andere Leute verprügeln.«

»Ich weiß, aber …«

»Ich weiß: Du warst wütend, er hat böse Dinge über Kelly gesagt. Verstehe ich. Aber dennoch …« Er seufzt laut, spricht nicht weiter.

Als wir zu Hause ankommen, ist geklärt, dass ich zu einem Gespräch in die Flexi-Schule muss. Diese Entscheidung kam von Dad. Ich hatte gar nichts mitzureden. Ich habe zu ihm gesagt, dass ich nicht wie die anderen Schüler der Flexi-Schule bin, aber er machte ein trauriges Gesicht und meinte, ich hätte keine Alternative. Er hielt mir Vorträge darüber, dass ich meine Zukunft ruiniere und dass ich doch intelligent bin und wenn Mrs Bryan auch ein mieses Luder ist, habe sie doch in einer Beziehung recht. Ihre Schule kann mir nicht mehr Unterstützung bieten. Und deswegen meint auch er, dass die Flexi für den Moment vielleicht eine gute Lösung ist. Nur dass er Mrs Bryan nicht wirklich ein Luder genannt hat, er hat nur »inkompetent« gesagt.

Ich bin enttäuscht von mir selbst, als hätte ich meinen Vater im Stich gelassen, hätte mich selbst im Stich gelassen. In wenigen Monaten hat sich alles verändert. Ich habe Kelly verloren, mit ihren Eltern läuft es total scheiße und ich weiß überhaupt nicht, was Lincoln und ich da eigentlich tun. Ich habe der ganzen Schule verkündet, dass sie mich am Arsch lecken kann, ich habe einem Typen auf die Nase gehauen und jetzt bin ich geflogen. Als ich heute Morgen aus dem Haus gegangen bin, war ich noch so naiv, dass ich gedacht habe, es könnte nicht mehr schlimmer werden. Ich habe mich getäuscht. Ich liege auf dem Bett. Alles ist beschissen. Beschissener als beschissen.

Dad taucht im Türrahmen auf und reicht mir einen minzgrünen Umschlag: »Der ist für dich.« Ich reiße ihn auf und finde zwei A4-Seiten, vollgeschrieben in der ordentlichsten Handschrift, die ich je gesehen habe.

Hallo!
Ich habe Dir versprochen, dass ich Dir schreibe, also tue ich das. Erst jetzt, wo ich das hinkritzle, fällt mir auf, dass ich noch nie jemandem einen richtigen Brief geschrieben habe.
Na dann los ...

Liebe Ava,
Ich habe keine Ahnung, wie lang Briefe sein sollten. Weißt Du das? Länger als eine Textnachricht jedenfalls, oder? Und es fühlt sich so an, als müssten sie bedeutender sein. Aber mir fällt gar nichts Bedeutendes ein, was ich Dir sagen könnte.

Ich bin froh, dass wir uns kennengelernt haben.
Das ist bedeutend.
Also, was musst Du über mich wissen? Ich bin siebzehn.
Wir besuchen dieselbe Schule. Ich bin in der Zwölften. Ich habe eine Schwester und zwei Mütter. Ich schreibe Gedichte. Ich liebe Guacamole und ich hasse Bananen – die finde ich merkwürdig. Es hat was mit der Konsistenz zu tun, als würde ihre feste Schale erst mal den Eindruck erwecken, dass sie viel stabiler sind, als es der Fall ist. Ich hasse das, wenn man eine schält und sie ist innen drin ganz pulvrig und matschig. Habe ich da gerade eine ganz außergewöhnliche Metapher für den Menschen gefunden? Oder verschwende ich sowieso nur Deine Zeit, wenn ich hier über Bananen schreibe? Ich möchte Deine Zeit nicht verschwenden. Ich gebe mir jetzt Mühe, bei Dir nicht den Eindruck zu erwecken, als wäre ich merkwürdig, und erstelle hier eine Liste mit den Dingen, die ich merkwürdig finde. Ich meine nicht, dass Listen merkwürdig sind. Genau genommen schreibe ich gerne Listen.

Dinge, die Gideon merkwürdig findet: eine Liste.

1. Bananen. Logisch. Hatten wir schon.
2. Schlangen. Ich finde es merkwürdig, dass sie schwimmen können, obwohl sie keine Arme haben. War Dir klar, dass Schlangen schwimmen können? Mir nämlich nicht, bis ich die Kinofassung von „Morgen wird Krieg" gesehen habe. Da gab es eine ganze Szene mit Fi und der Schlange im Wasser. Hammer. Hart.
3. Das Wort „beinhalten". Ich lese da immer „Bein halten."
4. Menschen, die es schaffen, einen Brief ohne Liste

zu schreiben. Okay, das ist gelogen und ein sehr offensichtlicher Versuch, cooler rüberzukommen als ich bin. Nämlich, das hast Du wahrscheinlich inzwischen kapiert, überhaupt nicht cool.

5. Leute, die von Natur aus und völlig mühelos cool sein können. So wie, das muss ich leider sagen, Ava Spirini, Du. Ich weiß nicht, ob es sich gehört, in einem Brief den Adressaten als merkwürdig zu bezeichnen. Aber so ist es nun mal: Regeln sind da, um gebrochen zu werden.

Also, schreib zurück, wenn Du, na ja, Lust hast.
Ich hoffe darauf.

Von Gideon

Es ist genial. Es ist total schräg und klug und cool und witzig, alles gleichzeitig. Ich habe nicht einen Moment lang damit gerechnet, dass er mir wirklich einen Brief schreiben würde, schon gar nicht einen, in dem er etwas über sich selbst preisgibt. Ich lese den Brief noch einmal. Gideon ist witzig. Er verwirrt mich völlig, als hätte ich noch nie jemanden wie ihn getroffen. Ich habe keine Ahnung, was ich ihm zurückschreiben soll. Ich sollte ihm wirklich schreiben.

Genau. Er soll nicht denken, dass ich nicht mit ihm befreundet sein möchte.

GIDEON

Der heutige Wettbewerb findet in einem Café in der Stadtmitte statt. Um die dreißig Leute sitzen zusammengedrängt um die Tische oder drängen sich auf kleinen Sofas und Kissen. André und Norma und ein paar andere aus der Theatergruppe sitzen ganz vorn. Mum und Susan stehen im Hintergrund. Mum hat die Brille aufgesetzt und macht eine Million Fotos. Die beiden brauchen etwa fünf Minuten, bis sie herausgefunden haben, wie man die Kamera auf Video umstellt. Sie wollen Annie etwas schicken, wenn wir nach Hause kommen.

Als ich an der Reihe bin, hole ich tief Luft und gehe einen Schritt näher ans Mikrofon.

»Dieser Text heißt *Gebrochen*«, sage ich.

Als ich gerade mal neun Jahre war, da brach ich mir das Bein/Wenn man von seinem Roller knallt, dann kann das schon mal sein/Die Ärztin, eine nette Dame mit Augen blau wie Sommertage/überrumpelte mich praktisch mit ihrer Frage/welche Farbe soll dein Gips denn sein?/Ich: pink, ja, das wäre richtig fein/Mir doch egal, was die andern Jungs dazu sagen/mit ihren himmelblauen Augen kann ich alles ertragen/Aber den

Jungs war die Farbe vollkommen egal/Sie schrieben beste Wünsche ein ums andre Mal/mein ganzes pinkes Gipsbein entlang, die Wünsche hielten zwölf Wochen lang.

Als ich vierzehn war, brach ich mir das Gehirn/wenn man deprimiert ins Dunkle gleitet/kann das schon passiern/keine Ärztin konnte diesen Bruch noch richten/keine Narkose brachte mir Traumgeschichten/ich befand mich in einem Raum ohne Fenster und Türen/kein Stern/kein Licht/keine Schwerkraft konnte mich führen/ich fiel/jemand soll auf den Gips um mein Denken nette Botschaften kritzeln/um auch diesen Bruch zu heilen und zu stützen/aber es gab keinen Gips, nur mich angerempelt/abgestempelt/verwickelt, eingewickelt in Tabus/so dicht dass ich ersticken muss.

Ich erkannte, den Körper darf ich mir schon brechen, aber nicht den Verstand/mein Gehirn doch nicht, nur ein Bein oder die Hand/Ich war depressiv/aber doch nicht verkehrt, nicht weniger wert/Ich bin krank/so schnell werd ich nicht gesund/oder vielleicht doch/aus dem einen Grund/Ich will nicht sterben, lieber lebe ich noch.

Ich kämpfe jeden Tag, lege Gipsverbände an Brüche an, die keiner sehen kann. Ich kämpfe jeden Tag.

Jeden. Einzelnen. Tag.

Ich bin fertig. Alle applaudieren. Norma und Andy jubeln, Mum und Susan weinen. Ich werde rot und lache verlegen, als ich zu ihnen zurückkomme. »Ein neues? Warum hast du uns nichts erzählt?«, schluchzt Mum. Sie lächelt jetzt, drückt mich an sich.

Für mich fühlt sich der Text gar nicht so neu an. Ich habe ihn vor etwa einem Jahr geschrieben, aber ich habe ihn noch nie jemandem gezeigt. Es passiert etwas, wenn ich die Sachen aufschreibe, sie hören auf, in meinem Kopf herumzuschwirren und werden plötzlich greifbar, eine Sache, die ich betrachten kann, anfassen, an die ich mich gewöhnen kann. Und die ich verarbeite, nehme ich an. Als ich den Text damals geschrieben habe, war ich mir sicher, dass ich ihn niemals jemandem zeigen würde; es war sogar schwierig, das Wort »deprimiert« hinzuschreiben, als würde ich etwas eingestehen. Aber je öfter ich es lese und je mehr Zeit vergeht, desto mehr wird es einfach zum Gedicht. Etwas, was ich gemacht habe, nicht mehr ein Geständnis oder ein Teil von mir. Als ich es heute Abend vorgelesen habe, war es einfach nur ein Gedicht.

Ein Gedicht, das mir lobende Erwähnung und einen Zehn-Dollar-Kaffee-Gutschein eingebracht hat. Ist noch jemand der Meinung, das Leben eines Künstlers wäre alles andere als glorreich?

Als ich nach Hause komme, erwartet mich ein Brief. Ein weißer Umschlag, auf den jemand hastig meinen Namen gekritzelt hat. Auf der Rückseite steht nichts. Nicht mal eine Briefmarke ist drauf. Ich reiße ihn auf:

Gideon,

danke für Deinen Brief. Ich musste lachen, vor allem über die Stelle, an der Du mich als cool bezeichnest, Du Idiot. Ähm. Nein. Es gehört sich in einem Briefwechsel wahrscheinlich nicht, dass man jemanden in der ersten Antwort schon als Idioten bezeichnet. Oder sind wir jetzt quitt, weil Du mich „merkwürdig" genannt hast? Tut mir leid, dass ich Idiot zu Dir gesagt habe. Wenn das hier das echte Leben wäre und mein Dad mich gehört hätte, dann hätte ich jetzt garantiert Hausarrest. Er hat jede Menge Regeln, wenn es darum geht, was sich gehört und was nicht.

Da Du offenbar eine Vorliebe für Listen hast, habe ich mal eine zusammengestellt. Sie enthält alles, was für meinen Vater absolut inakzeptabel ist.

Wie man Avas Vater nerven kann. Liste.

Es ist in erster Linie eine Liste mit Wörtern, die er absolut nicht mag. Siehst Du, das ist schon das beste Beispiel dafür. Er hasst das Wort „hassen", deswegen muss man sagen, dass man etwas absolut nicht mag. Außerdem mag er es überhaupt nicht, wenn man „Idiot" sagt (entschuldige noch mal), „dämlich" und „Kanake". Das Wort „Kanake" mag er absolut nicht, weil er Grieche ist, und nach allen Regeln der Genetik bin ich also auch Griechin.

Soweit ich mich erinnere, habe ich erst einmal im Leben Briefe geschrieben, an meine Yiayia (das ist Griechisch und heißt „Oma"), als ich klein war, weil meine Großeltern unten im Süden wohnen. Wahrscheinlich sollte ich ihr immer noch schreiben. Aber sie ruft einmal in der Woche an und singt mir „You Are My Sunshine" vor. Das ist unser Lied. Sie ist ziemlich lustig und ärgert sich über Spielautomaten und Tiefkühlkost, und sie ist richtig rassistisch. Mein Pappou ist ruhig und knurrig und redet kaum, außer über „Deal oder No Deal", das ist nämlich für ihn die wichtigste Sendung aller Zeiten. Falls sie jemals abgesetzt wird, gnade Gott denen, die das veranlasst haben. Mein Vater und seine Brüder sind alle hier in Australien geboren und sie leben alle noch da unten im Süden, nur mein Dad und ich sind hier oben.

Wie gefällt es Dir in unserem wunderbaren Magic Kebab? Du hast es schon länger ausgehalten als jeder andere Tellerwäscher, den Ricky angeheuert hat, für diese Leistung müsste man Dir eigentlich eine Urkunde oder so was verleihen. Überlass das mir.

Ich mag auch keine Schlangen. Aber Bananen mag ich gerne. Wie stehst Du zu Mangos oder Avocados oder Litschis? Die haben doch auch eine Schutzhülle. Ich esse eigentlich fast alles, außer Kapern. Ich finde, sie schmecken widerlich, aber sie kommen ja nicht so häufig vor, also meine Geschmacksknospen kann man in diesem Fall nur beglückwünschen.

Also, Gideon, erzähl mir mehr von dieser Geschichte mit dem Verzicht auf Telefon und Internet und wie man sich normal benimmt. Ich bin neugierig.

Danke noch mal für Deinen Brief. Ich war mir

ganz sicher, dass Du mich veräppelst, als Du gesagt hast, dass Du mir schreibst, deswegen war es eine schöne Überraschung, als Dein Brief hier ankam. Es ist total spät und ich kann nicht schlafen, also entschuldige bitte meine grottige Handschrift. Sind Briefe eigentlich nur ein Vorwand, um besser labern zu können? Ich habe das Gefühl, ich labere nur. Kannst Du meine Schrift überhaupt lesen? Ich glaube, ich habe eine beschissene Schrift. Ich weiß nicht, was ich sonst noch schreiben soll.

Alles Liebe,
Ava

P.S.: Schreib zurück, wenn Du, na ja,
Lust hast. Ich hoffe darauf. ☺ ☺ ☺

P.P.S.: Ich habe das persönlich eingeworfen, weil ich nicht wusste, wo man eine Briefmarke kauft. Und dann habe ich gedacht, ich bin der dämlichste Mensch auf der ganzen Welt, und habe mich nicht getraut jemanden zu fragen. Und dann auf dem Rückweg ist mir eingefallen, dass normale Leute ihre Briefmarken in der Postfiliale kaufen. Aber ich war noch nie in einer Postfiliale, deswegen weiß ich gar nicht, wo eine ist, und dann hatte ich eine Existenzkrise, wegen der ganzen Technik und weil ich so darin gefangen bin, weil ich Deine Adresse auf meinem Smartphone nachgesehen habe und mir plötzlich klar wurde, genau so hätte ich die

Adresse der Postfiliale auch rauskriegen können. Um es kurz zu machen: Ihr habt ein schönes Haus.

Ax

Mein Inneres pumpt eine Art schwindelerregende Glückseligkeit aus, so wie wenn man Seife aus einem Seifenspender pumpt, es geht schnell, es ist geschmeidig und ich bin zufriedener mit mir. Mit ihrem P.S. macht sie mich direkt nach und das gefällt mir. Sie möchte, dass ich ihr antworte, und das heißt, dass mein Brief nicht die totale Katastrophe war. Ich habe vier Entwürfe aufgesetzt, bevor ich ihn abgeschickt habe. Ja, ich hätte ihn auswendig hersagen können, als ich ihn endlich in den Umschlag steckte. Ich habe das Gefühl, Ava hat keine vier Entwürfe gebraucht. Ich habe das Gefühl, dass es diesen Brief nur einmal gibt. Der Gedanke gefällt mir ausgesprochen gut. Es kann ja zum Beispiel sein, dass sie vergisst, was sie geschrieben hat, aber ich habe ihn dann noch, ich weiß es. Ich hatte Angst, dass die Sache mit meinem Brief total nach hinten losgehen würde und wir würden bei der Arbeit total verlegen miteinander umgehen, aber stattdessen ist er gut angekommen und mehr noch, sie hat geantwortet und ich soll ihr jetzt auch wieder antworten. Das ist tatsächlich der optimale Ausgang der Geschichte, und an solche Erfolge bin ich nun wirklich nicht gewöhnt. Ich fühle mich in gewisser Weise wie ein wagemutiger Reisender, der gerade an einem unbekannten Ort gelandet ist und ganz schnell entscheiden muss, wie er sicher durch dieses neue und schwierige Gelände gelangt und wo er seine

Fahne hinpflanzen soll, als Zeichen für seine Anwesenheit. In diesem Fall hat meine Fahne die Gestalt meines zweiten Briefs. Ich habe das Gefühl, diesmal muss ich die Sache anders angehen und den Brief einfach schreiben und abschicken und gar nicht mehr darüber nachdenken, ich kenne doch meine zwanghafte Ader nur zu gut, und wenn ich jetzt versage, na ja, dann ist es aus mit der Fahne und mit Ava.

Ich muss ihn einfach schreiben und abschicken wie in Rias Kurs. Dort machen wir dauernd solche Dinge. Ria ist immer dafür, sich einfach in eine Sache hineinzustürzen und abzuwarten, was passiert. Sie lässt nicht zu, dass jemand das, was er schreibt oder tut, rechtfertigt. »Jetzt entschuldige dich doch nicht dauernd«, hat sie mich einmal angebrüllt. Zu dem Zeitpunkt war ihre Haarsträhne gerade leuchtend orangerot. »Wenn du in diesem Kurs noch einen Satz mit *Tut mir leid* anfängst, dann gehe ich dir an die Gurgel!« Und in ihrem Gesicht erschien ein schelmisches Grinsen.

»Tut mir leid. Okay«, lautete meine Antwort und sie stürzte sich lachend auf mich.

»Entschuldigen musst du dich nur, wenn du jemanden kränkst oder ihm körperlich schadest.«

»Oder wenn du gefurzt hast«, ergänzte Andy und alle brachen in Gelächter aus.

Ria fand das urkomisch. »Ja, genau, also nur in diesen Fällen, kapiert?« Alle nickten. Ria drehte sich schnell zu mir herum und ihr diamantbesetztes Nasenpiercing blitzte. »Kapiert?«

»Ja.« Mit Ria lässt man sich nicht auf Diskussionen ein.

»Du musst dich nicht dafür entschuldigen, dass du auf diesem Planeten herumspazierst. Was du zu sagen hast, hat einen

Wert. Wir wollen es hören. Schluss mit diesem bekloppten Märtyrer-Gehabe. Steht zu eurer Kunst. Steht zu eurer eigenen Existenz. Seid keine Idioten. Alles klar?« Ria tat so, als ließe sie ein Mikrofon zu Boden fallen und marschierte aufrecht in Richtung Tür. Wir alle jubelten fröhlich.

Jetzt klingen mir ihre Worte im Ohr, als ich die Stoppuhr aus der Küche hole und sie vor mir auf den Schreibtisch stelle. Ich gebe mir dreißig Minuten. Egal was ich in den nächsten dreißig Minuten schreibe, es kommt in den Umschlag. In jenen Umschlag, den ich adressieren und frankieren und dann in Mums Handtasche in ihrem Zimmer stecken werde, damit sie ihn morgen gleich zur Post bringt und ich überhaupt nicht erst in Versuchung gerate, noch mal daran herumzupfuschen. Wenn ich das schaffe, dann habe ich mehr Willenskraft aufgebracht als jemals zuvor in meinem Leben. Zuerst ist es ein bisschen schwierig, aber dann fange ich an, über alle möglichen Dinge zu plaudern und komme in Schwung. Die Stoppuhr piept. Ich unterschreibe.

Ich lese den Brief nicht noch mal durch, sondern falte ihn, stecke ihn in den Umschlag, klebe ihn zu und überreiche ihn Mum mit der ausdrücklichen Anweisung, ihn morgen abzuschicken und unter gar keinen Umständen soll sie sich von einem zukünftigen Gideon überreden lassen, ihn noch mal an ihn zurückzugeben.

Ich fordere ihn nicht zurück und ich schlafe kaum, weil ich dauernd an ihn denke und an all die katastrophalen Folgen, die er womöglich auslösen könnte.

»Wie geht's?«, fragt Robbie. Heute trägt er eine Jeansweste mit allen möglichen rätselhaften Buttons dran. Flach gepresste, bunte Bilder der *Golden Girls* starren mir entgegen, als ich antworte: »Gut.«

Er wirft einen Anti-Stress-Ball in Form einer Erdkugel gegen meinen Kopf. »Neuer Versuch, Blödmann.«

»In der Schule läuft es gut. Zu Hause läuft es gut. Ich fühle mich gut. Ich hatte letzte Woche einen kleinen Anfall, aber ich habe mehrere ziemlich eindrucksvolle Dinge getan, die gar nicht ins Schema passen, das ist also gut.«

»Erzähl mir von dem Anfall.« Er legt sich die Hand auf den Bauch, und dabei wippt der Anstecker mit dem Bild von Betty White ein bisschen, sodass es aussieht, als würde sie zustimmend nicken. Ich erzähle ihm von der Panikattacke, die ich nach meiner Fahrstunde hatte. Der Fahrlehrer hatte mich angewiesen, auf einer viel befahrenen Straße parallel zu parken. Ich wurde total nervös, weil ich so schlecht parallel einparken kann, und dann kam dieses Auto hinter mir und hielt an und ich versemmelte das Parken zweimal und dann, weil ich wusste, dass ich im Weg stand, drehte ich durch und hatte das Gefühl, ich enttäusche den Fahrlehrer und nerve die Frau mit dem blonden Kurzhaarschnitt in ihrem SUV hinter mir. Ich wurde völlig hysterisch und fuhr einfach weiter, sagte dem Fahrlehrer, ich könne das nicht, fuhr nach Hause, setzte mich in mein Zimmer und hatte das Gefühl, ein dicker Felsbrocken zerquetsche mir die Brust.

»Ich finde es sehr interessant, dass du dir mehr Gedanken um die Frau in ihrem SUV machst als um dich selbst.« Robbie verstummt. Ich erwarte, dass er jetzt mit einer tiefgründigen Weisheit rüberkommt, aber er schüttelt verärgert den Kopf. »Außerdem fährt sie eine benzinfressende Maschine, die für den Stadtverkehr völlig ungeeignet ist, und deswegen hat sie es verdient, dass sie warten muss«, lästert er. »Aber das ist nebensächlich. Sie kann doch sehen, dass du Fahrschüler bist. Warum meinst du, dass es ihr etwas ausgemacht hat?«

»Ich möchte niemanden nerven.«

»Aber du musst nun mal lernen, wie man parallel einparkt.«

»Muss ich wirklich?« Ich grinse und Robbie nickt lächelnd.

»Würdest du dich denn ärgern, wenn du durch die Stadt fährst und ein Fahrschüler würde parallel einparken und du müsstest zwei Minuten warten, bevor du in deiner überteuerten Schrottkiste wieder weiterfahren könntest?«

Er hat recht. Es wäre mir egal. Aber so funktioniert mein Gehirn eben. Es verwandelt auf den ersten Blick völlig normale Vorkommnisse in schlimmste Katastrophen. Nach jahrelangem Umgang mit Therapeuten, Klinikaufenthalten, Medikamenten und Ärzten habe ich herausgefunden, dass ich mich zu jedem beliebigen Zeitpunkt in einem der folgenden möglichen Zustände befinde.

1. Vor-Angst. Milde Panik. Herzrasen. Leicht verschwitzt. Ich hole tief Luft und fühle mich zittrig. In der Regel kann ich eine Art Achtsamkeits-Strategien anwenden und mich selbst beruhigen, aber wenn nicht, na ja, dann gerate ich in den Zustand der hochgradigen Angst.
2. Hochgradige Angst. Die Welt geht unter. Ich kann nicht atmen. Ich und alle Menschen, die mir lieb sind, werden ganz bestimmt sterben.
3. Hyper-Bewusstsein. Das ist so eine Art Zufluchtsort für mich. Mir ist alles sehr bewusst. Ich registriere Kleinig-

keiten und Gespräche und merke mir alles. Es ist eine Fähigkeit, die mich wahrscheinlich zu einem herausragenden Spion oder so etwas machen würde. Aber dann passiert es in der Regel, dass ich die Informationen, die ich aufgenommen habe, überbewerte, und davon ausgehe, dass alle darüber reden, wie sehr sie mich hassen und was ich für ein Versager bin oder dass meine pure Anwesenheit sie daran hindert, einfach mit ihrem Tagesablauf fortzufahren.

4. »Normal« – jedenfalls meine Version von normal. Jetzt kann ich als normaler, linkischer Teenager durchgehen und Nummer 1 bis 3 auf ein Niveau so weit unterdrücken, dass alles zu bewältigen ist. Die Zustände sind immer noch vorhanden, aber in diesen kurzen Gnadenfristen sind sie wenigstens nicht die dominierende Kraft in meinem Leben. Wenn ich in Rias Kurs bin, wenn ich mit Norma und Andy unterwegs bin, wenn ich schreibe, wenn ich meine Gedichte live vortrage und wenn ich zu Hause bin: Zu diesen Zeitpunkten kann ich als normal durchgehen, weil ich mich normal fühle, wenn auch nur oberflächlich.
5. Depressiv. Ich fühle mich wie ausgeknipst, aber nicht so, als würde ich sterben. Meine Energie ist ausgeknipst. Ich fühle nichts. Ich kann nicht mal lächeln. Es ist, als befände ich mich in einem riesigen, durchsichtigen Kokon, in dem ich normal aussehe, aber alles prallt irgendwie von dieser merkwürdigen Außenschale ab, wie bei einer Banane. O Mann, wenn ich eine Frucht wäre, dann definitiv eine Banane. Die Sache ist die: Wenn man sich in diesem Kokon befindet, kommt nichts rein, nichts von den schlechten Dingen von außen, aber auch nichts Gutes. Alles fühlt sich irgendwie gedämpft an. Wenn ich da

drin stecke, dann gärt all das widerliche Zeug innen drin einfach vor sich hin.

Glücklicherweise bin ich dem allem nicht mehr vollkommen ausgeliefert, seit ich zu Robbie gehe und wir angefangen haben, diesen Mist Stück für Stück aufzuarbeiten, und seit ich Medikamente nehme. Es gibt immer noch Tage, oder Momente oder Nachmittage, an denen ich spüren kann, wie es sich anschleicht. Als wäre es einer von diesen Deppen, die sich hinter dich stellen und dir auf die andere Schulter hauen, sodass du dich umwendest und es ist niemand da. So fühlt sich das an.

Als wir die Geschichte mit meinem Ausraster und dem Parallel-Parken durchgesprochen haben, sagt Robbie: »So, und jetzt erzähl mir von den guten Sachen.«

»Ich habe Briefe geschrieben«, berichte ich und er wendet sein bärtiges Gesicht zur Seite wie ein verwirrter Labrador.

»Was für eine Art Briefe? Spontan befürchte ich nämlich, du hast politisch motivierte Drohbriefe ans Privatfernsehen geschrieben oder so etwas.« Er schmunzelt vor sich hin.

»An ein Mädchen.« Mein Herzschlag beschleunigt sich.

»Das ist besser, als Channel 9 zu bedrohen. Gut. Erzähl mir mehr davon.«

Ich bringe Robbie auf den neuesten Stand. Ich erzähle ihm von *Magic Kebab* und Ava Spirini, dass sie beinahe einen Monat lang kaum ein Wort mit mir geredet hat, bis die Geschichte mit der Rap Battle passierte, die ich ihm genau schildere. Er lacht laut.

Ich erzähle ihm von unserem Gespräch, von den drei Briefen, die seither geschrieben wurden. Ich erzähle ihm nicht von Kelly oder davon, dass Ava der ganzen Schule verkündet habe, sie könne sie am Arsch lecken, oder von ihrem Schuleschwänzen. Ich möchte nicht, dass er eine falsche Vorstellung von ihr bekommt und mir Fragen stellt, die mich vielleicht auf die Idee bringen, mich zu fragen, warum sie überhaupt mit mir redet und dass sie vielleicht gerade nicht sie selbst ist. Ich möchte nicht, dass er versucht, mir einzureden, dass es keine große Sache ist, denn es fühlt sich für mich so an, als wäre es eine, auch wenn ich weiß, dass es keine ist, weil sich Milliarden normaler Leute jeden Tag ganz normal unterhalten, und zur Abwechslung fühle ich mich mal, als wäre ich einer von ihnen. Ich genieße es, mich wie ein normaler Mensch zu fühlen. Ich genieße es, mich mit jemandem anzufreunden. Jemanden kennenzulernen, der nicht das Geringste über mich weiß.

»Also, ist das Mädchen heterosexuell?«, fragt Robbie stirnrunzelnd.

»Ja, so aus dem wirklichen Leben.« Ich überlege. »Glaube ich jedenfalls. Ehrlich gesagt habe ich keine Ahnung, wen Ava attraktiv findet. Ich habe mich nicht getraut, darüber nachzudenken, weil ich es niemals sein werde.«

»Und du bist ein heterosexueller Junge aus dem wirklichen Leben?«

»Ja.«

»Also?«, fragt Robbie, und seine Augenbrauen sind jetzt so weit nach oben gerutscht, dass sie garantiert wegfliegen würden, wenn sie nicht festgewachsen wären.

»Nein!«, antworte ich schnell.

»Nein?«

Ich nicke.

»Okay. Du scheinst dir ja ganz sicher zu sein.«
»Wir sind ja bis jetzt noch nicht mal Freunde.«
»Und das möchtest du gerne?«
»Mit ihr befreundet sein? Klar!«, sage ich sehr überzeugt.
»Cool.« Robbie lächelt.
Cool? Ja. Wäre es schon. Cool.

AVA

Drei Jungs glotzen mich an, als ich auf dem orangen Plastikstuhl sitze. Ich wünschte, ich hätte nicht meine Jeans-Shorts angezogen, ich fühle mich nämlich so, als säße ich im Schaufenster. Sie glotzen durch die Glasscheibe einer Tür, die in einen Innenhof führt. Der mit dem dämlichen Irokesenschnitt nickt mit dem Kinn in meine Richtung und grinst und die anderen tätscheln ihm ebenfalls grinsend die Schulter. Ich verdrehe die Augen und zeige ihnen den Stinkefinger. Das finden sie zum Brüllen.

»Hi, Ava.« Ich wirble herum und Rahila, die Schulleiterin der Flexi sieht mich an, wirft dann einen Blick durch das Glasfenster auf die Jungs. Sie bedeutet ihnen rasch, sie sollen verschwinden, und sie trotten davon.

»Du hast also schon«, sie zögert, »ein paar unserer Schüler kennengelernt?«

Ich nicke. Sie berührt die Ränder des hellblauen Schals, den sie sich locker um die Schultern gelegt hat, dann berührt sie meinen Arm. »Kein Grund, nervös zu sein.« Sie lächelt.

Ich sehe ihre großen Augen, ihr verhaltenes Lächeln. Sie spricht leise und ruhig und ich fasse sofort Vertrauen zu ihr. Nach unserem Gespräch letzte Woche konnte ich mir die Sache mit der Flexi-Schule schon besser vorstellen und wenn ich ehrlich bin, freue ich mich sogar ein bisschen darauf. Ich muss keine Schuluniform tragen, in der ganzen Schule sind wir nur vierzig Schüler, sie haben hier verkürzte Schultage und bieten jede Menge außerschulische Aktivitäten an, an denen man teilnehmen kann, wenn man Lust hat, und alle Lehrer werden mit dem Vornamen angesprochen. Beim ersten Treffen hat Rahila mit mir geredet, nicht über mich – wir haben uns darüber unterhalten, was ich möchte, was ich für Ziele habe. Ich habe ihr gesagt, ich hätte nicht wirklich ein Ziel, und darauf hat sie gemeint, mein erstes Ziel sollte es sein, mir ein Ziel zu setzen. Ich habe gesagt, ich würde es versuchen, und als ich das ausgesprochen habe – ich habe es auch so gemeint – konnte ich sehen, wie sich Dads Körper ein bisschen entspannte.

Um die Mittagszeit habe ich schon eine gewisse Vorstellung davon, wie Flexi funktioniert.

»Das ist Scheiße, und du weißt, dass es Scheiße ist!«, schreit Minda, ein lebhaftes Mädchen mit dicken rosa Backen und leuchtend grünen Haaren durch den ganzen Raum. Sie meint damit Allan, einen dünnen, blonden Jungen, der eine Basecap mit dem Schirm nach hinten und ein Death-Metal-T-Shirt trägt.

»Ausdrucksweise!« Jason, mein neuer Englischlehrer, sitzt auf der Tischkante und lächelt.

»Nein, er ist einfach ein Arschloch.« Aber Minda grinst. »Ihm war klar, dass er mich auf die Palme bringen würde, er macht das ja jeden Tag. Er hat das Kapitel noch nicht mal gelesen, also soll er sein Maul halten.« Mindas Hände wedeln wild durch die Luft, während sie redet, zeigen auf Allan, der eine Grimasse in ihre Richtung zieht.

»Ich habe es gelesen. Ich habe zu dir gesagt, dass es Scheiße war«, murmelt er.

Minda stößt laut die angehaltene Luft an und Jason springt auf.

»Jetzt geht's zur Sache! Ja! Das gefällt mir. Erklärt mir, warum sie eurer Meinung nach sofort ein Vorurteil gegen ihn hat.«

»Wegen der beschissenen Klischees.« Minda lächelt.

»Ausdrucksweise«, murmelt Jason wieder und den Rest der Unterrichtsstunde verbringen wir damit, über alles zu reden, was die Leute dazu benutzen, sich ein rasches Vorurteil gegen uns zu bilden. Jeder von uns soll eins beitragen, und ich zerbreche mir den Kopf auf der Suche nach einer guten Antwort. Wir sind nur zehn Leute und die anderen sagen Dinge wie Klamotten, Piercings, Haarfarbe, Lieblingsmusik. Minda erzählt von ihrem Sohn, der ein Jahr alt ist, und dass alle denken, sie ist eine Schlampe, weil sie mit fünfzehn ein Kind gekriegt hat. Rae, ein Mädchen mit kurzen, rabenschwarzen Haaren, erzählt, dass die Leute denken, weil sie dick ist, ist sie nicht gesund. Und dann erinnert sie alle daran, dass sie beim Bankdrücken aberwitzige Nummern schafft, und alle johlen. Und jetzt bin ich dran und weiß nicht, was ich sagen soll.

»Nimm doch zum Beispiel einen Charakterzug, irgendwas, wie du bist oder wie du dich benimmst«, sagt Jason.

»Ich bin witzig. Die Leute denken, das bedeutet, dass ich glücklich bin«, sage ich.

»Und bist du glücklich?«, fragt Minda.

»Nein.« Das Wort entschlüpft mir einfach und ich bin von meiner eigenen Ehrlichkeit völlig überrumpelt.

»Willkommen im Club, Schwester.« Minda lächelt mir zu

und die anderen in der Klasse nicken nur. Keiner kommentiert meine Antwort, keiner witzelt darüber, es macht nicht einmal jemand ein überraschtes Gesicht. Jason fährt mit dem Unterricht fort, als hätte niemand gerade ein großes Geständnis abgelegt.

Sofort schäme ich mich dafür, dass ich jemals dämliche oder primitive Klischeeurteile über die Flexi geäußert habe und über die Leute, die hier herkommen.

Ich spüre auch, dass sich etwas in meiner Brust öffnet und ein bisschen Erleichterung einlässt, wie Sonnenlicht, das durch ein Fenster fällt. Hier kümmert sich niemand darum, wer ich bin oder was mir passiert ist, weil jeder hier mit seinem eigenen Mist fertigwerden muss. Und das macht mich ganz ruhig. Sogar glücklich. Wer hätte das gedacht.

⌘

Zwei Tage später komme ich später als üblich von der Flexi nach Hause, weil ich den Nachmittag mit Minda und Rae verbracht habe – ich habe festgestellt, dass die beiden etwas miteinander haben. Wir gehen zu Minda nach Hause. Sie wohnt mit ihrer Großmutter und ihrem Sohn Maddox in einer kleinen Backstein-Doppelhaushälfte. Ich mag Minda wirklich, sie ist klug und selbstbewusst. Sie sagt es den Leuten einfach, wenn diese sich schlecht benehmen oder rassistisch sind oder so was und sie stellt gute Fragen, aber sie ist nicht unhöflich oder arschig, es ist einfach nur so, als wüsste sie, wo es langgeht. Ich finde sie cool. Sie hat mich gleich an meinem ersten Tag nach dieser Englischstunde unter ihre Fittiche genommen, hat mich allen vorgestellt und darauf geachtet, dass ich kapiere, was Sache ist.

»Findest du es komisch, dass ich ein Kind habe?«, fragt sie, als ich Maddox eine Plastiklok reiche.

»Eigentlich nicht, es sieht so aus, als würdest du das ganz gut hinkriegen«, sage ich. »Ich glaube, ich wäre sehr merkwürdig, wenn ich ein Kind hätte.« Ich lächle. »Aber ich schaffe es ja im Moment kaum, mich um mich selbst zu kümmern.«

»Du machst es einfach. Du hast ja nicht wirklich die Wahl. Allerdings würde alles völlig anders aussehen, wenn ich meine Oma nicht hätte.« Sie lächelt, als Maddox zu ihr hinübertorkelt und ihr die Lok gibt. »Was ist mit deiner Familie?«

»Zu Hause gibt es nur mich und meinen Dad; er ist klasse, echt großartig.«

»Da hast du ja Glück«, murmelt Rae. Sie redet nicht viel.

»Ja, wahrscheinlich.« Es ist seltsam, wenn das passiert; wenn jemand etwas sagt, das dir bewusst macht, dass das, was du für normal hältst, in Wirklichkeit gar nicht normal ist.

Ich kaufe Dad auf dem Heimweg einen Schokoriegel als Geschenk und schreibe ihm einen kleinen Brief, bedanke mich bei ihm für … was auch immer. Dafür, dass er mich nicht auf die Straße gesetzt hat wie Raes Eltern, oder mich schon als kleines Kind bei Yiayia abgeliefert hat wie Mindas Mutter.

Im Briefkasten liegt wieder ein minzgrüner Briefumschlag. Ich reiße ihn auf, noch bevor ich den Schlüssel in die Tür gesteckt habe, entfalte den Brief und fünf Briefmarken fallen zu Boden. Ich bleibe stehen und lese auf der Veranda.

Liebe Ava,

zunächst mal zum wichtigsten Thema: Ich mag alle Früchte, nur Bananen finde ich widerlich. Puh. Ich bin froh, dass ich das mal loswerden und Dir gegenüber ehrlich sein konnte. Ja, ich glaube, Briefe sind dazu da, dass man mal meckert. Darf ich Dir etwas gestehen?
Du kannst ja nicht darauf antworten, also tue ich jetzt einfach mal so, als hättest Du Ja gesagt. Ich habe mir dreißig Minuten gegeben, um diesen Brief zu schreiben, ich habe sogar den Timer aus der Küche geholt und ich habe mir selbst geschworen, den Brief nicht noch mal durchzulesen. Ich wollte nur schreiben und ehrlich sein und nicht zu viel darüber nachdenken. Falls es Dir noch nicht aufgefallen ist: Ich denke ziemlich viel nach, über so gut wie alles. Ich weiß nicht, ob ich Dir das mit dem Timer überhaupt hätte schreiben dürfen, eigentlich sollst Du ja denken, dass ich mir jede Einzelheit in den Briefen, die ich Dir schicke, genau überlegt habe, aber mein Freund Robbie versucht mich dazu zu kriegen, etwas mutiger zu sein, oder wie er es formuliert: Sei nicht so schüchtern, du Arsch. Na ja.
Was die Sache mit dem Telefon und dem Internet angeht, das ist eine lange und gelegentlich auch langweilige Geschichte, mit der ich Dich jetzt nicht unbedingt belasten möchte. Vielleicht erzähle ich sie Dir eines Tages, aber kurz gefasst kann ich sagen, dass diese Dinge mich nicht glücklich gemacht haben, also dachte ich mir, ich probiere mal aus, ob es mich glücklich macht, auf sie zu verzichten. In der Regel achte ich nicht so sehr darauf,

Dinge zu tun, die mich glücklich machen, also habe ich mir vorgenommen, das jetzt mal öfter zu tun. Ich glaube nicht, dass ich zu den Leuten gehöre, die von Natur aus glücklich sind, weißt du? Ganz sicher bin ich nicht einer von diesen vollkommen unbekümmerten Menschen, die mit dem Strom schwimmen und jeden Morgen bestens gelaunt aufwachen. So ein Typ bin ich nicht. Ich neige dazu, in einem Zustand der, na ja, Panik zu leben. Ich habe kein Selbstvertrauen. Ich weiß schon, das ist für Dich jetzt ein Schock, da wärst Du von allein bestimmt nicht drauf gekommen.
Also was ich wahrscheinlich sagen will, ist, dass ich mir meiner Marotten vollkommen bewusst bin, und auch der Tatsache, dass Siebzehnjährige solche Begriffe wie Marotten eigentlich nicht benutzen sollten. Ich weiß gar nicht, was ich sagen will. Bitte sag mir, ob das irgendeinen Sinn ergibt? Schwimmst Du gerne? Ich finde, Schwimmen ist ein sehr gutes Beispiel. Als wir in der Grundschule Schwimmunterricht hatten, war ich das Kind, das am Rand saß und den anderen beim Spielen zusah. Ich wollte nicht ins Wasser. Ich glaube, das lag vor allem an der Geschichte, die mir meine Schwester erzählt hatte: dass die Kinder ins Schwimmbecken pieseln und dass sich dann jedes Mal ein blauer Tintenfleck bildet, der hinter ihnen herschwimmt. Ich fand die Vorstellung, in Pieselwasser zu schwimmen, so ekelhaft, dass ich nie Spaß daran hatte. Außerdem fühlte ich mich nach dieser Information irgendwie verpflichtet, am Rand zu sitzen und auf den Tintenalarm zu warten, um dann gleich jemandem Bescheid sagen zu können. Vielleicht war ich zum

Rettungsschwimmer bestimmt, keine Ahnung. Willst Du eigentlich studieren? Ich studiere wahrscheinlich Kreatives Schreiben. Wahrscheinlich. Bitte verrate Mr Randall nicht, dass ich es nicht weiß, er predigt uns jedes Mal in seinen Lebenskompetenz-Stunden, wenn wir diese Klasse in den Sand setzen, werden wir quasi von Zombiemutanten der höheren Bildungswege gefressen und haben unser Leben endgültig ruiniert. Ich halte ihn für einen Idioten. Gerade hat der Timer gepiept. Ich hoffe, es geht Dir gut, Ava, ich sehe dich morgen Abend bei der Arbeit, aber bis dahin hast Du den Brief noch nicht, also hoffe ich, dass ich nichts Dämliches anstelle und dass Du wunderbarerweise noch glaubst, ich sei mehr oder weniger normal, nur um Dich eines Besseren belehren zu lassen, wenn Du dann das hier später liest.

Gideon

P.S.: Postfiliale? Was soll das sein, bitte schön?

Über sein P.S. muss ich laut lachen. Ich freue mich wirklich über seine Briefe und ich überlege schnell, wie er sich gestern bei der Arbeit benommen hat. Wir haben ein bisschen geredet. Keiner von uns beiden hat angesprochen, dass wir einander schreiben. Wir haben blöde Bemerkungen über die Besoffenen im Lokal gemacht und er brachte mich zum Lachen, wenn er aus Büchern zitierte, die ich nie gelesen, oder aus Filmen, die ich nie gesehen hatte. Ich bin gern mit ihm zusammen. Er redet einfach mit mir, er flirtet nicht, er stellt

Fragen oder er sagt überhaupt nichts. Keinerlei Erwartungen, keinerlei Vergangenheit oder komische Anspannung – haben wir jetzt gleich Sex oder gehen wir einander auf die Nerven? Es ist locker. Es macht Spaß.

Ich beschließe, ihm sofort zurückzuschreiben. Ich sperre die Haustür auf, krame mein Notizbuch aus der Tasche, stelle den Timer und stehe dann an der Küchentheke und kritzle schnell meine Antwort. Sie ist lang und ich bin überrascht davon, wie viel ich ihm erzähle.

⌘

Es gibt ja viele Schauplätze, an denen man sich mit jemandem streiten kann, aber derjenige direkt neben dem Getränkekühlschrank im *7-Eleven* an einem Samstagabend hat einen Spitzenplatz in der Hitliste verdient. Ständig wird man unterbrochen: Andere Kunden entschuldigen sich, versuchen, sich an einem vorbeizuschieben oder sagen gar nichts und reißen nur den Kühlschrank auf, um an ihre Powerade zu kommen.

»Also, was ist denn jetzt, Ava? Du willst nicht mit?« Lincoln schüttelt frustriert den Kopf. Wir drehen uns schon seit fünf Minuten im Kreis und mit jeder Sekunde, die vergeht, wird unsere Diskussion hitziger.

»Nein. Will ich nicht. Du hast gesagt, wir würden nur irgendwo abhängen.«

»Und wie nennst du das hier?«

»Streit im *7-Eleven*!«, schreie ich und sehe aus dem Augenwinkel, dass ein Angestellter im leuchtend grünen T-Shirt uns die ganze Zeit anglotzt.

»Das ist kein Streit!«, schreit Lincoln zurück. Seine Wangenmuskeln zucken vor Anspannung. Ich ächze laut. Ich bin so frustriert. Lincoln hört mir gar nicht zu. Er hat mich vorhin angeschrieben und gefragt, ob ich mit ihm irgendwo abhängen möchte, und ich habe geantwortet, dass ich nicht ausgehen möchte. Ich war mies drauf und müde und hatte keine Lust auf andere Leute; er hat gesagt, wir würden nur irgendwo abhängen, was essen, chillen. Chillen, genau das hat er geschrieben. Aber etwa zwei Sekunden nachdem wir hier im Lokal gelandet waren und uns ein Eis gekauft haben, bekam er eine Nachricht, in der es um irgendeine Party ging, und jetzt versucht er schon die ganze Zeit, mich zu überreden, mit ihm da hinzugehen.

»Geh du doch, ich laufe nach Hause«, sage ich und marschiere los, zwischen den Regalen mit den Chips hindurch.

»Nein. Ich gehe nicht hin, wenn du nicht mitkommen willst.«

Ich drehe mich auf den Hacken um. »Warum nicht?«

»Weil du sauer auf mich bist, wenn ich dich hier einfach stehen lasse.« Er hebt die Hände, lässt sie klatschend gegen seine Schenkel fallen.

»Ach komm, verpiss dich, Lincoln.«

»Und jetzt bist du sauer, weil ich gesagt habe, dass du sauer sein wirst. Du bist eine Psychotante, Ava.« Er wendet sich um und marschiert in die andere Richtung davon.

Ich mache den Mund auf, um ihn anzuschreien, und erhasche einen Blick auf mein Spiegelbild im Glas des Kühlschranks. Ich erkenne mich selbst kaum. Ich trage ein übergroßes schwarzes Kapuzenshirt, die Jeansshorts, die ich schon die ganze Woche anhabe, und meine Docs – ich habe mir nicht mal die Mühe gemacht, sie zuzubinden. Meine Haare fliegen noch wilder um meinen Kopf als normalerweise und die schwarzen Ringe unter meinen Augen sind riesig. »Bring mich einfach nach Hause.«

»Gut.« Er marschiert durch die geöffnete automatische Tür.

»Gut!«, schreie ich zurück und flitze hinter ihm her.

Wir sitzen im Auto und reden nicht. Ich habe den Kopf von ihm weggedreht und sehe aus dem Fenster. Er fährt schnell, schneller als er dürfte, schleudert um die Ecken und tritt so heftig auf die Bremse, dass der ganze Wagen einen Satz macht.

»Fahr nicht wie ein Idiot«, knurre ich, aber er reagiert nicht darauf.

Mit Lincoln zusammen zu sein ist genau das Gegenteil von bei Gideon zu sein. Wir haben eine gemeinsame Geschichte, sonst nichts, und da ist immer diese Anspannung, gerade flirtet er noch mit mir und im nächsten Moment macht er mich zur Sau. Ich weiß nie, was mich erwartet.

Er hält vor unserem Haus, ich löse den Sicherheitsgurt und sehe ihn an. Er umklammert das Steuer so fest, dass seine Fingerknöchel weiß hervortreten.

»Warum bist du eigentlich so angepisst?«, frage ich.

Er beißt die Zähne zusammen, dann spuckt er aus: »Ich weiß einfach nicht, was du willst.«

»Was meinst du denn?«

»Weiß nicht.« Er wendet den Kopf, sieht mich aber nicht an. »Steig einfach aus.«

Meine Kehle schnürt sich zusammen und ich schlucke heftig und die Worte fliegen einfach aus mir heraus: »Fuck, du bist echt ein Arschloch.« Ich reiße so heftig am Türgriff, dass er bestimmt gleich abbricht. Lincoln packt mich am Arm.

»Nein. Scheiße. Ava. Tut mir leid. Geh nicht.« Er verstummt.

»Was?« Ich rücke heftig von ihm ab und er lässt meinen Arm los.

»Können wir einfach ...?«

»Was?«

»Einfach hier sitzen«, sagt er. »Im Auto. Und eine Minute lang nichts sagen.«

Ich zucke mit den Achseln und setze mich wieder hin, die Tasche auf dem Schoß. Es macht mich so wütend, dass er nicht einfach sagen kann, was er denkt oder was er will. Ich sehe seine Gedanken buchstäblich hinter seinen Augen hin- und herfliegen. Es ist, als könnte er sie nicht mit seinem Mund verbinden, und stattdessen macht er mich dann zur Sau und sagt merkwürdige Sätze, die überhaupt nichts bedeuten.

Ich lausche seinem Atem. Beobachte, wie seine weißen Handflächen am Steuer allmählich locker lassen. Endlich wendet er sich um und sieht mir in die Augen, und auch meine Wut schwindet, meine Schultern entspannen sich. Alles, was zwischen uns geschieht, ist so schwer; ich muss schielen und ihm die Zunge herausstrecken, damit wir das Gewicht von all dem nicht so spüren. Er lacht und streicht mir über die Wange. Er sieht mich immer noch an, beugt sich langsam rüber und küsst mich. Zuerst sanft, aber dann spüre ich seine andere Hand auf meinem Gesicht; wir küssen uns intensiver und er drückt mich vorsichtig an sich. Ich mache mich los, atme schneller, beuge mich dann rüber und küsse ihn noch mal. Die Handbremse drückt in mein Bein. Es ist hektisch und chaotisch und laut. Es ist so heiß. Ich spüre, wie Lincolns Hände an meinen Schenkeln hochgleiten und seine Fingerspitzen sich unter den Rand meiner Shorts schieben und dann auf die Innenseite meiner Beine rutschen und plötzlich wird mir nur allzu bewusst, wo wir uns befinden und was wir da gerade tun.

Ich reiße mich los und lege meine Hand auf seine. »Ich gehe jetzt.«

»Was?«

»Ja. Ich gehe rein.«

»Soll ich mitkommen?« Er löst bereits seinen Gurt.

Ich zögere, nehme meine Tasche, öffne die Autotür wieder und stelle einen Fuß auf die Straße. Ich sehe ihn nicht an.

»Nein.« Ich schüttle den Kopf und steige aus. Schwach höre ich ein frustriertes Stöhnen, als ich zur Veranda gehe und das Haus betrete.

»Du bist ja früh wieder da«, murmelt Dad von der Couch aus.

»Ja. Mir ist ein bisschen schlecht.« Ich lächle ihm zu. Dann gehe ich direkt in mein Zimmer.

Ein bisschen schlecht ist eine Untertreibung. Ich fühle mich wie ein verdammter Idiot. Lincoln hat recht, ich bin eine Psychotante. Ich verstehe nicht, wieso ich ihn gerade noch so abgrundtief hassen konnte, dass ich froh wäre, ihn nie wiederzusehen, und eine Sekunde später direkt vor meinem Haus mit ihm rumknutsche. Etwa fünfzig Meter von meinem Dad entfernt, der, wenn ihm danach gewesen wäre, einfach aus dem Wohnzimmerfenster hätte sehen müssen und dabei seine Tochter als Hauptdarstellerin in ihrem persönlichen Porno entdeckt hätte.

Ich wollte ja überhaupt nicht ausgehen. Jetzt ist Lincoln bestimmt erst recht stinkesauer und ich muss irgendwie damit umgehen. Und was läuft da überhaupt? Ich weiß doch, dass er mich gar nicht auf so eine Art mag. Ich bin mir da ganz sicher, jedenfalls glaube ich, sicher zu sein. Als wir es letztes Mal gemacht haben, habe ich mir irgendwie geschworen, dass es nicht noch mal passieren würde, dass wir uns einfach nur wie normale Freunde treffen sollten. Aber ich kann mich nicht wehren: Wenn er mich mit seinen kaffeebraunen Augen ansieht, mit einem Lächeln seiner perfekten Lippen, verwandle ich mich in ein Sexmonster, das keine rationalen Entscheidungen mehr treffen kann.

Es fühlt sich so an, als würden meine Gedanken außerhalb meines Kopfs herumfliegen, und ich versuche verzweifelt, einen von ihnen zu packen, aber es sind zu viele und sie fliegen zu schnell, und ich weiß nicht, wie ich überhaupt irgendwas empfinde. Ich lege mich aufs Bett und starre zur Decke.

»Alles okay bei dir?« Dad steht im Türrahmen.

»Ja.« Aber es ist gelogen. Bei mir ist nichts okay.

GIDEON

»Du faszinierendes Menschenkind, wie sehr freut es mich, dass du gekommen bist!« Andy empfängt mich an der Tür. Er trägt einen leuchtend grünen Blazer und einen Stirnreif.

»Mir war nicht klar, dass wir uns verkleiden sollten.«

»Was? Das alte Ding?« Er lacht, sein Blick ist wild. Er legt mir den Arm um die Schulter und schiebt mich in die Küche, wo er mir eine weiße Plastiktasse in die Hand drückt.

»Was ist das?«

»Wein. Trinken. Nicht weinen.« Er nimmt meine Hand und führt mich die Treppe hinunter ins Foyer. Dort treffe ich auf eine große Picknickdecke auf dem Boden und eine Menge Leute aus meinem Kurs. Andy in seinem leicht beschwipsten Zustand beschließt, meine Ankunft zu verkünden, als wir das untere Treppenende erreicht habe. »GIIIIDDDDDDDEE-OOOONNN«, lallt er laut und Norma jubelt. Die anderen, insgesamt etwa acht Leute, lächeln und winken mir zu und ich lasse mich auf die Sofakante nieder und gelobe mir, dass ich versuchen werde, mich zu amüsieren.

Alle trinken aus ihren eigenen weißen Plastiktassen und wirken recht fröhlich, also beschließe ich, dass ich eigentlich mitmachen könnte. Ich nehme einen großen Schluck. Es schmeckt nach Essig.

Der Rest des Abends verläuft wie erwartet; genau genommen finde ich es sogar ganz lustig. Wir sitzen auf einer Decke auf dem Boden und reden über Filme und Politik und Musik und Ria. Dabei trinken wir weiter den billigen Wein, kichern, wiederholen uns viel zu oft. Mir ist immer noch seltsam bewusst, dass ich zu viel trinke, aber ich habe auch so eine Art Weichzeichner über allem liegen, es vergeht alles langsamer, alles ist ein bisschen verwirrender und ich werde im gleichen Maße lustiger – oder zumindest habe ich den Eindruck. Nein, alle haben diesen Eindruck, denn sie lachen und ab und zu johlen sie so was wie »Genauuuu!«, und das freut mich sehr.

Um ein Uhr morgens beschließen wir, jetzt Pfannkuchen zu backen, aber das endet in einer Pfannkuchenteigschlacht. Issy wirft mir eine Handvoll Mehl direkt gegen die Stirn, also packe ich sie um die Taille und lege sie mir über die Schulter. Ich bin so wie Tarzan hier oben mit einer Frau über der Schulter. Wahrscheinlich hat es nichts damit zu tun, dass Issy außerdem das winzigste aller winzigen Mädchen ist. Sie quiekt und kichert und trommelt mir auf den Hintern, als ich die anderen Teilnehmer an der Schlacht frage: »Hat jemand Issy gesehen?«

Irgendwann geht uns das Mehl aus und Andy hat einen klaren Moment und betrachtet das Chaos in der Küche und wir starren ihn alle stumm an, während er das alles auf sich wirken lässt und dann in Gelächter ausbricht. Seine Eltern kommen erst in einer Woche zurück, also haben wir genug Zeit, alles wieder zu putzen.

Und dann sind wir alle draußen im Hof und versuchen, das Mehl aus unseren Haaren und Augen zu entfernen. Alle ziehen sich aus bis auf die Unterwäsche und flitzen unter die Schlauchdusche. Ich nicht, ich verziehe mich schnell ins Bad.

Das aufgedrehte, summende Gefühl der letzten Stunden fällt wie eins dieser Zweitonnengewichte aus dem Zeichentrickfilm auf mich herunter, trifft meinen Bauch mit einem Schlag. Ich verriegele die Badezimmertür und wasche mir das Gesicht. Ich habe keine Lust, mich von den anderen fragen zu lassen, warum ich mich nicht auch ausziehe. Als ich zurückkomme, sind alle nass und zufrieden, zitternd, fast nackt und müde. Ich lächle freundlich und suche Handtücher für alle, versuche dabei, mit meinem Blick so höflich zu sein wie nur möglich und nicht durchzudrehen angesichts der Mädchen in nasser Unterwäsche. Ich war ja auch schon am Strand – ich habe schon richtige, echte Mädchen in Bikinis gesehen, aber das hier fühlt sich anders an. Ich weiß nicht warum, denn eigentlich bedeckt genau dieselbe Menge Stoff genau dieselbe Menge Fleisch, aber es fühlt sich intimer an, so als dürfte ich nicht hinsehen, obwohl jede Zelle meines Körpers das gerne möchte.

Später, als wir wieder unten sind und sich alle ein bisschen mehr angezogen haben, sitze ich auf der Couch und beobachte die anderen. Norma sitzt auf Andys Schoß, Tess und Suvi am Boden, die Köpfe auf das gleiche Kissen gelegt, das sanft in Ches Schoß ruht, Neil schläft schon tief in seinem Sessel. Issy lässt sich neben mir auf die Couch fallen und hebt ihre Beine so über meinen Schoß, dass sie sie ablegen kann. Ich hebe meine Hand und sie legt ihre Beine auf meine Schenkel. Aber was mache ich jetzt mit meinen Händen? Ich sehe doch wie ein Idiot aus, wenn ich sie nicht bald ablege. Ich versuche, mich ganz lässig zu geben, als ich meine Unterarme auf ihren Schienbeinen ruhen lasse.

»Gids? Wen?«, fragt jemand.

»Wen was?«

»In diesem Raum. Heiraten, vögeln, killen?«, verkündet Che. Er kneift die Augen zusammen, weil er seine Brille in der Hitze der großen Essensschlacht um ein Uhr morgens verloren hat und jetzt eigentlich gar nichts sehen kann, und außerdem ist er der Einzige, der immer noch Wein trinkt.

»Darauf antworte ich nicht«, stammle ich.

»Wir antworten alle. Du musst«, knurrt Suvi vom Boden her. »Ich war schon dran.«

»Wer war es bei dir?«, frage ich.

»Issy vögeln, Tess heiraten und Neil killen.«

»Du killst Neil, weil er schon schläft?«, frage ich.

»Er ist ein Risiko. Was, wenn wir jetzt im Urwald wären und er müsste Wache stehen?« Alle nicken. »Jemand mit so einer negativen Ausstrahlung hat keinen Platz in meinem Leben.« Wir lachen alle und beruhigen uns dann schnell, um den theoretisch ermordeten Neil nicht aufzuwecken.

»Da hast du vollkommen recht, Suv, dann kille ich Neil.« Ich klemme die Hinterbacken zusammen und versuche schnell einen Witz zu erfinden, der mich über die anderen beiden Antworten rettet. »Ich würde dich heiraten, Suvi, weil du dich im Urwald offenbar schon bestens auskennst. Ich habe das Gefühl, du könntest mich beschützen.«

»Und wen würdest du dann rums-bumsen?«, murmelt Andy von der Couch her.

»Weiß nicht.«

»Doch, du weißt. Sag schon.«

»Nein, ich bin ein Gentleman und …« Sie fallen mir ins Wort, schreien mich an, dass ich antworten soll, bis ich schließlich flüstere: »Issy.«

»Wieso will denn jeder mit mir vögeln?« Issy lacht und ich werde rot.

Ungefähr zwei Stunden später sind nur noch Issy und ich wach, und jeder andere würde das jetzt für eine Supergelegenheit halten. Ich meine, sie ist jetzt nicht direkt schreiend weggelaufen, als ich verkündet habe, dass ich, wenn ich jetzt unbedingt eins der Mädchen im Raum erwählen müsste, mich für eine intime Begegnung mit ihr entscheiden würde. Sie ihrerseits hat mich zum Heiraten ausgesucht. »Ich glaube, Gideon würde einen großartigen Ehepartner abgeben«, hat sie der Gruppe erklärt, und in diesem Moment hat sich meine Hand irgendwie von meinem Gehirn losgehakt und einfach beschlossen, ihr eigenes Ding zu machen und auf diese Aussage hin verlegen ihr Bein zu tätscheln. Nie in der Geschichte der Menschheit war eine Dankeschön-Geste weniger sexy.

Neil schläft immer noch in seinem Sessel und ahnt gar nicht, dass er dazu auserwählt worden ist, sieben Mal gekillt zu werden. Tess, Suvi und Che teilen sich auf dem Boden eine Bettdecke; Andy und Norma sind nach oben in Andys Zimmer gegangen. Allerdings haben sie Issy und mich vorher gezwungen, noch mal aufzustehen, sodass sie das Bettsofa ausklappen konnten.

Ja, und deswegen befinde ich mich jetzt in einer etwas misslichen Lage. Eine missliche Lage in Gestalt eines Bettsofas und eines sehr hübschen Mädchens, das neben einem sehr verlegenen Jungen liegt. Er hat nicht den leisesten Schimmer, was er tun soll, und so hat er in der letzten Stunde einfach gar nichts gemacht. Null. Nix. Nada. Genau genommen hat er so viel Aufmerksamkeit auf die exakte Positionierung seiner Extremitäten in Relation mit dem Mädchen neben ihm verwendet, dass er kaum auf irgendwas gehört hat, was sie zu erzählen versucht. Stattdessen hat dieser Junge nur höhlenmenschenartige Einwortantworten und Grunzlaute geäußert.

»Bist du müde?«, fragt sie.

»Mmmm hmmm.«

»Ich nicht. Oder ja, bin ich schon, aber auch wieder nicht, weißt du?«

Tu es, Gideon, geh den ersten Schritt, besiegle dieses Geschäft, du weißt nicht, ob sich so eine Gelegenheit jemals wieder bieten wird. Wälz dich rüber, berühre sie, sag etwas. Schnell, tu es jetzt, bevor die Gelegenheit entschwindet und du wieder siebzehn Jahre lang warten musst. Ich schaffe es, mich ihr zuzuwenden, aber dann mache ich sofort einen Rückzieher und tue so, als habe ich mich einfach nur so umgedreht. Immerhin liege ich jetzt mit dem Gesicht zu ihr. Issy liegt auf dem Rücken und wir sind uns so nahe, dass ich die Wärme ihrer Haut spüren kann.

»Meinst du, den Leuten ist klar, was für eine alberne Redensart das ist: Man kann nicht auf zwei Hochzeiten tanzen. Ist doch klar, dass man an einem Abend auf zwei Partys gehen kann. Geht nur nicht, wenn es die eigene Hochzeit ist.« Sie lacht nervös.

»Ich habe nie darüber nachgedacht.« Jetzt schaffe ich es, mein Gehirn und meinen Körper perfekt zu synchronisieren. Es geht los. Wir machen uns ran.

Das Ergebnis sieht so aus: Unser Arm fällt schwer auf Issys Körpermitte, bleibt da erst mal liegen, ja, bestimmt sechs Sekunden!, wir sagen ein einziges Wort: »Nacht«, und verdrücken uns dann auf die andere Bettseite. Lassen vermutlich eine

Issy zurück, die sich fragt, was um alles in der Welt da eben passiert ist. Die vermutlich jetzt überzeugt davon ist, dass ich nicht weiß, wie man jemanden in den Arm nimmt, und so jede potenzielle weitere Annäherung an diesem Abend aufgibt.

SO. EIN. IDIOT.

Ich mache kein Auge zu. Vielmehr liege ich da und stelle mir alle möglichen anderen und wesentlich besseren Möglichkeiten vor, wie es heute Nacht hätte laufen können, und zerfleische mich dafür, dass ich auch nur einen Moment lang gedacht hätte, wir könnten so cool sein, dass wir das durchziehen.

Außerdem brüte ich über der wichtigsten aller Fragen: Wird es denn immer so schwierig sein?

⌘

Robbie und ich lachen, dieses schallende, heisere Gelächter, von dem einem die Luft ausgeht und die Tränen kommen. Ich habe ihm alles über meine fehlgeschlagenen Vorstöße bei Andys Feier am Wochenende erzählt, und zuerst haben wir über Unsicherheit geredet, über meine Neigung, zu viel nachzudenken, über meine generelle Vermutung, dass ich als Mann eine Pleite bin.

All das haben wir durchgearbeitet, und dann hat Robbie Folgendes gesagt: »Es ist niemals nicht nervenaufreibend. Aber andererseits gibt es auch ein Element darin, das es leicht macht, und daran erkennst du, dass es richtig ist. Wenn du genau diese zuckersüße Nahtstelle zwischen Ausrasten und totaler Entspannung findest.« Er lächelt. »Das hier klingt nicht so.«

Ich nicke. Es war nicht einfach. Überhaupt nicht. Überhaupt, wenn ich ehrlich bin, ich glaube, ich will es überhaupt nicht mit Issy machen. Ja, sie ist hübsch und ich finde sie attraktiv. Ja, die Gelegenheit war da und ja, wenn ich nicht den guten alten Hundertstelsekunden-Armdrücker angewendet hätte, dann hätte sie mit hoher Wahrscheinlichkeit meinen Kuss erwidert. Aber ich will gar nicht. Ich empfinde enorme Erleichterung und mein Körper fühlt sich leichter an. Ich lächle Robbie zu und in diesem Moment fangen wir beide an, über meine misslungenen Vorstöße herumzuwitzeln.

»Ist wie ein falscher Griff beim Ringen.« Robbie grinst.

»Wenn ich den Arm noch kräftiger hätte fallen lassen, hätte sie wahrscheinlich keine Luft mehr gekriegt.« Ich schüttle kichernd den Kopf und beobachte, wie Robbie nach Luft ringt.

»Okay, okay, Schluss. Wir müssen aufhören«, murmelt er schließlich und seufzt tief. »Du wirst es schaffen, Kumpel, also im Ernst, meine fachmännische Meinung, ich glaube daran.« Er lächelt mir zu.

»Danke.« Ich nicke und glaube ihm nicht wirklich, aber es ist nett zu wissen, dass Robbie so denkt. Wahrscheinlich ist mir seine Meinung wichtiger als die jedes anderen Menschen, vor allem wichtiger als meine eigene.

»Und jetzt muss ich dir etwas sagen, und das fällt mir ziemlich schwer«, sagt Robbie. Er mustert mich aufmerksam.

»Okay.« Ich versuche, seine Körpersprache zu entziffern, zu erahnen, was er gleich sagen wird, aber er ist wie immer, die Ruhe selbst. Sofort springe ich zum Worst-Case-Szenario und während er eine Sekunde lang zögert, überzeuge ich mich davon, dass er Krebs hat und sterben wird.

»Ich ziehe weg«, sagt er.

Ich bin erst mal erleichtert, dass es nichts Schlimmeres ist und er nicht in Lebensgefahr schwebt, aber dann schwingt das

Pendel in meinem Kopf zurück und ich denke an mich selbst und daran, ob ich ohne ihn nicht selbst in Gefahr schwebe. Robbie berichtet, dass er ein Stipendium für eine berühmte amerikanische Universität bekommen hat, dass er für ein Forschungsprojekt dort hingeht. Er erklärt mir, dass er erst in ein paar Monaten weggeht. Er sagt mir, dass wir weiter skypen können und dass er mir gerne einen Kollegen empfiehlt und dass wir Zeit haben, diese Sache und das, was sie für mich bedeutet, zu verarbeiten. Wie immer bringt mich Robbie zum Lachen, sorgt dafür, dass ich mich wohlfühle, und tut alles dafür, mich davon zu überzeugen, dass alles gut gehen wird. Er macht das so gut, dass ich beinahe glaube, es wird alles gut gehen.

⌘

Ich fühle mich seltsam, als ich nach Hause komme. Als sollte ich traurig sein über das, was Robbie mir erzählt hat, aber ich bin gar nicht traurig. Ich gehe hoch in mein Zimmer und auf meinem Bett liegen ein Brief von Ava und eine Postkarte von Annie. Ich bin erleichtert, dass sie mir geschrieben hat. Es sind mehrere Tage vergangen und ich war überzeugt, dass sie es diesmal nicht tun würde.

Gideon,

ich stoppe jetzt auch meine Zeit und bin mit Deinen Bedingungen einverstanden: dreißig Minuten, nicht noch mal durchlesen. Aber bevor ich schreiben konnte, musste ich nachsehen, was das

Wort „Marotte" überhaupt bedeutet. Ich habe auf meinem Telefon nachgesehen. Du weißt schon, wie ein normaler Mensch, der ein Telefon besitzt. Ich weiß nicht, was Du am Normalsein so attraktiv findest. Ich glaube nicht, dass irgendeiner von uns normal ist. Wir schlagen uns alle mit unserem Mist rum, aber wir alle versuchen, einander davon zu überzeugen, dass wir normal sind. Ich finde das beschissen. Ich meine, es wäre viel besser, wenn wir alle ehrlich wären und aussprechen würden, dass etwas schlecht läuft oder dass es uns nicht gut geht oder dass wir krank sind oder glücklich oder was auch immer. Ich war früher so ein Mensch wie die, von denen Du geschrieben hast. Eine von denen, die morgens gut gelaunt aufwachen. Ich glaube, das hat man einfach so in sich drin, weißt Du? Entweder ist man ein positiver Mensch oder ein negativer. Ich war ein positiver Mensch. Ich habe in allem etwas Gutes gesehen und an rührselige Sprüche geglaubt, zum Beispiel, dass alles aus irgendeinem Grund geschieht. Aber dann ist so viel Scheiße passiert und ich weiß nicht, ob ich das noch so empfinde. Ich glaube, ich habe gelernt, dass die Welt total schrecklich sein kann, und wenn man das mal gelernt hat, kann man es nicht einfach wieder vergessen. Ich weiß nicht, wie alles wieder gut sein soll. Ich weiß nicht, ob Du es schon weißt, aber ich bin nicht mehr an der Schule. Ich bin geflogen, weil ich in Mathe Trevor Lane niedergeschlagen habe. Ich habe an der Flexi angefangen, war jetzt erst ein paar Tage da, aber ich glaube, es gefällt mir. Das ist bestimmt viel besser, als mir das Gesülze von Mrs Bryan anzuhören, wie sehr sie doch um mich besorgt ist. Ich weiß nicht, ob ich auf die Uni will. Ich weiß nicht, was ich machen soll, wenn ich mit der Schule fertig bin. Du bist sicher schon ganz schön aufgeregt, weil du fast fertig bist. Nach Deinen Briefen zu urteilen, bist Du schon ein fantastischer Schriftsteller. Ich kenne keine anderen Dichter. Die Ava von früher, das Mädchen, das irgendwie durchgehend glücklich war, die hatte einen Plan. Sie wollte reisen und die Welt sehen und Abenteuer erleben und all das, aber ich weiß nicht, ob ich das jetzt noch möchte. Ehrlich gesagt klingt es viel zu anstrengend. Ich weiß nur, dass ich nicht bis an mein Lebensende bei Magic Kebab arbeiten möchte, versteh mich nicht falsch, ich finde, Ricky ist einfach nur klasse, aber er ist auch verrückt. Andererseits ist er einfach begeistert von seinem Laden. Ich glaube, ich habe für mich noch nichts Vergleichbares gefunden. Ich kann mich für nichts so begeistern, wie sich Ricky für seinen Fleischspieß begeistert. Ich bin früher gern geschwommen. In der 7. und 8. Klasse war ich verrückt danach, ich bin jeden Morgen früh aufgestanden und zum Mannschaftstraining gegangen. Ich hatte sogar persönliche Bestzeiten und den ganzen Mist. Ich glaube, ich besitze nicht mal mehr einen Badeanzug.

Ich weiß nicht, was ich darüber denken soll.
Mir hat man auch die Geschichte über den Tintenfleck beim Pinkeln ins Becken erzählt, aber ich habe mich nicht an den Rand gesetzt, sondern die Theorie sofort in der Praxis getestet und daher gleich gewusst, dass es nicht stimmt. Keine Ahnung, was das über mich und Dich aussagt.
Ich finde es bewundernswert, dass Du glücklicher werden möchtest, Gideon. Im Ernst. Irgendwie ist mir klar geworden, wie schlecht ich drauf bin. Vielleicht erzähle ich Dir irgendwann mal alles. Du kannst mir die Geschichte mit dem Telefon erzählen und ich erzähle Dir, was dieses Jahr los war. Abgemacht? Es gibt eine Sache, die mich gut drauf bringt, wenigstens einen Moment lang: Deine Briefe. Danke für die Briefmarken. Und nur für die Akten: Du warst bei der Arbeit nicht merkwürdig. Na gut, vielleicht ein bisschen, aber es gefällt mir. Du bringst mich zum Lachen. Es tut mir leid, dass ich dauernd so schlecht drauf bin.
Wir sehen uns am Freitag bei der Arbeit.
Sei glücklich, Gideon.

Alles Liebe,
Ava

P.S.: Ich habe den Timer einfach ignoriert.
So rebellisch bin ich nun mal.

Ich habe nie darüber nachgedacht, wie beschissen es bei Ava im Moment läuft. Sie kann das ziemlich gut verbergen. Außer an jenem Tag in der Aula, und dass sie Trevor geschlagen hat, wusste ich gar nicht. Ich bin ja nicht direkt in einem dieser Kreise an der Schule, in denen ich das hören würde. Aber ich kenne Trevor und weiß, was für ein Vollidiot er ist, daher kann ich mit großer Sicherheit davon ausgehen, dass er es verdient hat. Ich habe mich noch nie geschlagen. Ich wüsste gar nicht, wie ich mich verhalten soll. Wenn das jemals nötig sein sollte, würde sich Annie für mich prügeln. Mir fällt ihre Postkarte wieder ein. Es ist ein Foto der Queen.

Du würdest London so sehr lieben, wie ich dich liebe,
also unendlich. Ich hoffe, du bist tapfer, kleiner Bruder.
Alles Liebe, Annie

Tapfer?, denke ich und grinse, wenn ich an die Antwort denke, die ich später vielleicht für sie formulieren werde:

Oh, Annie, ich bin praktisch ein Superheld, so tapfer habe ich mich in letzter Zeit hier geschlagen.

Ich habe mit einem Mädchen geschlafen.

Zumindest mal hat sie geschlafen, während ich hellwach dalag und mir Gedanken über das komplette Versagen meiner sexuellen Annäherung nach dem Motto »ich-zähle-bis-sechs-und-lass-dann-meinen-Arm-auf-sie-fallen« machte, die verblüffenderweise vollkommen schiefgelaufen ist. Aber egal, ich schreibe Briefe an ein anders Mädchen aus dem echten Leben und verbreite darin Informationen über mich und muss mich dabei nicht übergeben. Ich glaube, ich würde sogar so weit ge-

hen, zu behaupten, dass wir Freunde sind. Ich habe eine neue Freundin gefunden, Annie, ist das tapfer genug für dich? Ach so, und Robbie geht weg und ich bin nicht mental zusammengebrochen, als ich es erfahren habe. Also, tapfer? Ja.

Dein Bruder

Gideon

AVA

Ich sitze auf der Kante von Lincolns Bett. Ich habe mir geschworen, dass ich nicht mit ihm schlafen würde. Dass wir uns nur treffen und das Chaos unseres letzten Abends sortieren würden, aber er hat es nicht angesprochen, also habe ich es auch nicht angesprochen, und dann hat er mich geküsst und ich habe ihn nicht aufgehalten. Ich wollte ihn nicht aufhalten. Ich streife mir das Unterhemd über und wie immer überspült mich ein Gefühl der Abscheu, es tropft aus meinem Gehirn hinunter in meine Brust. Als hätte jemand einen Hahn aufgedreht, und nun laufe ich voll, mir wird ganz schwindlig davon. Von all diesen Gefühlen, die jetzt in mir herumschwappen – Schuldbewusstsein, Reue, Trauer – bin ich wie betäubt, mir wird schlecht, es fühlt sich an wie in dem Moment, kurz bevor man sich übergibt. Ich spüre, wie das Blut aus meinem Körper fließt. Mir wird feuchtkalt und mein Mund produziert viel zu viel Speichel, während mein Magen sich zusammenkrampft. So etwa fühle ich mich jedes Mal, wenn Lincoln und ich miteinander schlafen. Danach, meine ich. Während es passiert, ist es wunderschön.

Ich wende den Kopf und sehe ihn an; er liegt mit nacktem Oberkörper auf dem Bett, das Laken über die Hüften gezogen. Er betrachtet etwas in seinem Telefon.

»Lincoln?«, frage ich.

»Was?« Er sieht mich nicht an.

»Meinst du …?«

»Was?«

»Meinst du, sie wäre sauer auf uns?«, platze ich heraus. Wir reden nur ganz selten über sie. Ich möchte es aber. Ich möchte so dringend wissen, wie er darüber denkt, um zu erfahren, ob sich in ihm auch alles zusammenkrampft.

»Mir ist egal, was sie denkt.« Er sieht mich immer noch nicht an, schaut starr auf das Telefon über seinem Gesicht.

»Es ist dir nicht egal.« Ich lege mich neben ihn auf den Bauch und er springt sofort aus dem Bett und hebt seine Shorts vom Boden auf.

»Doch, ist es …« Er zögert und sieht mich endlich an. »Ganz offensichtlich war es ihr nämlich absolut scheißegal, ob einer von uns sauer auf sie sein würde.« Er hebt ein Hemd auf. Es ist auf links gedreht und er versucht es richtig herum zusammenzufalten, aber seine Hände bewegen sich zu hektisch und schließlich feuert er es einfach durchs Zimmer. »Ich hoffe, dass sie sauer auf mich ist. Ich hoffe, sie ist wütend«, sagt er und starrt auf das Hemd am Boden.

Ich setze mich auf und überkreuze die Beine. »Ich habe es gehasst, wenn sie sauer auf mich war.«

»Sie war nie sauer auf dich.« Lincoln spricht jetzt ein bisschen sanfter, er atmet schwer.

Ich beobachte, wie sich sein Brustkorb hebt und senkt. »Doch, war sie. Wenn ich bei einem ihrer verrückten Pläne nicht mitmachen wollte, oder wenn ich mich nicht getraut habe, etwas zu sagen.« Ich zögere. »Oder wenn ich wollte, dass sie mir sagt, wie es ihr wirklich geht, dann ist sie einfach sauer auf mich geworden.«

»Du hättest sie zwingen sollen.« Seine Augen wirken hohl und er beißt sich auf die Unterlippe.

»Ich hätte sie zwingen sollen, es mir zu sagen?« Ich lache verächtlich. »Ich konnte sie zu gar nichts zwingen.« Ich zupfe einen losen Faden aus der Decke. »Das konnte keiner von uns.«

Lincoln wendet mir den Rücken zu und hebt die Hände über den Kopf. Er packt eine Hand mit der anderen, presst sie sich auf die Stirn und seufzt laut. »Du schon.«

»Nein«, fange ich an, aber er fällt mir ins Wort.

»Sie hat dir vertraut. Sie hat dich geliebt.« Er schließt die Augen, schüttelt den Kopf. Wendet sich ab. Tonlos sagt er: »Aber du hast sie sterben lassen.«

»Was?«

Es fühlt sich so an, als hätte er mich in den Magen geboxt. Ich werfe mich nach vorne, springe auf die Füße. »Du meinst, es ist meine Schuld?«

»Nein. Das habe ich nicht gemeint.« Er schüttelt aufgebracht den Kopf.

»Doch, hast du.« Ich packe ihn an den Schultern und drehe ihn zu mir, sodass er mich ansehen muss. »Du hast verdammt noch mal genau das gemeint.«

»Nein. Tut mir leid«, murmelt er und versucht, seine Arme um mich zu legen, aber ich drücke mit den Händen gegen seinen Brustkorb.

»Ich bin dir ganz egal.«

»Du weißt nicht, was ich fühle, Ava.«

»Doch, das ist es ja, Lincoln, das tue ich.«

»Sie war *meine* Schwester …«, schreit er und macht einen Schritt nach vorn, zeigt mit dem Finger auf mich.

Ich schneide ihm das Wort ab. Drücke seine Hand weg. »SIE

HAT ZU MIR GEHÖRT! Ich weiß GENAU, was du fühlst! Ganz genau!« Ich brülle lauter, als ich jemals in meinem Leben gebrüllt habe. Wie kann er es wagen. Ich glühe vor Zorn. Meine Hände fangen an zu zittern. »Fick dich, Lincoln.« Ich hebe meine Shorts vom Boden auf und schlüpfe schnell hinein.

»Hast du ja schon erledigt«, flüstert er.

Ich wirble herum und stoße ihm mit aller Kraft die Hände gegen die Brust. Ich bin so wütend. Er stößt mich zurück und ich lande auf dem Bett und federe irgendwie zurück, sodass mein Gesicht gegen den Nachttisch stößt. Der Schmerz ist sofort da. Ich halte meine Wange. Ich blute. Mein Herz rast und ich rieche nur noch Zigaretten und Spucke. Ich schließe die Augen und schüttle den Kopf.

Sofort kauert er sich vor mich und berührt mein Bein. »Ava, tut mir leid …«

Ich ziehe das Bein weg. »Fass mich nicht an«, zische ich. Ich ziehe die Beine unter mich und starre ihm ins Gesicht. Keiner von uns beiden bewegt sich.

»Ich hab nur … Ava?« Jetzt berührt er sanft meinen Arm und ich ziehe ihn weg.

»Nein«, schluchze ich und alles bricht in einem Chaos aus Tränen und Rotz aus mir heraus. »Es ist dir egal. Ich bin dir egal. Warum? Warum tust du das?« Ich sehe ihn an und mein Herz ergießt sich auf das Bett und über Lincoln, der einfach nur dasitzt. Voller Angst. »Ich war dir immer egal und du bist einfach ein schlechter Mensch und ich bin ein schlechter Mensch, weil ich das tue und ich hätte es dir sagen sollen. Ich hätte es dir sagen sollen – ich hätte Nein sagen sollen, aber du hättest es auch besser wissen müssen. Aber ich habe dich gelassen. Und es ist alles meine Schuld, weil ich mich beschissen fühlen wollte. Ich habe es getan, weil es wehtut«, und ich weine. Weine so wie in dem Moment, in dem ich erfahren habe, dass Kelly tot ist, weine, weil ich nichts anderes tun kann. Weine, weil alles an mir wehtut. »Es tut ununterbrochen weh und ich vermisse sie einfach. Ich vermisse sie so.« Ich schlage mir mit der Hand auf die Brust und lege sie dann vor mein Gesicht.

Lincoln setzt sich auf die Knie und packt mich fest und eng um die Taille und ich versuche, ihn wegzustoßen, mit aller Kraft, die ich aufbringen kann. Ich will nicht, dass er mich anfasst. Ich versuche, mich aus seinem Griff zu winden, aber ich schaffe es nicht, er ist zu stark. Er klammert sich an mich, deswegen falle ich irgendwie hinein, in ihn hinein, schluchze, heule, weine an seiner Schulter. Er hält mich fest, und als ich endlich ein bisschen Luft hole, rücke ich ein Stück von ihm ab und sehe ihn an und er sieht mich an, sieht mir direkt in die Augen. Er sagt: »Ich vermisse sie auch. Jetzt im Moment würde sie mich hassen. Das hier hassen. Uns.«

Ich nicke, sehe ihm ins Gesicht. Da ist dieser Blick, dieser traurige Blick, dieses schmale, offene Tor, durch das er mir wenigstens einen Moment lang Einlass gewährt. Jetzt ist er ehrlich. Und er hat recht. Sie würde es hassen, vielleicht nicht uns, aber das hier, dass wir uns so streiten. Dass ich geheult habe, dass er so verletzlich ist und ich mich wie ein Scheusal benehme und dass wir miteinander schlafen, ohne das wirklich zu wollen, obwohl wir einander gar nicht richtig mögen. Nicht auf die Art jedenfalls.

»Und alles ist so beschissen. Und du bist so …« Er verstummt.

Ich bin so was? Er führt den Satz nicht zu Ende.

»Und sie ist weg. Ja? Sie ist echt und richtig weg.«

Ich atme schwer und sein Blick ist einfach so …

… traurig. So traurig. Er sieht so aus, wie ich mich fühle. Also sage ich, was ich wirklich denke.

»Manchmal denke ich, sie ist noch in der Nähe.«

Er zögert. »Ist sie nicht. Sie ist tot.«

Und dieser Blick ist einfach wieder weg und die Lücke geschlossen und er ist wieder so dicht wie ein Korken in einer Flasche, die man gerade geschüttelt hat. Er holt tief Luft. »Ich glaube nicht, dass ich jemals darüber wegkomme.« Und er vergräbt seinen Kopf in meinem Schoß und ich muss seinen Gesichtsausdruck nicht sehen, weil ich in seinem Körper spüre, in seiner bebenden Brust, seinem Wimmern, dass auch Lincoln weint. Ich lege ihm die Arme um den Rücken, packe ihn, und er umarmt auch mich. Seine Knie geben irgendwie nach und nun halte nur ich ihn aufrecht, und er heult.

Ich höre nicht, dass die Haustür aufgeht. Ich höre nicht, dass Tina nach Lincoln ruft. Ich höre nicht, dass sich die Zimmertür öffnet. Ich höre nichts, bis sie direkt vor mir steht und mich anstarrt, mich ansieht mit diesen großen, braunen Augen, die Kellys Augen gleichen, und sie sagt nichts, nimmt nur meine Hände von Lincolns Schultern und übernimmt sein Gewicht und fällt mit ihm zu Boden. Sie rappelt sich auf, um sich hinsetzen zu können, und Lincoln legt ihr die Arme um die Taille und weint in ihrem Schoß. Und sie weint und streichelt seinen Kopf und sagt ihm, dass alles gut wird, und ich sitze auf der Bettkante und sehe ihnen zu. Lincolns Vater taucht auf und kniet sich neben die beiden, eine Hand auf Lincoln, und Tränen strömen aus seinen Augen, verzerren sein starkes, hartes Gesicht. Tina sieht mir in die Augen und ich starre einfach zurück und ich kann in ihren Augen sehen, dass auch sie zerbrochen ist, und sie sieht es in mir und sie weiß es. Ich weiß, dass sie genau weiß, wie ich mich fühle.

Ich kann mich nicht daran erinnern, wie sie mich ins Wohnzimmer gebracht haben, oder dass ich mich auf die Couch gelegt habe und eingeschlafen bin. Ich erinnere mich nur daran, dass ich hochgeschreckt bin, weil Dad mir über die Haare gestreichelt hat. Er hat mich gefragt, ob er mich zum Auto tragen sollte. Ich erinnere mich daran, weil ich lächeln musste, und es fühlte sich komisch an, zu lächeln.

»Das musste ich nicht mehr tun, seit du ungefähr sechs Jahre alt warst, aber ich mach's, wenn du willst«, sagte er sanft. Ich schüttelte nur den Kopf.

Es ist 3:31 Uhr morgens, als ich wach werde und auf die Uhr in meinem Zimmer sehe. Dad liegt neben mir und schläft tief, er hat die Schuhe noch an. Ich fühle mich verkatert und leer. In meinem Kopf ist ein Schmerz, der bei jeder Bewegung direkt hinter meine Augen zieht. Ich habe Durst, aber ich stehe nicht auf. Ich wälze mich auf die andere Seite und lausche auf Dads Schnarchen. Es ist das schönste Geräusch auf der Welt, sein Atmen. Ich fühle mich so, als wäre ich wieder sechs Jahre alt. So wie wenn ich damals einen Albtraum hatte und nichts sich so anfühlte, als wäre es in Ordnung, aber Dad legte sich neben mich und witzelte darüber, dass er mich vor allem Bösen, was mir passiert war, retten würde. Immer und immer wieder erklärte er mir, dass er mich verteidigen konnte, weil Monster oder Räuber oder Seeungeheuer einfach nicht so mächtig waren wie ein Vater, und ich glaubte ihm. Ich lag da und lauschte seinem Atem und obwohl ich völlig aufgelöst war, war mir doch klar, dass alles gut würde, denn ich war in Sicherheit. Nur fühle ich mich jetzt nicht in Sicherheit, nicht wirklich, weil so viel Mist passieren kann und keiner kann etwas dagegen tun. Nicht mal mein Dad.

⌘

Als ich aus der Flexi-Schule komme, liegen Blumen auf der Fußmatte, und ich lächle, weil mir klar ist, dass sie von Lincoln sein müssen und alles wieder in Ordnung kommt. Er wird sich für das entschuldigen, was vorgefallen ist, und dann entschuldige ich mich und alles kann wieder so werden, wie es war. Ich habe vier ganze Tage nichts von ihm gehört oder gesehen. Seit Kellys Tod haben wir uns noch nie über eine so lange Zeit weder unterhalten noch getroffen. Seit unserem Streit, seit ich mich im Gesicht verletzt habe, bin ich in einer Art Dämmerzustand umhergeirrt, habe versucht zu verarbeiten, was er gesagt hat und wie wütend ich war, und wie gut es sich angefühlt hat, mir eine Menge Mist von der Seele zu schreien. Ich habe Minda erzählt, dass ich gestolpert bin und mir den Kopf am Nachttisch gestoßen habe – ich habe irgendwas gemurmelt von wegen »ich bin so wahnsinnig ungeschickt«. Ich habe ihr nicht erzählt, dass es passiert ist, weil ich mich mit dem Bruder meiner toten besten Freundin gestritten habe, direkt nachdem wir miteinander geschlafen hatten, und dass er mich so heftig geschubst hat, dass ich mir versehentlich das Gesicht am Nachttisch gestoßen habe. Ich erzähle niemandem, dass es so passiert ist. Nicht mal Dad. Ich kann es selbst kaum glauben.

Erleichtert bücke ich mich nach den Blumen, und dann entdecke ich ihn zwischen den Blättern: den minzgrünen Umschlag. Sofort werde ich wütend. Wütend, weil die Blumen nicht von Lincoln sind und weil alles immer noch in der Luft hängt und es keinerlei Auflösung gibt. Ich bin wütend auf Gideon, weil er so nett ist. Ich befürchte, dass er sich falsche Hoffnungen macht. Ich bin wütend, weil Blumen die Sache komplizierter machen und er und ich nicht kompliziert sein sollten, wir sollten einfach nur Freunde sein. Ich trage die Blumen ins Haus und ziehe den Umschlag hervor. Ich bin verwirrt und unzufrieden und schäme mich für diese Gefühle, weil mir noch nie jemand Blumen geschenkt hat, außerdem sind sie wirklich schön. Aber verdammt, Gideon!

Ava,

ich hoffe, über die hier kannst Du lächeln. Mir ist klar, dass sie Dich nicht glücklich machen, aber ich dachte, ein Lächeln ist schon mal ein guter Anfang. Kein richtiger Brief heute – ich habe über eine Stunde gebraucht, um zu entscheiden, welche Blumen ich kaufen soll. Blumen sind kompliziert.
Hier also die stichpunktartige Beschreibung meines sogenannten Lebens in diesem sogenannten Brief.
- Ich habe ein paar merkwürdige Tage hinter mir. Mein Freund Robbie zieht weg und das hat mich ein bisschen aus der Bahn geworfen. Er wird mir fehlen.
- Da war so eine Party. Etwas Seltsames ist passiert. Mehr gibt es dazu nicht zu sagen.
- Am Sonntag ist bei der Arbeit etwas vorgefallen, als Du nicht da warst. Ricky hat gesagt, Du wärst krank. Ich hoffe, es geht Dir besser. Also, Ricky hat mir die Täto-

wierung auf seinem Hintern gezeigt. Ich weiß nicht, was ich darüber denken soll. 1. Weil ich jetzt gesehen habe, wie haarig sein Hintern ist und 2. Weil ich weiß, was für ein Bild es ist. Ich weiß nicht, ob ich es Dir erzählen soll, weil ich Dir nicht auch noch psychische Narben zufügen will, aber Solidarität, Ava, Solidarität, und jemandem muss ich es erzählen. Es ist ein komisches, grün schimmerndes Känguru mit Boxhandschuhen, das an einem riesigen Fleischkebab herumschnitzt, das eigentlich wie ein großer Scheißhaufen aussieht, und oben drüber steht: „Make Magic".

Wenn die Blumen nicht gewirkt haben, dann hoffe ich, dass dieses mentale Bild von Rickys Hintern eine Hilfe ist. Wir sehen uns Freitag!

Dein Freund
Gideon

Und obwohl ich immer noch sauer bin, muss ich lachen. Ricky hat mir schon angedroht, er würde mir dieses monströse Kunstwerk auf seinem Hintern zeigen, aber ich habe mich glattweg geweigert, mich darauf einzulassen, und drei Jahre lang erfolgreich vermieden, auch nur zu erfahren, worum es sich handelt. Ich muss lachen, als ich mir ausmale, was für ein Gesicht Gideon beim Betrachten des Kunstwerks gemacht hat. Ricky hat dabei zweifellos gelacht wie ein Irrer.

Vielleicht ist es ja doch eine falsche Vorstellung von mir, dass Gideon falsche Vorstellungen hat. Ist es tatsächlich möglich, dass er nur mit mir befreundet sein möchte? Alles in mir möchte glauben, dass es so ist.

⌘

Als ich am Freitag zur Arbeit gehe, habe ich beschlossen, dass ich Gideon auf die Blumen ansprechen muss. Ich muss ein für alle Mal wissen, ob er sich falsche Vorstellungen macht. Momentan kann ich in meinem Leben nicht noch mehr Komplikationen gebrauchen. Bestimmt ist es besser, es gleich zu wissen, dann kann ich den Mist abstellen, bevor es noch schlimmer wird. Ich warte auf einen etwas ruhigeren Moment im Lokal und gehe dann nach hinten zum Spülbecken, wo er mit dem Abwasch beschäftigt ist.

»Warum hast du mir diese Blumen geschickt?«, frage ich. Das nennt man: direkt auf den Punkt kommen, Ava, sonst haben wir heute Abend noch nichts miteinander geredet bis auf »Hallo« und »Hey« und dann knalle ich ihm diese Frage an den Kopf.

»Was?«

»Die Blumen? Warum hast du mir diese Blumen geschickt?«

»Weil ich dachte, es würde dich freuen. Warum? Sollte ich das nicht?« Er stolpert, als er sich zu mir umdreht, hält die Hände in den großen roten Gummihandschuhen in die Luft.

»Nein. Solltest du nicht.«

»Oh. Okay.« Er wirkt betroffen.

»Genau. Lass das einfach. Ich mag keine Blumen.« Und das ist eine Lüge. Ich mag Blumen, aber ich möchte mich deutlich ausdrücken. Aber als ich sein Gesicht sehe, fühle ich mich total beschissen. Ich weiß genau, dass er sich schämt, und das wollte ich jetzt wirklich nicht.

»Oh. Tut mir leid«, murmelt er. Er senkt den Blick und beißt sich auf die Lippen.

»Ist in Ordnung.«

»Nein, ist es nicht. Tut mir leid. Ich dachte nur, du klingst so traurig. Du weißt schon. In deinem letzten Brief, und dann warst du nicht da.« Er hebt den Blick und die Ehrlichkeit in seinem Blick trifft mich wie ein Schlag gegen die Brust und ich fühle mich wie die fieseste Kuh im ganzen Universum.

»Ach, verdammt, Gideon. Dankeschön. Tut mir leid. Scheiße.«

»Was ist los?«

»Nichts. Nichts ist los. Danke für die Blumen. Ich dachte nur …« Ich zögere.

»Was denn?«

Ich sage nichts mehr. Ich dachte nur, sie wären von Lincoln, möchte ich eigentlich sagen. Ich dachte, Lincoln schämt sich für das, was passiert ist, und hätte mir Blumen geschickt, um sich zu entschuldigen. Hat er aber nicht. Weil er sich nicht schämt. Ich möchte sagen, dass ich gedacht habe, er denkt vielleicht, das zwischen uns ist mehr. Dass er gedacht hat, wir sind nicht nur zwei Leute, die sich kennenlernen und Freunde werden. Dass ich gedacht habe, dass diese Blumen gar kein unglaublich aufmerksames Geschenk von einem Freund an eine Freundin waren, um diese ein bisschen aufzumuntern. Ich glaube, ich sollte ihm sagen, dass ich eine Psychotante bin, mit der sich jemand, der so nett ist wie er, besser gar nicht anfreunden sollte.

Mir wird klar, dass ich schon eine ganze Weile da stehe und überhaupt nichts sage. Mir wird klar, dass ich wie ein Trottel dastehe und mich auch so fühle.

Gideon bricht das Schweigen. »Was hätte ich dir denn anstatt der Blumen schenken sollen?«

»Was?«

»Um dich aufzumuntern.« Er nimmt die Handschuhe ab und wischt sich die Hände an der Schürze ab. »Welches ist dein Lieblingstier?«

»Pinguine«, sage ich.

»Ich hätte dir einen Pinguin schenken sollen. Ich bin vielleicht blöd.« Er lächelt und ich lächle und schäme mich, weil ich jemals etwas Schlechtes von Gideon gedacht habe.

»Du brauchst mir überhaupt nichts zu schenken. Wir können doch, ich weiß nicht, einfach ein bisschen miteinander abhängen.«

»Abhängen?« Er erhebt ein bisschen die Stimme.

»Ja. Möchtest du abhängen?«

»Ich kann abhängen«, sagt er und lehnt sich über die Spüle, aber er rutscht auf einer seifigen Fläche aus und ich lache. Er wird rot.

»Als Freunde. Einfach als Freunde zusammen abhängen.« Ich lächle und er nickt und dann läutet die Glocke an der Eingangstür des Lokals und eine Gruppe junger Typen spaziert herein.

Als ich mich auf den Weg nach vorn mache, ruft Gideon hinter mir her: »Gut. Meine Güte. Ich häng mit dir ab, jetzt red doch einfach nicht mehr darüber, Ava. Mein Gott!«

Ich wende mich um und strecke ihm die Zunge raus und er schneidet mir eine Grimasse. Wie Freunde das tun. Gut.

GIDEON

Irgendwelche Leute spielen Gitarre und singen, eine menschliche Pyramide befindet sich im Aufbau, zwei Mädchen knutschen herum, andere spielen Karten und zwei Typen im Giraffenoverall rennen durch die Gegend. Ich habe mich getäuscht. Das hier ist nicht der perfekte Ort, um das erste Mal mit Ava abzuhängen.

Norma kommt auf uns zugerannt, quiekt: »Heeeeeeeeyyyy!« und springt auf mich drauf. Sie legt mir die Beine um die Hüften und ich stehe da und lasse es geschehen, als sie mich fest an sich drückt. Sie springt wieder ab und legt ihren Arm um Ava. »Ava, herzlich willkommen zum vierten Tag im Park.«

Andy kommt näher, er lächelt. »Hast du ihr von der Initiation erzählt?«

»Nein. Ich habe gedacht, das überlasse ich euch«, sage ich.

»Initiation?« Ava sieht mich an. Ich kann nicht sagen, ob der Ausdruck in ihrem Gesicht Interesse bekundet oder Angst.

»Schnell! Hol den Rohrstock!« Andy spricht mit künstlichem britischem Akzent.

»Nicht den Rohrstock, Sir, sie ist zu hübsch für den Rohrstock.« Norma fächelt sich mit den Händen Luft zu.

Ich muss unwillkürlich lachen und Ava sieht mich an und lächelt. Ich glaube, jetzt verrät ihr Gesichtsausdruck, dass sie leicht amüsiert ist, vielleicht neugierig, und das Ganze ist mit einer ordentlichen Prise »was zum Henker« gewürzt. Damit habe ich gerechnet.

Nachdem wir vor ein paar Tagen bei der Arbeit beschlossen hatten, uns mal zu treffen, habe ich mich drei volle Tage und zwei volle Nächte mit der Frage gequält, wo dieses besagte Treffen wohl stattfinden sollte. Am Freitag in Rias Kurs habe ich Andy und Norma gefragt.

»Bring sie doch mit zum Tag im Park!«, hat Andy vorgeschlagen.

»Ihr wollt sie bloß kennenlernen«, murmle ich.

»Klar.« Norma nickt. »Aber andererseits ist der Tag im Park auch ideal für so ein Treffen. Es geht locker zu, es gibt witzige Sachen, über die man reden kann, und Andy und ich können dich retten, falls du in eine deiner verlegenen Selbsthass-Spiralen gerätst.«

Ich wollte aufspringen und sie an mich drücken. Norma hatte mit allem recht und ich war so froh darüber, endlich einen Plan zu haben, dass ich am Donnerstagabend, als ich Ava bei *Magic Kebab* sah, ein bisschen zu aufgeregt war und mein Gehirn deswegen jene kompletten Sätze, mit denen man normalerweise ein Gespräch beginnt, einfach löschte.

»Tag im Park!«

Ava wirbelte herum und sah mich durch das Loch in der Wand, das die Küche mit dem vorderen Teil des Lokals verbindet, an. »Hallo, Ava, wie geht's dir? O, mir geht es gut, Gideon, danke der Nachfrage.« Sie grinst süffisant.

»Tut mir leid. Hi, Ava.«

»Hi.« Sie lächelt. »Du willst also in den Park?«

»Ja. Wir könnten beim Tag im Park abhängen.«

»Du willst den Tag im Park verbringen?«

»Ja.«

»Okay. Wir können in den Park gehen, wenn du in den Park gehen willst.«

Mein Herz fängt an zu rasen. Ich habe mich absolut nicht klar ausgedrückt. »Nein. Es ist so eine Sache, die meine Freunde organisieren. Es heißt Tag im Park. Es findet im Park statt und es gibt Musik und Essen und so weiter.«

»Oooooh.« Ein verständnisvolles Leuchten erscheint in Avas Gesicht. Sie nickt. »Hab verstanden. Cool.« Sie wendet sich um, greift nach ihrem Telefon und sieht sich wieder das an, was sie sich angesehen hat, bevor ich sie so bekloppt mit meinem bizarren Geschwafel unterbrochen habe.

Am Ende unserer Schicht hat sie mir gesagt, sie würde mich um die Mittagszeit bei mir zu Hause abholen. Wir haben uns eigentlich nicht unterhalten. Sie stellte Fragen. Ich antwortete. Dann ging sie. Sie ist so was wie der maskierte Rächer, nur trägt sie keine Maske. Oder rettet irgendwelche Leute, oder, okay, sie hat keinerlei Ähnlichkeit mit dem maskierten Rächer. Ich finde sie einfach rätselhaft und sie ist so cool. Das ist genau genommen die einzige Verbindung zwischen ihr und Batman.

»Was muss ich tun?«, fragt Ava neugierig.

»Du musst mitkommen und mit mir Uno spielen.« Andy packt ihre Hand und fängt an, sie hin und herzuschwingen.

»Das ist alles? Ich dachte, ich würde jetzt mit einer Bierbong abgefüllt oder so was.«

Norma lacht. »Das kommt später.«

»Genau. Der übliche Ablauf sieht so aus: Uno, Bierbong,

Rohrstock«, fügt Andy hinzu, und ich sehe, dass Ava kichert und sich von Andy mitziehen lässt. Sie flitzen los zu einer anderen Ecke des Parks.

Wir spielen vier Runden Uno mit Suvi und Neil und alle geben sich Mühe, Ava rasch in unsere sehr speziellen Uno-Regeln einzuweihen. Es gibt jede Menge Geschrei, nicht ernst gemeinte Beleidigungen und Gefluche. Ava ist fast durchgehend still, aber ab und zu muss sie lachen. Ich beobachte ihr Gesicht. Immer mehr Leute kommen dazu und die Gespräche springen zwischen allen möglichen Themen hin und her. Wir springen von einer Diskussion über Anime zu Musik zur Gleichberechtigung der Geschlechter zu einer Diskussion über Anime zu Musik zu selbst gewählten Personalpronomen und dann wieder zurück zu irgendeinem Buch, das sie gerade alle lesen. Ein Buch, von dem ich gesagt habe, ich würde es lesen. Ich habe es aber noch nicht getan, in erster Linie weil es so ein Schinken ist über Magier und empfindsame Prinzessinnen, und ich finde eigentlich, mein eigenes Leben ist aufregend genug.

Ava hört zu, sie antwortet, wenn man sie etwas fragt, und ab und zu liefert sie auch einen Kommentar. Am Anfang habe ich gedacht, es war eine schreckliche, schreckliche Fehleinschätzung, sie hierher zu bringen, aber allmählich entspanne ich mich und die Sache macht mir sogar Spaß.

Später, als alle losgetobt sind, um Frisbee zu spielen, sitzen nur noch Ava und ich auf einer Decke. Die Gruppe von Mädchen, mit denen Issy im Kreis sitzt, wirft immer wieder Blicke zu uns herüber und flüstert. Ich glaube nicht, dass Ava das beachtet und etwas dazu sagt, aber für den Fall der Fälle habe ich ein paar Antworten vorbereitet, die das Gespräch, so vermute ich, ganz geschickt in andere, weit interessantere Richtungen lenken werden.

»Du hast Fans«, bemerkt Ava. Sie sieht hinüber zu den Mädchen.

Mist.

»Nein.« Ich senke den Blick, verlegen, versuche dann zu lächeln. »Die nennt man Groupies.« Das war jetzt keine meiner vorbereiteten Antworten, aber ich habe das Gefühl, ich habe sie hervorragend präsentiert. Ich bin sogar von mir beeindruckt.

Ava lacht. »Oh, tut mir leid, deine Groupies sind verrückt nach dir.«

»Ach was. Das sind Mädchen aus meiner Theatergruppe. Die da mit den langen braunen Haaren macht auch Slam-Poetry, also …«

»Hast du schon mal was mit einer von ihnen gehabt?«, fragt sie und die Frage liegt schwer in der Luft, gewinnt enorme Bedeutung, denn wenn ich lüge, dann lenkt das die Freundschaft zwischen Ava und mir von jetzt an in eine bestimmte Richtung, aber ich weiß auch nicht, ob ich die Wahrheit sagen will, denn dann oute ich mich ja noch mal auf einer ganz anderen Ebene als ungeschickter Trottel. Außerdem, wie soll ich diese Frage überhaupt beantworten? Technisch gesehen ist ja gar nichts passiert. Ich sehe sie an und entscheide mich.

»Issy«, sage ich schnell, und das scheint sie völlig zu überraschen, denn ihr Kopf zuckt irgendwie überrascht nach hinten.

»Die mit den kurzen Haaren?« Sie sieht hinüber zu den drei Mädchen.

»Genau.«

»Sie sieht gut aus.« Das meint sie ehrlich.

Wir sehen beide hinüber zu den Mädchen. Issy hat sich eine Frangipani-Blüte hinter ein Ohr gesteckt.

»Wir hatten da so eine merkwürdige Geschichte«, murmle ich.

Und noch bevor ich auch nur die Gelegenheit hatte, mir zu überlegen, wie ich fortfahren sollte, fragt Ava: »Habt ihr euch geküsst?«

Ich schüttle den Kopf.

»Warum nicht?« Sie stupst mich an. Ich glaube, sie foppt mich.

»Es war seltsam. Wir haben der Sache zu viel Bedeutung gegeben. Uns unter Druck gesetzt. Denke ich.« Ich spüre, wie meine Stirn Falten schlägt, weil ich nachdenke und sehe, dass Avas Augen glitzern, während sie meine Antwort verdaut. Als würde sie in die Welt hinaustreten und sich dann ganz schnell wieder in ihren Kopf zurückziehen. Ich frage mich, was sich in ihrem Gehirn abspielt.

Ich beschließe, das Thema zu wechseln. »Wie ist das passiert?« Ich streiche ganz rasch mit dem Daumen über die Wange mit dem großen Bluterguss und dem kleinen Schnitt, und dann kann ich gar nicht glauben, dass ich das gewagt habe.

Ava rückt ab. »Oh«, sagt sie und legt sich die Hand auf die verletzte Stelle. »Ich dachte, ich könnte das ein bisschen verstecken.«

»Mir ist es bei der Arbeit aufgefallen«, sage ich. »Irgendein dämlicher Unfall? Ich habe dauernd dämliche Unfälle. Siehst du diese Narbe an meiner Lippe? Die habe ich mir geholt, als ich das einzige Mal in meinem Leben Skateboard gefahren bin. Ich war sieben.«

»Genau, ich hab mich im Bett umgedreht und bin gegen meinen Nachttisch geknallt, es war dämlich.«

Plötzlich liegt ein Hula-Hoop-Reifen um Avas Taille und Norma kichert.

»Kannst du das?«, fragt sie.

»Klar.« Ava springt schnell auf, lässt den Reifen um ihre Taille kreisen und bewegt ihre Hüften so hin und her, dass er nicht herunterfällt. Sie kennt sich aus und hält den Reifen ohne die geringste Mühe oben. »Habt ihr noch einen Reifen?«

»Die Dame wünscht einen zweiten Reifen!«, schreit Andy der Gruppe zu und Norma reicht ihm einen. Ava hält inne, legt sich beide Reifen zurecht und macht weiter. Lachend lässt sie die Reifen hoch bis über die Brust kreisen, dann zurück auf ihre Hüften. Die anderen jubeln und Ava verbeugt sich, wird ein bisschen rot. »Du bist dran.« Sie zeigt auf mich.

»Ich kann's nicht. Ich habe überhaupt keine Koordination.« Ich beweise das, indem ich meine Hüften kräftig vor und zurück schwinge. Der Reifen fällt einfach zu Boden.

Ava lacht und setzt sich wieder auf die Decke. Sie erzählt mir eine Geschichte aus den Weihnachtsferien in der siebten Klasse. Sie und Kelly haben Hula-Hoop gelernt, weil sie im Fernsehen einen Film über ein Zirkusmädchen gesehen hatten.

»Die hatte so ein Wahnsinnskostüm an und konnte ungefähr zehn Reifen auf einmal kreisen lassen. Sie sah aus wie eine Elfe.« Sie redet schnell, aufgeregt, und selbst wenn ich das wollte, könnte ich sie nicht unterbrechen. »Wir fanden sie so unglaublich hübsch. Sie hatte lange, blonde Locken und einen großen Busen und so einen flachen Bauch, man konnte sehen, wie sich alle ihre Muskeln bewegten, wenn sie den Reifen kreisen ließ. Kelly gleich: ›Ich will so aussehen wie die‹, und ich: ›Ich auch‹, und ich hatte von meiner Mum zufällig fünfzig Dollar zum Geburtstag bekommen und wir wuschen Autos, um noch zwanzig dazuzuverdienen, und dann sind wir losgezogen und haben zwei Reifen gekauft. Es hat ewig gedauert, bis wir es konnten. Wir haben online Videos angesehen und stundenlang geübt.«

Ich habe noch nie erlebt, dass sie so viel geredet hat, sie ist so aufgedreht, ihre Haare fliegen, ihre Hände bewegen sich wild. »Und was dann?«

»Dann haben wir etwas anderes gefunden, was uns interessiert hat, und seither habe ich es nie mehr richtig probiert. Ich habe ganz vergessen, dass das so viel Spaß macht.« Sie verstummt, legt sich zurück auf die verschränkten Arme und sieht hinauf in die Wolken. »Hast du jemals dieses Spiel gemacht, bei dem man sagt, wonach die Wolken aussehen?«

»Nein. Ich habe keine Ahnung, wovon du redest«, sage ich und sie schlägt mir gegen die Brust. Ich lege mich neben sie und sehe in den Himmel.

»Ich finde, die hier sieht aus wie ein Koalabär.«

»Ja, und die da ist ein Drache.« Ich zeige in die andere Richtung.

»Warum gibt es immer einen Drachen?« Sie wendet den Kopf, sieht mich an.

»Eines der großen Geheimnisse unseres Lebens.« Ich lege den Kopf zur Seite, sehe sie an, halte einen Sekunde lang Blickkontakt, dann reißen wir uns los und sehen wieder die Wolken an. Ich spüre meine übliche Grundnervosität, aber zu meiner Überraschung fühle ich mich auch ruhig. Als wären Ava und ich tatsächlich Freunde, als wäre der Tag ein Erfolg, als hätte

Annie vielleicht recht und manchmal braucht man nur ein bisschen Mut.

Als wir aufbrechen und alle in einem Haufen beieinanderstehen und sich verabschieden, drückt Norma Ava an sich. »Sehen wir dich am Freitagabend?«, fragt sie.

»Was ist am Freitagabend?«

»Gideons nächster Wettbewerb«, sagt Andy. »Hat er dir das nicht erzählt?«

Ich spüre, dass ich rot werde.

»Du musst kommen, Ava. Er ist großartig«, ergänzt Norma, und Andy fügt hinzu: »Nein, genau genommen ist er eine totale Pleite, aber es ist uns wichtig, ihn bei der Verwirklichung seiner Träume zu unterstützen.« Er nimmt mich in den Schwitzkasten und strubbelt mir durch die Haare.

»Ich bin für die Abendschicht eingeteilt«, sagt sie und ich gebe mir Mühe, enttäuscht auszusehen. In Wirklichkeit bin ich erleichtert. Dann fügt sie hinzu: »Aber ich werde das los. Ich würde gern hinkommen.« Sie zögert. »Wenn das okay ist?«

»Soll das ein Witz sein? Okay ist gar kein Ausdruck.« Norma lacht.

Ava grinst verlegen und sieht zu mir herüber, während die anderen weiter plaudern und einander beleidigen. Sie formt mit den Lippen die Worte: *Okay für dich?*, und ich nicke heftig und flüstere: »Klar!«

Dann mache ich mir bildlich gesprochen in die Hosen, denn eigentlich habe ich heute schon jedes Quäntchen Mut verbraucht, das ich aufbringen konnte. Ava im Publikum, wenn ich eines meiner Gedichte vortrage? Das erfordert Mut auf Batman-Niveau!

Norma hakt sich bei Ava ein und sie gehen schon mal los. Mir wird unterdessen bewusst, dass ich fünf Tage Zeit habe, mich an den Gedanken zu gewöhnen.

⌘

Am Mittwoch habe ich alle erdenklichen Gefühle im Hinblick auf Avas Auftauchen beim Wettbewerb durchgespielt, alle erdenklichen Möglichkeiten, wie der Freitagabend in die Hose gehen könnte, alle erdenklichen Gedichte, die ich vortragen könnte, und bin am Ende wieder genau da gelandet, wo ich am Samstag angefangen habe: in einem Zustand von Furcht und Panik, weil ich keine Ahnung habe, was mich erwartet oder welches Gedicht ich auswählen soll.

»Das ist doch einfach, du Schussel, nimm mein Lieblingsgedicht.« Annie schenkt mir vom iPad-Bildschirm aus ein verpixeltes Lächeln.

Ich habe festgestellt, dass der Hauptgrund für meine Panik vor Freitagabend damit zusammenhängt, dass ich nicht weiß, welches Gedicht ich vortragen soll. Ich habe Annie nicht gesagt, dass ich ausflippe, weil Ava da ist.

»Na ja, das ist aber dann schon knüppelhart.« Ich beuge mich über die Tischplatte und verziehe das Gesicht.

Annie sieht mich an, als wäre ihr ein übler Geruch in die Nase gestiegen. »Scheiß drauf. Es ist gut. Du hast es noch nie in einem Wettbewerb vorgestellt und es ist gut.« Sie verstummt, dann fährt sie fort: »Mach's richtig oder mach's gar nicht, kleiner Bruder.« Sie zieht eine Grimasse und ich reagiere, indem ich mir beide Zeigefinger in die Nasenlöcher stecke.

»Und, machst du's?«

Ich seufze laut. »Okay.«

»Das war ja jetzt leicht. Hast du noch irgendein anderes Problem, das ich für dich heute noch regeln kann?«

»Globale Erwärmung, politische Tatenlosigkeit, schlechte Popmusik, der Typ in meinem Geschichtskurs, der gedacht hat, Dubai liegt in Indien.«

Annie macht ein entsetztes Gesicht. »Nein, oder?« Ich nicke und sie lacht. »Mit dem musst du allein fertigwerden. Alles andere habe ich bis heute Mittag geklärt. Ich schicke dir ein Fax, weil ich dich nicht anders erreichen kann.«

»Gideon!«, ruft Mum aus dem Flur. »Ist sie noch online?«

»Mum will mit dir reden«, sage ich zu Annie und sie lächelt.

»Ich habe dich lieb«, sagt sie und zieht wieder eine Grimasse. »Ach so, und du solltest Mum und Suse vorher warnen, wenn du das Gedicht vortragen willst.«

In diesem Moment taucht Mum in der Tür auf. »Ich will, ich will, ich will«, sagt sie und tanzt dazu zum iPad; sie nimmt es und trägt Annie aus dem Raum.

Eine Sekunde später steckt Mum ihre Hand durch den Türspalt und wirft einen Umschlag in meine Richtung.

Gideon,

der Samstag war einfach nur cool. Danke für die Einladung. Deine Freunde sind so nett. Ich weiß nicht, ob es okay ist, da Favoriten zu nennen, aber Norma und Andy mag ich wirklich. Sie waren so freundlich und so witzig. Und eure Spezialregeln beim Uno? O Mann. Brutal. Ich glaube, ihr seid noch ganz nachsichtig mit mir um-

gegangen. Deine Freunde sind mörderisch. Ha. Wegen Freitag habe ich mit Ricky geredet und er hat mir den Abend freigegeben, aber ich musste ihm versprechen, dass wir beide den Kühlraum sauber machen würden; ich dachte, das wäre ein anständiger Kompromiss, bis mir einfiel, wie widerlich der Kühlraum ist, und jetzt befürchte ich, ich habe uns ziemlich reingeritten. Also sorg bitte dafür, dass der Freitag genial wird! Fühl Dich nur nicht unter Druck gesetzt. Nein, Quatsch. Ich freue mich wirklich darauf. Ich finde es unglaublich, dass Du so intelligent bist und Gedichte schreibst, ganz zu schweigen davon, dass Du dann auf die Bühne gehst und sie Leuten vorliest. Ich glaube, so mutig bin ich nicht.

Ich halte inne. Mutig? Hat Annie vielleicht auch ihr eine Postkarte geschrieben?

Ich werde viel zu nervös, wenn ich vor vielen Leuten reden soll. Verstockt und verklemmt, ich fühle mich beschissen, also mache ich es erst gar nicht. Na ja, wenn ich nicht gerade eintausend Leuten verkünde, dass sie mich am Arsch lecken können, aber das kommt dann von ganz woanders. Bitte sag mir, dass Du keine Ahnung hast, wovon ich rede. Bitte sag mir, dass Du an diesem Tag nicht in der Schule warst? O Mann. Das war nicht mein bester Tag. Aber es hat mich so wütend gemacht, wie sie mit all dem umgegangen sind. Also eigentlich überhaupt nicht, und Mrs Bryan ist ein Biest. Was ich eigentlich sagen möchte: Ich finde Dich genial, Gideon. Ich finde es genial, dass Du schreibst und Slam-Poetry präsentierst, und ich bin froh, dass Norma und Andy mich eingeladen haben. Genau. Meine Woche läuft soweit gut. Die Flexi ist okay. Sogar ganz gut. Jede Menge Diskussionen. Ich habe mich mit einem Mädchen angefreundet, Minda, sie hat grüne Haare, ein einjähriges Kind, sie ist laut und herrisch und klug. Sie bringt mich zum Lachen. Aber weißt Du, was ich an der Flexi am besten finde? Keiner kennt mich hier. Sie wissen nur das, was ich ihnen erzähle. Ich glaube, selbst wenn sie mehr wüssten, wäre es ihnen total egal. In meiner Klasse sind Schüler, die echt Probleme haben. Manche sind zu Hause rausgeflogen, andere haben Ärger mit den Bullen; ein Mädchen ist so schüchtern, dass sie es an einer Regelschule nicht ausgehalten hat, und ein anderer, einer aus meinem Englischkurs, ist seit sechs Monaten trocken und wir haben ihm vor ein paar Tagen einen Kuchen mitgebracht, um das zu feiern. Er war völlig aus dem Häuschen. Das zeigt mir einfach, dass jeder sein Päckchen zu tragen hat, weißt Du? Ich weiß gar nicht, was ich sagen will. Wir sehen uns am Freitag, Gideon. Ich hoffe, Deine Woche verläuft ebenfalls gut.

Alles Liebe,
Ava

Ich falte das Blatt wieder zusammen und stecke es in den Umschlag. Ja. Du hast recht, Ava. Jeder hat sein Päckchen zu tragen, und du, meine Freundin, wirst bald mehr über mein Päckchen wissen, ob es dir gefällt oder nicht.

⌘

Ich stemme mich von dem geblümten Klubsessel hoch und mache mich auf den Weg zur Bühne, weiche sorgfältig den Menschen aus, die links und rechts applaudieren und johlen. Andy und Norma sitzen ganz vorne und einer versetzt mir einen Klaps aufs Bein, der andere kneift mich in den Hintern. Ich bin mir nicht sicher, wer von ihnen was getan hat. Sie grinsen von einem Ohr zum anderen und halten die Daumen hoch.

»Hallo«, sage ich ins Mikrofon. Ich sehe Ava an. Sie beugt sich vor, legt die Ellbogen auf die Knie und ihr Kinn ruht leicht in ihren Händen. Ihre kleinen Finger hat sie zwischen die Zähne gesteckt und sie lächelt auf eine Weise, wie ich sie noch nie habe lächeln sehen. Sie hat die Augenbrauen gehoben, ihre Augen sind weit aufgerissen.

Sie ist nervös. Meine Fähigkeit zu erkennen, wie sie sich fühlt, ist im Laufe des Abends viel größer geworden. Ich weiß, dass sie nervös ist, weil sie es mir im Auto auf dem Weg hierher gesagt hat, und dann noch mal an der Tür, als wir unseren Eintritt bezahlt haben, und dann noch mal, als wir uns ein Getränk geholt haben, und als wir saßen, hat sie es mir noch fünf oder sechs Mal gesagt.

»Warum bist du denn nervös?«, habe ich sie gefragt.

»Ich weiß nicht, ich fühl mich einfach irgendwie zittrig.« Und so war es auch. Ihre Beine tänzelten um sie herum und sie ballte die Hände zu Fäusten und öffnete sie wieder, hob sie an die Hüften, ans Gesicht, faltete sie unterm Kinn zusammen. Ich lachte sie aus und sie versetzte mir mit einer Hand einen heftigen Stoß vor die Brust.

»Bist du nervös? Wirst du auch nervös?«, fragte sie.

»Schon. Irgendwie.« Wenn sie wüsste, was für eine Woche ich hinter mir habe … weil ich mit all den Gefühlen fertigwerden musste, die mich wegen heute Abend bestürmten, die ich immer noch empfinde und empfinden werde bis zu dem Moment, in dem ich den Mund öffne und meinen Vortrag beginne. Wenn es so weit ist, fühle ich nichts mehr, erst wieder, wenn ich fertig bin. Dann fühle ich mich elektrisiert, wie wenn sich der Magen vor Glück zusammenzieht, aber nicht nur einen Moment lang. Es dauert mindestens den ganzen Abend an.

»Es ist nur … ich weiß einfach nicht, was mich erwartet.« Sie zögert, sieht mir direkt in die Augen. »Was ist, wenn du ganz schlecht bist?«

Ich lache. »Das ist sehr wahrscheinlich.«

»Nein. Ich meine, was dann? Dann muss ich so tun, als wäre es ganz toll gewesen, und du weißt, dass das nicht meine Stärke ist.«

»So zu tun, als wäre ich ganz toll?«

»Genau. Und lügen. Ich bin eine beschissene Lügnerin.«

»Genau. Dann. Lass es.« Ich nicke, sie legt den Kopf zur Seite, sieht mich an, die Haare fallen ihr ins Gesicht, also beende ich den Satz: »Lügen. Nicht lügen.«

»Okay.«

So hatte ich noch gar nicht darüber nachgedacht, bis sie es ausgesprochen hatte. Was ist, wenn sie es total beschissen findet? Mich beschissen findet.

»Ich bin Gideon«, sage ich und höre, wie sie alle jubeln und schreien. Ich atme tief ein.

Ich erhasche Avas Blick, sie hebt die Augenbrauen, nimmt die Finger aus dem Mund, flicht sie ineinander und lässt sie dann unter ihrem Kinn liegen. Ich hole tief Luft, räuspere mich und schließe die Augen. Und es geht los.

Überraschung, Überfall/überrascht sie mich, überrasche ich sie?/Reiner Zufall sei es, sagt sie, klar, aber Zufall ist doch eigentlich nur, dass sie es nicht viel früher schon erfuhr/Eine wollene Zwangsjacke verbarg ganz lang/alles was nach außen drang/Das Dunkel, das den Sonnenschein verwehrt/den Blick versperrt/ein gestricktes Schwergewicht in einem Sommer voller Licht.

Es brannte sich in meine Mutter bis aufs Mark/Sie wusste, dass meine Haut eine Botschaft barg, und die schneidet sich so tief hinein in ihre Seele/dass ich sie zu Tränen quäle/Tränen, die tief in mein Fleisch hinunterquellen/meine Haut entstellen/Nicht meine Narben schmerzen, sondern die in ihrem Herzen.

Da war so viel Schmerz, ich brach ihr das Herz/Konnte nicht sagen, Mum, ich brauche dich/fand die Worte nicht – nur Tränen/Jetzt beflecken die Tränen meinen Körper, sie hat mich so perfekt gemacht, ich hab nicht an sie gedacht, ich hab's mir mit der spitzen Nadel vom Kompass beigebracht, mit Scherben aus Glas/Ich habe es zu mir selbst gesagt, nur zu mir/und in mir schrie alles nach ihr, nimm mich hoch/nimm mich hoch/nimm-

michhoch/Sag mir, diese Dunkelheit in meiner Seele, in meinem Herzen, meiner Haut, mit der ich mich doch selber quäle, die ich mir selber eingerichtet/Sie wird durch deine Hände ganz vernichtet.

Überraschung, Überfall/sie öffnet die Tür, sie sieht mich/sieht zu mir, wie sie mich immer sah,/die Liebe in ihrem Blick ist immer da/Liebe schlägt so hart gegen meine Brust, ich ringe nach Luft/Ihr Drang, zu füttern, zu verbinden, eine Lösung zu finden/es auf die eigenen Schultern zu nehmen, sie würde alles überwinden/ drum ist diese Frau/sie ist
die Königin
Monarchfalter mein, der so hoch hinauffliegt in mein kopfloses Sein/mein Sein/Ihr ist die Herrschaft jetzt anvertraut, denn meiner eigenen Herrschaft bin ich müde, nur blutige Linien in meiner Haut.

AVA

Gideons Zimmer sieht so aus, als wäre es direkt dem IKEA-Katalog entsprungen; alles ist ordentlich und glatt. Es sieht nicht so aus, als würde hier tatsächlich jemand wohnen, schon gar kein Jugendlicher. Es riecht sogar gut. Das Doppelbett ist gemacht, auf dem Schreibtisch sind Bücher und Zettel ordentlich gestapelt. Über dem Schreibtisch hängt eine Pinnwand mit ein paar Fotos. Ich erkenne mehrere der Leute aus dem Park. An einem Schrank hängt ein Schwarz-Weiß-Poster: das Bild eines Mannes mit einer riesigen Afro-Frisur und das in dicken weißen Buchstaben gedruckte Zitat: *Egal, wie weit du auch in die Irre gegangen bist, du kannst jederzeit umkehren.* Außerdem gibt es einen kleinen Tisch mit einem Plattenspieler und drum herum stehen lauter quadratische Plastikkisten mit Schallplatten drin. Alles hat seinen Platz. Sogar ich. Ich habe mich seit Stunden nicht von diesem Platz auf dem Bett wegbewegt; wir haben geredet und Musik gehört. Ich konnte einfach nicht nach Hause gehen, nachdem ich Gideons Vortrag gehört hatte. Ich musste mehr wissen.

Er krempelt sich die Ärmel hoch und hält mir seine Arme hin. Als sich meine Augen an das gewöhnt haben, was sie da sehen, schnappe ich unwillkürlich nach Luft und lege mir die Hand vor den Mund. Seine Arme sind mit dünnen Narben übersät. Von oben bis unten. Ordentlich, symmetrisch, laufen sie an seinen Adern entlang. Sie sind alle verschieden lang.

»Wie alt warst du?« Ich kann mich nicht zurückhalten, packe seinen Arm, er zuckt ein bisschen zurück, lässt aber dann doch zu, dass ich ihn anfasse. Nur ganz wenig Hautfläche ist nicht von Narben bedeckt. Es sind keine frischen Schnitte dabei, nur diese leicht erhabenen, weißen Linien, wie stramm stehende Soldaten.

»Hm, das hat vor fünf Jahren angefangen.« Gideon zieht seinen Ärmel wieder zurecht.

Ich rühre mich nicht. Ich bin so verwirrt. Ich weiß, dass er gesagt hat, da gibt es etwas, aber mir war nicht klar, wie schlimm es war. »Wie?«

»Ich habe zum Beispiel ›aus Versehen‹ in der Küche ein Glas kaputt gemacht und mir dann heimlich Scherben in die Tasche gesteckt, wenn ich alles weggeräumt habe.«

»Haben deine Eltern davon gewusst?«

»Ewig nicht.«

»Und dann eine deiner Mütter? Das Gedicht. Oder?«

»Genau.« Er lächelt. »Wir waren im Urlaub. Am Barrier Reef. Zum Schnorcheln und so was. Im Hochsommer. Ich habe mich geweigert. Hab mich nur hingesetzt. Lange Ärmel. Und genau, Mum, Susan, hat mich im Bad überrumpelt.«

»Warst du gerade dabei? Hast du dich geritzt?«

»Nein. Aber ich bin in dem Moment aus der Dusche gekommen. Sie hat meine Arme gesehen. Ich glaube, sie hatte schon den Verdacht, weil ich auf der ganzen Reise meinen Pulli nicht ausziehen wollte.«

»Meinst du, sie ist absichtlich reingekommen?«

»Sie hat gesagt, es war rein zufällig.«

Ich fiel ihm ins Wort. »*Zufall war jedoch nur, dass es nicht schon früher geschah.*« Ich wiederhole eine Zeile aus dem Gedicht. Keine Ahnung, warum ich mich daran erinnern kann. Ich glaube, ich bin so hingerissen, dass es sich in meinem Kopf einfach festgebissen hat.

»Groupie.« Gideon lacht.

»Zeigst du sie mir noch mal?«

Er seufzt tief, dann krempelt er seine Ärmel wieder hoch. Ich lasse meine Finger über einige seiner Narben gleiten. Es sind auch kleine runde dabei. Perfekt rund.

»Woher sind die?«

»Verbrannt.

»Verbrannt?«

»Ich hatte ein Feuerzeug.«

Ich bin wie gelähmt, ich weiß nicht, Schock, Trauer, Mitgefühl. Es tut mir so leid für ihn. Es ist schrecklich, dass er sich das angetan hat. Ich kann mir noch nicht einmal vorstellen, wie sich das anfühlt. Ich bin eine absolute Heulsuse, und allein der Gedanke, ich würde mir das selbst antun, verwirrt mich zutiefst, aber wenn er sich das antun konnte, dann lässt sich erahnen, wie schlecht es ihm gegangen ist.

»Ist schon okay«, sagt er und krempelt seine Ärmel wieder runter.

»Es ist … ich glaube, ich …« Ich weiß nicht, was ich sagen soll. »Warum?«

Gideon zuckt mit den Schultern. Er steht auf und geht zu seinem Plattenspieler, dreht die Platte um, senkt die Nadel ab und wendet sich mir wieder zu. Er wartet, bis der alte Rhythm'n'Blues aus den Sechzigern wieder ertönt, dann sieht er mich an. »Ich hatte das Gefühl, es ist alles zu groß. Zu unkontrollierbar.«

»Aber das hier nicht?«

»Nein.« Er verstummt einen Moment lang, kommt zurück und setzt sich neben mich. »Es war eine Verletzung von außen, die ich sehen konnte, und ich konnte zusehen, wie sie verheilt. Weißt du?«

»Hattest du keine Angst?«, fragte ich.

»Na ja, schon.« Er verhaspelt sich. »Ich wollte mich nicht …« Er hält inne und sieht zu Boden. »Das wollte ich nicht tun.«

»Ja.«

»Aber ich wollte etwas empfinden, nicht nur vor Schreck gelähmt dastehen.«

»Und wie ging es dann weiter?«

»Als Suse es gesehen hat. Hm. Wir saßen eine Ewigkeit im Bad und redeten darüber. Und sie und Mum haben danach gegoogelt. Und ich bin dann los und habe mit einer Menge Leute geredet, bis ich einen gefunden habe, den ich mochte.«

Ich spüre, wie mich Dankbarkeit übermannt, Dankbarkeit dafür, dass er mir davon erzählt. Noch nie war jemand so ehrlich zu mir. Niemals.

»Er heißt Robbie. Er hat mich dazu gebracht, Gedichte zu schreiben.«

Ich habe noch nie jemanden kennengelernt wie Gideon, diesen ehrlichen Dichter mit seinem Plattenspieler und seinen lesbischen Müttern, der noch nie betrunken war oder versucht hat, mir an den Hintern zu fassen.

»Und hast du es seither noch mal gemacht?«

»Nein.«

»Wolltest du gern?«

»Hm.« Er überlegt einen Moment lang. »Nein. Das Gefühl geht nicht weg. Es ist einfach. Ich weiß nicht. Es wird kleiner, kleiner als ich, als die Summe meiner Teile.«

»Was bedeutet das?« Ich fühle mich manchmal so dumm, weil ich nicht verstehe, was so ein Kram bedeutet, und weil er so klug ist. Er sagt Dinge, die ich nicht verstehe, und denkt nach, bevor er spricht.

»Es ist so klein, dass man sich vorstellen kann, es komplett in eine Kiste zu packen«, sagt er.

»Das geht?«

»Ja. Und ich stecke es in die Kiste und lass es da.« Gideon legt die Hand auf meinen Bauch und ich denke nicht daran, den Bauch einzuziehen, fürchte auch nicht, er könnte meine Speckröllchen spüren. Ich bin einfach fasziniert. Interessiert an dem, was er zu sagen hat.

»Immer«, fügt er hinzu und nimmt die Hand weg.

»Es geht nicht weg?«

»Nein. Aber es gibt auch etwas anderes.«

»Das von Kelly war …« Ich verstumme, rede nicht weiter. Ich habe mit Gideon noch nie über Kelly geredet. Ich habe noch nie mit jemandem über sie geredet, der sie nicht kannte oder der nicht irgendein berechtigtes Interesse an meinem Wohlergehen hatte, also nachfragen musste. Er war gerade so ehrlich zu mir und ich glaube, ich kann ihm vertrauen, also breche ich das Schweigen. »Ich glaube, bei Kelly war es so groß, dass es nicht in eine Kiste gepasst hat.«

»Ja.«

»Größer als die Summe ihrer Teile«, sage ich und er lächelt.

»Ja.«

Mehr sagt er nicht. Kein dämlicher Ratschlag oder *O Ava, ich weiß, wie du dich fühlst, aber na ja* … und das ist so … so erfrischend.

»Warum hast du nie genauer nachgefragt?«, möchte ich wissen, und Gideon zuckt mit den Schultern, also rede ich weiter. »Du kannst ruhig. Es ist in Ordnung. Glaube ich. Ich weiß nicht. Ich weiß nicht.«

Gideon holt tief Luft. »Ich glaube, ich habe nicht gefragt, weil ich gedacht habe, du würdest mir davon erzählen, wenn du das wolltest. Ich glaube, ich wusste, dass du wusstest, dass ich es wusste. Das und dass es mich nichts angeht. Aber wenn ich nachfragen soll, dann mache ich das.«

Ich sage nichts. Ich versuche, mir klarzumachen, was er alles gerade gesagt hat, und denke darüber nach, was ich ihm erzählen möchte, falls ich es ihm erzählen möchte. Ich glaube ja. Ich glaube wirklich, ich möchte das.

Gideon spricht als Erster. »Ich möchte wissen, wie es dir geht. Findest du es nicht komisch, dass wir alle so drauf programmiert sind, dass wir immer ›gut‹ sagen oder ›prima‹ oder ›super‹, wenn uns jemand fragt, wie es uns geht? Steif und fest behaupten wir das. Ich hasse das so.« Er zögert. »Also, Ava, wie geht es dir?«

»Gut, vielen Dank. Und wie geht es dir?«, antworte ich grinsend. Ich bin nervös, total nervös, aber das ist in Ordnung. Gideon lacht, also fahre ich fort. »Ehrlich gesagt weiß ich es nicht.« Eine sehr, sehr lange Zeit redet keiner von uns. Also fange ich ganz am Anfang an, weil man mir mal gesagt hat, das wäre eine gute Möglichkeit, anzufangen.

»Sie heißt Kelly. Kel. Sie ist meine beste Freundin.«

»Für immer?«

»Genau. Auch jetzt.« Ich lächle. »Ich habe dieses Jahr ziemlichen Mist gebaut.«

»Man darf doch auch mal Mist bauen.«

»Schon«, antworte ich, und jetzt wo ich rede, also mal richtig rede, fallen mir alle möglichen Dinge ein und ich finde es schwierig, ein einzelnes zu packen und anzufangen, also sitzen wir schweigend da, bis endlich alle Gedanken auf einmal aus mir heraussprudeln.

»Weißt du, was mir das Herz bricht?«

»Mir hat noch niemand das Herz gebrochen.«

»Die Vorstellung, dass sie so traurig war. So voller Furcht. Dass alles so düster war. Wenn sie einen Unfall gehabt hätte oder so was, dann wäre es einfacher, glaube ich, wenn ich einfach wüsste, es ging ganz schnell, aber sie hat sich so entschieden, und sie konnte sich schon im optimalen Zustand nicht entscheiden. Sie hat es aber getan.«

»Meine Schwester Annie ist meine beste Freundin. In der Grundschule bin ich ständig gemobbt worden. Also, ein paar meiner Mitschüler haben mir das Leben richtig, richtig schwer gemacht; sie haben mich gehasst.«

»Das ist beschissen.«

Wir sitzen wieder schweigend da. Ich starre ihn an, er sieht zur Wand. Ich kann mir nicht einen einzigen Grund vorstellen, warum jemand Gideon hassen sollte. Nicht einen. Ich lege meine Hand auf seinen Arm, sein Hemd ist aus weichem Stoff, er sieht meine Hand an und ich sehe ihn an, wie er auf meine Hand sieht. Ich bin nie gemobbt worden, ich hatte bisher eigentlich noch nie einen Grund, traurig zu sein. Ich frage mich, ob das der Grund war, warum er sich die Arme geritzt hat – ob es so schlimm war. Diese Gedanken überfallen mich einer nach dem anderen, bis einer von ihnen aus mir herausbricht.

»Sie weiß Dinge über mich, die niemand sonst weiß. Die niemand je erfahren wird. Ich habe keine Erinnerungen, in denen sie keine Rolle spielt.« Und nach einer Schweigepause frage ich: »Warst du jemals verliebt?«

Seine Antwort kommt wie aus der Pistole geschossen: »Nein.«

»Wir saßen auf einem Trampolin, da waren wir ungefähr acht, und sie hat mich über Sex aufgeklärt. Und über den Weihnachtsmann. Sie war der Hammer.« Ich glaube, das ist das erste Mal, dass ich mit einem Lächeln von ihr erzählt habe.

»Ja. Wie habt ihr euch angefreundet?«

»In der Vorschule. Mein Zahn ist ausgefallen und sie hat mir beim Suchen geholfen. Ich hatte ihn unter die Taschenablage fallen lassen. Dann hat sie einen Jungen dazu gebracht, seinen Kuchen gegen meinen Apfel einzutauschen. Den Apfel konnte ich nicht essen, wegen des Zahns.«

»Wie hat sie das hingekriegt?«

»Keine Ahnung. Wahrscheinlich hat sie ihm Angst gemacht. Sie war der Hammer. Den Kuchen haben wir uns geteilt.«

»Sie war ja auch beängstigend.«

Ich fühle mich überrumpelt. Er hat sie gekannt? Er hatte eine Meinung von ihr? Gleich fühle ich mich komisch, in der Defensive, und als hätte ich ihm überhaupt nichts über sie erzählen sollen. Er hat sie nicht gekannt. Er ist genau wie alle anderen. Ich habe mich getäuscht. Ich runzle die Stirn.

»Nein, war sie nicht.«

»Nein. Ich meine, sie war so unerreichbar. Selbstbewusst.

Sie war selbstbewusst. Auf Jungs wie mich wirkt das gefährlich wie Kryptonit.«

Ich atme aus und lächle. Er hat recht. War sie. Und ich kann mir vorstellen, dass sie auf Jungs wie Gideon beängstigend gewirkt hat. Total. Das kann ich total gut verstehen.

»Du hast sie gekannt?«

»Gekannt nicht. Ich wusste von ihr.« Gideon lächelt und ich muss auch lächeln – so breit, dass mein Gesicht sich ganz verzieht und mein Gehirn sich vernebelt und ich nichts mehr hören kann bis auf diese Welle von, ich weiß nicht, Freude vielleicht. Nur eine Sekunde lang.

»Ich habe keinerlei Vorstellung davon, wie du dich fühlst«, murmelt Gideon.

»Meistens habe ich nicht mal selbst eine Vorstellung davon, wie ich mich fühle. So, als würde die Trauer alles vervielfachen, und in meinen Ohren ist ständig so ein Pochen.« Ich mache eine Pause. Wieder so viele Gedanken, die sich zu einem einzigen zusammenballen: »Ich weiß nicht, wie Flirten geht«, platze ich heraus und kann dann selbst nicht glauben, dass ich es getan habe.

Gideon hüstelt und stammelt dann: »Tun wir das gerade? Oh. Nein. Ich auch nicht. Weiß ich auch nicht.«

Also versuche ich schnell das Thema zu wechseln, mit irgendwas, was mir spontan einfällt. »Ich hasse Mathe. Hasst du Mathe auch?«

»Ja«, antwortet er, aber ich rede weiter.

»Und ich weiß überhaupt nicht mehr, was ich in den letzten Monaten so gemacht habe.« Das ist komplett gelogen. Ich weiß genau, was ich gemacht habe. Lincoln. Bier. Allen Leuten gesagt, dass sie mich am Arsch lecken sollen und jede

Menge gar nichts, genau genommen, außer heulen und sauer sein.

»Ich finde das in Ordnung«, sagt er. Er hält den Kopf leicht geneigt, als er mich ansieht.

»Es macht mir Angst, dass uns unser Gehirn einfach von innen heraus fertigmachen kann, weißt du?«

»O ja.« Er grinst, wie wenn einer einen Insider-Witz gemacht hat. »Ich weiß.«

»Dass es Leute gibt, die einen so lieben, und man ist trotzdem so einsam«, sage ich und er nickt, und diese ganz neue Nummer von mir – einfach sagen, was ich denke – bewirkt, dass ich den Mund aufmache und erneut herausplatze: »Ich habe Angst. Hast du Angst?«

»Durchgehend.«

Ich zögere. »Wolltest du jemals tun, was Kelly getan hat?«

Gideon beißt sich auf die Lippe. »Ein paarmal.«

»Und warum hast du es dann nicht getan?«

»Ich weiß nicht. Ich hatte zu große Angst, denke ich.« Er überlegt. Ich beiße mir auf den Daumennagel. Warum hat es Kelly keine Angst gemacht? Warum hatte sie keine Angst?

»Wie hat sich das angefühlt?«, will ich wissen.

Gideon denkt einen Moment lang nach, dann stammelt er gequält: »Damals hat es sich angefühlt, als gäbe es … keine andere Möglichkeit.« Er nickt einmal, sieht mich an, und ich schlucke und sehe zur Decke, um nicht zu weinen.

»Meinst du, das hat sie auch gedacht?«

»Ich weiß es nicht, Ava.«

Mein Herz rast und ich fühle mich wie damals, als Kelly und ich Speed ausprobiert haben. Wir haben Lincoln eine Tablette gestohlen und sie halbiert. Ich hatte das Gefühl, keinerlei Kontrolle über mich zu haben, war zappelig, aber trotzdem die ganze Zeit über voll da. Es war so seltsam. Es war das einzige Mal, dass ich es genommen habe, und ich werde es auch nicht noch mal tun, es hat mich zu sehr aus der Bahn geworfen.

»Glaubst du an Gott?« Ich sehe Gideon an, der leicht den Kopf über mich schüttelt. Was soll er bloß denken? Er muss denken, dass ich verrückt bin.

»Nicht im biblischen Sinn«, sagt er. »Mir gefällt die Vorstellung, an irgendwas zu glauben.« Er lächelt schwach.

»Ich finde den Glauben seltsam. Diese Art von Hoffnung. Ich glaube, ich habe das nicht. Jetzt nicht.«

Eine lange Schweigepause folgt. Die Platte ist zu Ende und erzeugt nur noch ein surrendes Geräusch. Gideon steht auf und hebt die Nadel an. Er steckt die Platte zurück in ihre Kartonhülle und legt etwas anderes auf, eine Sängerin, ganz langsam und traurig, mit einer tiefen Stimme.

Ich sage das Erste, was mir einfällt. »Wie kommt es, dass wir uns nicht früher schon kennengelernt haben?«

Er sieht immer noch auf den Plattenspieler. »Du hättest mich früher gar nicht kennen wollen«, sagt er und er könnte gar nicht weiter danebenliegen.

»Gleichfalls«, sage ich.

»Das weiß ich nicht.« Gideon wendet sich um und sieht mich an. Er stopft die Hände in die Hosentaschen und scharrt mit dem Fuß über den Teppich.

»Kannst du mir noch eins deiner Gedichte vortragen?«

Gideon lacht, er sieht gar nicht auf, zieht weiter mit dem Fuß Kreise auf dem Teppich. Wischt sie wieder weg und fängt neu an.

»Nee«, sagt er.
»Bitte?«
»Nein.«
»Warum?«
»Sie sind so schlecht.«
»Ich weiß jetzt, dass das nicht stimmt.«
Er holt tief Luft. »Okay. Mach die Augen zu.«
»Warum?«
»Weil ich nervös bin.«

Ich lächle und schließe die Augen. Ich kann hören, dass er sich bewegt. Ich blinzle kurz und sehe, dass er ein Notizbuch in die Hand nimmt, darin herumblättert. Er wird mir tatsächlich eins vorlesen. Ich höre, wie er Luft holt, und als er anfängt zu lesen, ist es wie ein Flüstern.

Ich schließe meine Augen fest. Ich möchte zuhören, nur zuhören.

Die Szene eines Unglücks, mit Trauersplittern übersät/Wie ein Meteor ist sie in meine Welt geknallt/Ihr Trümmerfeld säumt den Weg/unübersehbar/unvermeidbar/Sie ist unvermeidbar.

Meine Brust, irgendwas passiert in meiner Brust, diese Enge, vielleicht, weil ich die Luft anhalte. Ich öffne die Augen noch immer nicht.

Ihr Herz ist geborstenes Glas/Sie kauerte im Gras/sammelte die Scherben ein/wollte sie zusammenkleben/aber voll daneben, sie hatte doch nur den Kleber aus dem Billigladen, jeder weiß, der behebt keinen Scha-

den, aber ihre Stimme ist der beste Superkleber auf der Welt, sie spricht, sie klebt, sie hält.

Meine Kehle schnürt sich zu, mein Mund ist auf einmal ganz trocken. Ich bin erstarrt und ich halte die Augen fest geschlossen.

Alles auf den Kehricht in ihrem Kopf/alles in die Mülltonne gestopft/Sie denkt, es ist so gründlich kaputt, das gehört auf den Schutt/Aber alles lässt sich flicken, mit Sorgfalt und Geschick/Hey, gebt mir eine dieser Brillen mit der Lampe auf der Stirn/Ich setz mich stundenlang da hin und werd probiern, es zu repariern.

Ich mache die Augen auf und sehe ihn an. Ich schlucke schwer. Ich spüre, wie mir Tränen in die Augen treten. Ich bewege meinen Kopf nicht, nur meine Augen, und Gideon liest einfach aus dem Buch. Er steht so still.

Ich krieg's vielleicht nicht mehr genau so hin, wie es vorher war, aber ihr Herz wird es sein, das ist schon mal klar/Sie ist verloren gegangen, irgendwo gefangen, dass ich sie finde, kann ich nicht versprechen, das ist wahr. Es wird nicht sein, als sei nie etwas gewesen, aber ich bin da und helfe mit, die Scherben aufzulesen.

Und er holt tief Luft und klappt das Notizbuch zu, hebt langsam den Kopf und sieht mich an, und ich stehe auf, gehe aus der Tür, die Treppe hinunter an seinen Müttern im Wohnzimmer vorbei, die irgendwas sagen, als sie mich sehen, aber ich halte nicht an. Ich gehe aus der Haustür, gehe immer weiter, bis ich zu Hause bin.

⌘

Als ich Kelly mal im Krankenhaus besucht habe, hat sie zu mir gesagt, sie fühle sich einfach nur wie betäubt. Sie sagte sogar, es wäre ihr lieber, es würde wenigstens wehtun, oder sie wäre wütend oder auch traurig; es war dieses Nichts, das so schwer auf ihr lag.

»Ich fühle einfach nichts.« Sie lag auf der Seite in ihrem Krankenhausbett. Ihre Eltern redeten direkt vor dem Zimmer mit den Ärzten. Die Besuchszeiten waren auf ein paar Stunden nachmittags beschränkt, also kam ich immer und setzte mich einfach zu ihr. Ich wusste nie, was ich sagen sollte, wenn sie solche Sachen sagte, also sagte ich in der Regel nichts. Oder nichts, was irgendwie weiterhalf. Ich wollte keinen Mist bauen und irgendwas Verkehrtes sagen. Manchmal, wenn ich sie etwas fragte, machte sie mich so richtig zur Schnecke oder wechselte ganz schnell das Thema. Ich glaube, ich hatte mich einfach daran gewöhnt, dass sie nichts sagte. Ich wünschte, ich hätte mich nicht daran gewöhnt.

»Willst du Erdnussflips oder Chips mit Essig und Salz?«, fragte ich und hob meine Tasche auf den Schoß, während Kelly mich nur ansah und den Kopf schüttelte. »Quatsch, zu Chips sagst du doch nie Nein.« Ich lachte.

»Ich habe gar keinen Hunger«, sagte sie.

Ich weiß noch, dass ich sie ansah und mich die Angst überwältigte. Diesmal war es anders als bei Kellys früheren Schüben. Sie war bereits zweimal eingewiesen worden. Einmal in der neunten Klasse, aber da war sie nur über Nacht im Krankenhaus und man sagte ihr dort, wenn sie wieder einmal Selbstmordgedanken habe, solle sie es einem Erwachsenen sagen und dann erneut in die Klinik kommen. Was ich komplett bescheuert fand – als würde sie irgendetwas sagen. Ich fand es unmöglich, dass sie ihr so die Verantwortung für ihre eigene Krankheit gaben. Als wäre das alles ihr Fehler. Niemand hat es je richtig verstanden. Weder ein Arzt, noch ein Therapeut. Auch nicht ihre Eltern. Nicht Lincoln oder ich. Nicht mal Kelly.

»Versprich mir, dass du etwas sagst«, bat ich sie, als wir am Abend danach zusammen auf ihrem Bett lagen.

»Ja, okay. Jetzt rede einfach nicht mehr darüber«, sagte sie und verdrehte die Augen.

Das zweite Mal, Anfang dieses Jahres, hatten sie sie tatsächlich für eine ganze Woche in die Psychiatrie gesteckt. Sie hatte täglich Therapie. Aber sie fand es da schrecklich. Alle anderen Patienten waren älter oder viel durchgedrehter als sie und sie sagte, da drin ginge es ihr noch schlechter. Als ich sie an einem Nachmittag besuchte, war da so ein richtig, richtig mageres Mädchen, so mager, dass man alle ihre Rippen sehen konnte, und sie weinte und schrie die ganze Zeit. Ich hatte noch nie einen so mageren Menschen gesehen, ihre Haut hing einfach nur noch so über den Knochen, total lappig. Wir sahen zu, wie sie sich die Haare raufe, auf die Brust schlug und die Pflegerin anschrie, die gar nichts tat, sie nur beobachtete. Das Mädchen schrie, weil die Pflegerin es mit einem Joghurt füttern wollte.

»Wenigstens habe ich keine Angst vor Joghurt.« Kelly grinste und wir kicherten und das magersüchtige Mädchen tat uns leid.

Die Sache mit den Chips erschien mir also richtig bedeutend. Sie wollte keine Chips. In diesem Moment wurde mir klar, wie schlimm es um sie bestellt war. Zum ersten Mal stellte ich mir vor, dass es ihr eines Tages vielleicht gelingen könnte. Dass ihre Eltern die Anzeichen nicht erkennen würden oder einmal nicht übervorsichtig waren oder dass sie nicht mehr um Hilfe bitten würde. In diesem Moment war meine Trauer so überwältigend, dass ich sie gar nicht zulassen konnte. Meine Kehle schnürte sich zu, ich konnte nicht schlucken, und mir kamen die Tränen, also zwang ich mich, an etwas anderes zu denken. Diese Gedanken fühlten sich so an, wie wenn man an einem sonnigen Tag dunkle Wolken aufziehen sieht. Es war, als hätte ich eben die Tür hinter mir zugeknallt, um sie nicht mehr sehen zu müssen. Von diesem Moment an hörte ich immer ein fernes Donnergrollen. Als würde bald etwas Schlimmes geschehen.

Aber danach ging es ihr wieder gut. Normalität kehrte ein, wir verarschten unsere Lehrer, gingen zu Partys, sie schlief bei mir oder ich bei ihr im Bett, wir betranken uns und redeten darüber, was wir später für ein tolles Leben führen würden.

Ich wünschte, ich könnte mich an die Details unseres letzten Treffens erinnern, an unser letztes Gespräch. Ich habe es im Kopf immer und immer wieder zurückgespult und überprüft, ob ich irgendeinen Hinweis übersehen hatte. Aber es war ein ganz normaler Tag. Ich weiß nicht mal mehr so richtig, worüber wir geredet haben, weil alles so total normal war. Wir saßen in meinem Zimmer auf dem Boden und ließen uns in einen You-Tube-Strudel aus Pickel-Auspress-Videos treiben – wir umklammerten unsere Kissen, kreischten und schafften es nicht, uns loszureißen. Irgendwann an diesem Nachmittag hatte sie meinen Schreibtisch betrachtet und ein gerahmtes Foto von uns beiden auf der Klassenfahrt in der Siebten in die Hand genommen. Wir waren beide sonnengebräunt, voller Sommersprossen und trugen Mützen mit dem Schirm im Nacken. Es war, nachdem ich in der freien Zeit hinter den Hütten der Mädchen Kyle Chong geküsst hatte. Kelly hatte seinen Zwillingsbruder Jimmy geküsst. Kyle hatte eine Zahnspange, die merklich gegen meine Zähne geknallt war. Wir lachten den ganzen Abend, weil Jimmy mittendrin Kellys Busen angegrapscht hatte, allerdings superhastig.

»Er hat eigentlich nur mit meinen Brüsten gehupt«, sagte Kel mit vor Abscheu zusammengekniffenen Augen, und ich und die anderen Mädchen in unserer Hütte brüllten vor Lachen. »So.« Und sie demonstrierte den schnellen Doppelhandgriff, den er auf ihren Busen angewandt hatte.

»Und was hast du gemacht?«, fragte eines der Mädchen mit aufgerissenen Augen.

»Ich habe ihn weggeschubst und bin einfach gegangen, so.« Sie verschränkte die Arme vor der Brust und spazierte mit angewidertem Gesichtsausdruck durch die Hütte. Ich lachte Tränen. Kurz darauf war dieses Foto entstanden.

»Das ist mein Lieblingsfoto«, sagte sie, den Bilderrahmen noch immer in der Hand.

»Meins auch«, sagte ich.

»Wir sehen so glücklich aus«, sagte sie. »So hingerissen von uns selbst.«

»Das liegt daran, dass du gerade deine erste sexuelle Ekstase mit Jimmy Chong erlebt hattest.« Ich brach in Gekicher aus. »Hup, hup!« Ich zeigte eine Pantomime der Handlung, aber Kelly lachte nicht.

»Ich werde das nie vergessen«, sagte sie und stellte den Rahmen zurück auf den Schreibtisch. Dann nahm sie einen Whiteboard-Marker, ging rüber zu meinem Spiegel, wischte den Schwanz weg, den sie eine Woche zuvor draufgemalt hatte, und ersetzte ihn durch ein Herz. Immer wieder wischte sie es weg und malte es neu, bis es perfekt war.

Nichts von alledem war auffällig. Immer schrieb oder zeichnete sie irgendwas auf den Spiegel. Sie lachte immer über dieses Foto. Zu dem Zeitpunkt dachte ich, es sei ein normaler Nachmittag. Vielleicht war er das für sie auch. Vielleicht aber auch nicht. Vielleicht wusste sie schon, was sie tun würde, vielleicht hat sie deswegen das gesagt, was sie sagte, vielleicht zeichnete sie deswegen das Herz. Ich sollte wissen, dass sie mich nie vergessen würde und dass sie mich liebte.

An diesem Abend holte ihre Mutter sie ab, sie aß mit ihrer Familie zu Abend, sagte Gute Nacht, wie immer. Und dann, in ihrem Zimmer, nahm sie alle Antidepressiva, die sie finden konnte, und trank eine halbe Flasche Wodka. Sie schlüpfte ins Bett. Sie schrieb keinen Abschiedsbrief. Sie muss sich im Schlaf übergeben haben, denn daran ist sie eigentlich gestorben. Sie ist erstickt. Ich muss immer an sie denken, wie sie da im Bett liegt. Wie sie erstickt. Was, wenn ihr plötzlich eingefallen ist, dass sie gar nicht sterben wollte? Was, wenn sie versucht hat, alles zu erbrechen, aber dann zu betäubt war, um sich über die Bettkante zu lehnen?

Was wenn sie am Ende doch nicht sterben wollte, es aber schon zu spät war?

Ich habe das ganze Wochenende an Kelly gedacht, an jede Einzelheit dieser Zeit, habe versucht, neue Informationen herauszufiltern, habe versucht zu erkennen, ob Kelly in derselben Situation war wie Gideon. Zu viel, zu groß. So groß, dass es sie aufgefressen hat und sie nichts mehr spüren konnte außer den Schmerz. So muss es gewesen sein. So, dass sie wirklich gedacht hat, es gäbe keine andere Möglichkeit. Das muss sie gedacht haben. Warum sonst hätte sie es tun sollen?

Ich blieb das ganze Wochenende zu Hause und versuchte, das alles zu verarbeiten. Ich weiß nicht, warum ich davongelaufen bin. Ich weiß nicht, was ich ihm jetzt sagen soll. Ich schäme mich so. Ich habe das Gefühl, als müsste ich mich entschuldigen, aber ich weiß gar nicht richtig wofür, oder was ich sagen soll.

Und dann entdecke ich etwas Minzgrünes, das zwischen einem Stapel Werbebriefe auf der Küchentheke aufblitzt. Keine Briefmarke, nur mein Name auf der Vorderseite. Eine Karte liegt drin. Selbst gemacht. Vorne drauf ist die Zeichnung eines Pinguins. Innen steht:

Ava.
Es tut mir leid.
Gideon

Ich fühle mich schrecklich. Ich beiße mir auf die Unterlippe, meine Augen brennen. Ich muss immer wieder an ihn denken, wie er da steht und mir das schönste Gedicht aller Zeiten vorliest, eigentlich nur sagt, dass er mir helfen will, und ich konnte mich nicht mal bedanken. Ich weiß nicht, was mit mir los ist. Ich hasse das. Ich hasse es, so zu empfinden, mich so zu fühlen, als würde ich niemals, niemals wieder etwas Gutes oder Normales fühlen, niemals wieder ich selbst sein. Ich habe alles so satt. Ich habe mich selbst so satt. Ich wünschte, ich könnte Urlaub machen, einfach mal von meinen eigenen Gedanken wegkommen, von dem Mist, den ich ständig baue. Ich wünschte, ich könnte alles reparieren. Ich wünschte, sie wäre nie gestorben. Ich wünschte, sie hätte mir gesagt, was sie empfand. Ich bin wütend auf sie. So, so wütend. Und dann schäme ich mich dafür, dass ich wütend auf sie bin, weil ich sie liebe. Und ich würde alles dafür geben, mich einfach mit ihr zu treffen, über Belanglosigkeiten zu reden, ihr von diesem Jungen zu erzählen, der mir ein Gedicht geschrieben hat, ein fantastisches, wunderschönes Gedicht, und ich würde ihr erzählen, dass ich ausgeflippt und weggerannt bin, und dass ich jetzt verwirrt bin und nicht weiß, wie ich das wieder in Ordnung bringen soll, und dass er nun denkt, er habe etwas falsch gemacht. Das hat er ja nicht, überhaupt nicht. Alles, was er gemacht hat, war richtig. Er hatte recht. Ich bin einfach zerbrochen.

⌘

Jeden Montagmorgen verwenden wir die ganze Englischstunde auf eine Übung, die Jason »freies Schreiben« nennt. Wir können schreiben, was wir wollen, solange unser Stift sich immer weiterbewegt. Heute habe ich ein Gedicht geschrieben. Ein Gedicht über Kelly. Ich glaube, es ist das beschissenste Gedicht aller Zeiten, aber es ist irgendwie aus mir herausgeflossen und ich war selbst davon überrascht, wie einfach das war. Ich habe vorher noch nie ein Gedicht geschrieben. Ich habe in meinem Leben eine Million Tagebücher angefangen, aber ich bleibe nie dabei. Ich schreibe ein-, zweimal, dann gebe ich auf, weil ich gar nicht weiß, was ich sagen soll.

Du siehst beschissen aus, steht in Kritzelschrift auf einem Stück Papier, das Minda mir im Unterricht gerade zugesteckt hat. *Ich fühle mich beschissen.* Ich denke einen Moment lang nach, dann schreibe ich: *Ich habe Mist gebaut und weiß nicht, wie ich es wiedergutmachen soll* auf meine eigene Seite. Minda schreibt *Ein Typ?* auf ihre Seite und zeigt auf ihren Schreibblock. Ich nicke. *Sag ihm einfach, was du fühlst.* Ich verdrehe die Augen und sie fängt wieder an zu schreiben. *KEINEN SCHEISS* steht in riesigen Großbuchstaben in ihrem Block.

Ich denke den ganzen Tag darüber nach. Darüber, was ich ihm sagen kann, was für ihn irgendeinen Sinn ergibt. Ich fange drei schlecht konstruierte Briefe an, versuche zu erklären und mich zu entschuldigen und ihn davon zu überzeugen, dass mein Weglaufen nichts mit ihm oder seinem Gedicht zu tun hat, sondern hundertprozentig mit mir. Aber jeder dieser Briefe ist einfach nur Mist, weil ich es überhaupt nicht hinkriege, ihm zu erklären, wie ich mich fühle. Mein Stift bleibt einfach stehen. Ich weiß nicht, was ich sagen soll, aber plötzlich weiß ich genau, was ich tun muss. Ich schlage meinen Schreibblock auf der Seite auf, die ich heute Morgen geschrieben habe, reiße das Blatt mit dem Gedicht heraus und kritzle eine kleine Nachricht darauf, stecke sie dann in einen Umschlag. Ich marschiere auf direktem Weg zu Gideons Haus und stopfe ihn in seinen Briefkasten. Wenn er wissen will, was ich im Kopf habe – also gut, genau das.

GIDEON

»Was noch?«, fragt Robbie.

»Ich bin sauer. Ich sollte nicht so empfinden«, sage ich zu ihm. »Eigentlich läuft im Moment alles verdammt gut. Ich sollte mich einfach nicht so fühlen, so …« Ich verstumme.

»Was?«, fragt er.

»So. Traurig. Nicht mal traurig. Ich fühle mich daneben und sauer. Richtig verdammt sauer.«

»Auf?«

»Mich. Weil ich mich so fühle. Schon wieder.« Ich starre Robbie an. Heute trägt er ein leuchtend orangefarbenes T-Shirt mit dem Bild zweier Zeichentrick-Orangen, die John Travolta und Samuel L. Jackson in *Pulp Fiction* darstellen sollen.

»Ist es denn das Gleiche?« Er sieht hinab auf sein Shirt, dann wieder auf mich, lächelt.

»Nein und ja. Ich fühle nicht das Gleiche. Ich fühle mich nicht …« Ich atme aus. Ich hasse diese Momente, in denen ich etwas beschreiben soll, was sich komplett unbeschreiblich anfühlt. Gefühlen Worte zuordnen ist die bekloppteste Sache aller Zeiten. Das ist der Punkt. Ich fühle es. Ich will nicht darüber reden. Aber wenn ich das Robbie so sagen würde, dann würde er nur grinsen, und so etwas zu mir sagen wie: »Du weißt es schon.«

Und das stimmt. Wenn ich darüber rede, wird es mir selbst klarer. Wenn ich mir eingestehe, was es ist, dann lassen sich Strategien finden, und wenn es Strategien gibt, dann gibt es auch Bewegung, und wo Bewegung ist, ist auch Wohlbefinden. Danach streben wir. Wohlbefinden. Wie auch immer sich das anfühlen mag.

»Ich fühle mich nicht«, wiederhole ich, »düster. Es fühlt sich nicht düster an. Nur flach. Ich kann irgendwie nicht richtig denken. Keine Entscheidungen treffen. Nicht unterscheiden zwischen meinen echten Gedanken und denen, die ich nur habe, weil ich mich so fühle, so …« Ich seufze frustriert. »Es fühlt sich alles so neblig an. Wie eine einzige große Nebelwand.«

Robbie nickt. »Wie hat Ava auf dich reagiert, an dem Tag?«

»Sie hat gelacht.«

»Das hat sich bestimmt nicht gut …«

Ich falle ihm ins Wort. »Nein, nicht über mich. Wir haben gelacht. Darüber. Über uns. Es hat sich alles richtig dumm angefühlt, aber …« Ich zögere.

Es fühlt sich gut an, mit Robbie über Ava zu reden. Aber es fühlt sich auch schlecht an, als würde ich ihr Vertrauen verraten oder so etwas. Als müsste dieser Tag, an dem wir über das, was geschehen ist, gesprochen haben, heilig sein. Als sollte es nur zwei Leute geben, die von diesem Tag wissen. Ich und sie. Aber jetzt sind es drei: ich, sie und Robbie.

»Aber?«, hakt Robbie nach.

»Ich weiß nicht?«, antworte ich.

»Nackt?«, fragt Robbie. Er macht das manchmal, um mich auf die richtigen Worte zu bringen. Ich finde das gut. Sein Vokabular ist besser als meines.

»Genau.«

»Verletzlich?«

»Ja. Und wie. Und das macht mir einfach verdammt Angst, Robbie.« Er nickt und lächelt. »Ich möchte sie nicht zum Weinen bringen«, sage ich. Das stimmt. Das möchte ich nicht.

»Ich glaube, das hast du nicht.« Robbie sieht mich an und ich hebe ratlos die Augenbrauen. »Du hast sie nicht verletzt. Du hast sie nicht zum Weinen gebracht. Sie hat geweint, weil sie wegen ihrer eigenen Geschichte mitfühlend auf dich reagiert hat, auf deine Narben.« Er packt seine langen Haare und fasst sie in zwei raschen Bewegungen mit einem Gummiband auf dem Kopf zu einem Dutt zusammen, sodass man jetzt seinen Undercut sieht. Ich glaube, was mir an Robbie am besten gefällt, ist, dass ihm so was ganz ehrlich egal ist. Er macht, was er will, und sagt, was er will, wenn er es will. Ich wäre so gern mehr wie er.

»Was für ein Gefühl hast du zu ihrer Trauer?«

»Ich habe gar kein Gefühl zu ihrer Trauer«, sage ich schnell, aber genauso schnell lacht Robbie mich aus. »Gideon, es gibt ganz, ganz wenige Dinge, zu denen du kein Gefühl hast, Kumpel.«

Ich muss auch lachen. »Ich habe ganz entschieden Gefühle zu deinem Männerdutt.«

Robbie grinst. »Sind das Gefühle, über die du reden möchtest?«

»Nicht im Geringsten.« Ich grinse.

Dann lächeln wir beide und Robbie hebt die Augenbrauen, drängt mich damit zu einer Antwort. Ich weiß nicht, was ich sagen soll.

Ich habe Robbie erzählt, dass ich den Brief mit dem Gedicht bekommen habe, und was darin stand.

Es gibt nichts, wofür Du Dich entschuldigen musst. Ich weiß nicht, wie ich es erklären soll. Ich habe ein Gedicht geschrieben. Du bist schuld. Ich habe bisher noch nie ein Gedicht geschrieben. Lies es, wenn Du mich verwirrend findest. Du sollst nur wissen, dass Du nichts falsch gemacht hast. Es lag nur an mir und ich möchte gerne wieder irgendwo mit Dir hingehen.

Liebe Grüße,
Ava

Ich beschließe, das Gedicht nicht zu lesen. Noch nicht. Ich fand sie nicht verwirrend und ich weiß nicht, ob sie es so wortwörtlich gemeint hat, aber ich werde es lesen, weil ich das so mache. Ich lege es in die oberste Schublade neben meinem Bett und werde es lesen, wenn ich verwirrt bin. Ich weiß nicht warum. Ich war nicht verwirrt, als sie am Freitagabend weggelaufen ist. Ich war wütend auf mich, weil ich sie traurig gemacht habe. Ich dachte, es sei mein Fehler, aber als ich mir jede Einzelheit des Abends noch mal ins Gedächtnis rief, all die Dinge, über die wir geredet hatten, meine Gedichte, meine Narben, unser Gespräch, wurde mir klar, dass das alles jede Menge Dinge im Zusammenhang mit Kelly in ihr aufgewühlt haben muss.

Ich weiß nicht, wie ich Robbies Frage beantworten soll, weil ich Avas Trauer noch gar nicht wie eine bestimmte Sache betrachtet habe. Sie ist ein Teil von ihr und ich kenne sie nicht ohne diesen Teil. Ich finde sie traurig und zerbrechlich …

»Sie ist zerbrechlich. Aber andererseits auch nicht. Sie ist richtig, richtig stark. Sie ist großartig. Ich glaube, ich bin ihr eine Hilfe.«

»Willst du ihr denn eine Hilfe sein?«, fragt Robbie.

»Klar. Will ich.«

»Das ist eine große Verantwortung.«

»Schon. Ist es. Aber ich glaube, ich kann das.«

»Okay. Hilfe?«

»Ja«, sage ich.

»Kann sie dir helfen?«

»Ich will mir von ihr nicht helfen lassen«, sage ich, noch bevor ich darüber nachdenken kann.

»Das klingt dann ein bisschen einseitig.«

»Ich mag sie wirklich.«

»Du magst sie also so richtig richtig?«, fragt Robbie, ohne den geringsten Anflug von Sarkasmus.

»Bist du ein fünfzehnjähriges Mädchen?«, frage ich.

»Einen Dollar für jedes Mal, dass mir jemand diese Frage stellt«, sagt er.

Ich bin mir über viele Dinge nicht ganz im Klaren, aber über mein Gefühl zu Ava schon, das ist mir völlig klar, auch wenn ich mich zu sehr fürchte, um es einzugestehen.

»Ja, ich mag sie richtig richtig«, sage ich. »Ich mag sie einfach. Sehr.« Robbie lächelt. Aber ich fürchte, es geht nicht darum, ob ich Ava richtig richtig mag. Die wichtigere Frage lautet: Mag Ava mich? Hand aufs Herz, ich bin mir hundertprozentig sicher, dass sie es nicht tut. Ich werde nicht zulassen, dass so etwas wie mein Gefühlsleben unsere Freundschaft zerstört.

»Weißt du, was die Japaner über zerbrochene Dinge sagen?« Robbie sieht mich an. »Kintsukuroi nennen sie sie. Sie nehmen die Porzellanscherben und flicken die Sprünge mit Gold. Sie stellen das her, was war, aber auch etwas Neues. Sie glauben, dass Sprünge eine Sache schöner machen können, wertvoller.«

»Stimmt das wirklich?«

»Habe ich dich je belogen?«

»Nie.«

»Sie glauben, dass man die Sprünge nicht verstecken sollte, dass sie Teil der Geschichte sind und sichtbar sein sollten. Also, wenn du deine Sprünge schon zeigst, warum machst du nicht etwas Schönes daraus?«

»Ava ist also so was wie eine japanische Tasse?«

»Genau, und du auch. Wir haben alle unsere Sprünge, Gideon.«

»Ja.«

»Zeig ihr deine, wenn du willst, denn sie gehören zu dir. Sie könnten ihr helfen, nicht sie reparieren. Es ist nicht deine Aufgabe, sie zu reparieren.«

Das verstehe ich. Ich verstehe das Bild. Es hat keinen Sinn, so zu tun, als wäre alles in Ordnung, als wäre ich nicht auch zerbrochen. Bin ich nämlich. Ich muss mir klarmachen, dass sie keine Tasse ist, die ich wieder zusammenkleben oder reparieren kann oder mit der ich vorsichtig umgehen muss. Sie ist einfach Ava und sie hat einige ziemlich große Risse und Sprünge, aber die machen sie einfach nur schöner. Sie hätte mich nie an sich herangelassen, wenn ich sie nicht jetzt kennengelernt hätte. Hätte ich sie kennengelernt, solange Kelly noch lebte, hätte sie mich wahrscheinlich einfach auflaufen lassen. Sie hat mich damals in ihrem Leben nicht gebraucht. Aber ich glaube, jetzt braucht sie mich.

»Gut gespielt, Sir«, sage ich. »Woran merke ich, ob sie meine Risse mag?«

»Du musst sie erst mit Gold füllen, Buddy«, sagt Robbie.

»Ja.«

»Reden wir über Medikamente?«

»Will ich nicht.«

»Also über Strategien?«

»Ja.« Und das tun wir. Aus meiner vorerst letzten Sitzung mit Robbie gehe ich mit einem noch leeren Notizblock und einigen neuen Strategien bewaffnet heraus.

⌘

»Sag mir deins und ich sag dir meins.« Ava grinst.

Ist das eine Andeutung in Richtung Doktorspiele? Ich spüre, wie die wohlbekannte Panikwelle mein System kühlt. Werden wir das jetzt wirklich durchziehen? Anders als mit anderen Leuten fühle ich mich mit Ava wohl, aber das hier riecht jetzt nach Risiko. Oder vielleicht fühlt sich jeder Mensch so, wenn jemand unglaublich Attraktives auf seinem Bett liegt und von ihm erwartet, seine Geheimnisse preiszugeben.

Übers Wochenende haben wir drei Schichten bei *Magic Kebab* mit ausführlichem Herumgealber und Gekicher bewältigt, und auf diese Weise unsere Freundschaft nach der merkwürdigen Geschichte mit meinem Gedicht und Avas Flucht wieder auf Kurs gebracht. Aber vielleicht gehen wir ein zu hohes Risiko ein, wenn wir den heutigen Abend miteinander verbringen. In meinem Haus. In meinem Zimmer. Auf meinem Bett.

»Du fängst an«, murmle ich.

»Okay. Aber wir müssen Regeln aufstellen.« Sie setzt sich auf und überkreuzt die Beine.

»Du kommandierst immer so herum.« Ich grinse. Mir ist klar, dass sie darauf reagieren wird. Sie schnaubt empört und schlägt mir kräftig auf den Arm.

»Ich meine es ernst. Regel eins: Kein Kommentar, wenn einer von uns etwas gesagt hat. Einfach aussprechen und fertig. Du hast es gesagt. Der andere weiß es. Erledigt.« Alle ihre Worte prallen aufeinander, so hastig spricht sie. Es ist ihr ernst.

»Okay.« Ich nicke.

»Okay, wirklich? Du versprichst, nichts zu sagen?« Ihre Hände schnellen vor, landen auf meinem Bein, aber so rasch wie sie gelandet sind, sind sie auch wieder verschwunden. Wenn sie spricht, benutzt sie ihre Hände zur Zeichensetzung. Ich notiere mir in Gedanken, dass ich diese Beobachtung zu der Liste jener Dinge hinzufügen werde, die ich an Ava mag.

»Was ist mit nonverbaler Kommunikation?«

»Nein. Nichts.«

»Aber was ist mit deinen so ungeheuer mitteilsamen Augenbrauen?«

Sie lacht laut. Man weiß immer genau, was Ava denkt. Das mag ich auch an ihr.

»Ich finde, wir sollten uns darauf die Hand geben«, sage ich, und wir tun es. Meine Panik verwandelt sich in einen Mix aus Spannung und Nervosität, ich sehe diese Panik bildlich vor mir als eine Anzahl ziellos um mich herumzappelnder, bunter Würmer. Meine Haut fühlt sich ganz komisch an.

»Also fang an«, sage ich. Sie beißt die Zähne zusammen und verzieht irgendwie gequält das Gesicht. Dann sagt sie: »Ich glaube, ich liebe meine Mum nicht.«

Als ich den Mund aufmache, legt sie sofort ihre Hand darüber, also strecke ich die Zunge heraus und lecke ihre Handfläche ab. Sie zieht die Hand angewidert, aber lachend zurück.

»Du bist dran.«

Ich hole tief Luft. »Ich hatte noch nie ein Mädchen auf meinem Zimmer.«

Ava neigt den Kopf und holt Luft, als wolle sie etwas sagen, aber ich schüttle den Kopf. Sie lächelt und ich sehe, wie ihr Blick über mein Gesicht tanzt.

Das Schweigen dauert ein bisschen zu lang, also versetze ich ihr einen Klaps aufs Knie und sie sagt: »Einmal musste ich so stark niesen, dass ich mir in die Hose gekackt habe.«

Gelächter platzt aus meinem Mund wie eine Explosion, Tränen strömen über mein Gesicht. Ich halte fünf Finger hoch, als Hinweis darauf, dass ich wissen möchte, wie alt sie damals war.

»Es war letzte Woche.« Sie verstummt, dann fängt sie an zu lachen. »Nicht ernst gemeint, nicht ernst gemeint.« Sie legt sich auf dem Bett zurück und betrachtet die Decke. »Ich war in der ersten Klasse. In der Schule. Mein Vater musste mich abholen.« Sie wirft mir einen fragenden Blick zu und ich muss noch mehr lachen.

Ich strecke mich neben ihr aus.

»Annie ist mal ins Zimmer gekommen, als ich gerade masturbiert habe«, sage ich. Es war kurz bevor sie ausgezogen ist. Ich dachte, es wäre keiner zu Hause, und ich hatte die Kopfhörer eingestöpselt. Es war der absolute Horror für uns beide und wir haben nie ein Wort darüber verloren.

Ava schüttelt den Kopf. »Deine Familie müsste echt mal lernen anzuklopfen.« Sie schafft es, das auszusprechen, bevor ich einen Finger auf ihren Mund lege, um sie zum Schweigen zu bringen, und wir kichern wie die Verrückten. Ein Gekicher, von dem mir der Bauch wehtut und ich keine Luft mehr kriege.

Endlich setzt sich Ava auf, stützt sich auf die Ellbogen und sieht mich ernsthaft an. »Dieser Bluterguss«, sagt sie. »Der an meiner Backe damals? Ich war nicht ungeschickt.« Sie zögert. »Lincoln Waititi war das.«

Sie setzt sich auf und legt mir beide Hände auf den Mund, sodass ich wirklich nichts sagen kann, und sie starrt mich an und ich starre sie an.

Sie hat es mir nicht erzählt. Sie hat es niemandem erzählt. Aber ich bin wütend auf sie, weil sie immer noch mit ihm redet. Aber auch wütend auf ihn. Er spaziert wie ein verdammter Obermacho durch die Schule und alle scharwenzeln um ihn herum. Mein Zorn wächst. Ich spüre, dass mein Nacken ganz heiß wird, und ich zerre ihre Hände von meinem Mund.

»Du musst es jemandem erzählen«, sage ich. Ihre Handgelenke noch im Griff.

»Pssst. Du hast es versprochen.«

»Aber er ist doch nicht … wir sollen einander nicht schlagen.«

»Wir haben uns gestritten.« Sie schüttelt den Kopf. »Es war ein Unfall. Ich habe ihn geschubst und er hat mich zurückgeschubst und ich bin gefallen und habe mir das Gesicht gestoßen.« Wir schweigen. Ich lasse ihre Hände los und sie überkreuzt die Beine und wendet das Gesicht ab.

»Er hat dich geschubst?«, murmle ich und starre auf ihren Hinterkopf.

»Er hat es nicht gewollt.«

»Er hat dich geschubst. Er hat es gewollt.«

Sie sagt nichts. Das ist ein starkes Stück. Ich weiß nicht, was ich jetzt sagen oder tun soll.

Ava nickt langsam. »Ja, schon.«

»Und außer mir weiß es niemand?«, frage ich.

»Ja.« Sie wendet sich mir zu, aber hält die Knie eng an die Brust gezogen. »Er ist …«, sie zögert, »… traurig.«

»Verdammt, Ava. So ein Arsch. Ich bin so …«, und sie unterbricht mich.

»Nicht.«

Ich starre sie einen Moment lang an. Sie legt ihr Kinn auf die Knie.

»Alles okay bei dir?«, frage ich.

»Nein. Ja. Ich weiß nicht. Ich bin nicht ich selbst. Ich fühle mich nicht wie ich selbst«, stößt sie atemlos aus. »Du bist dran.«

Ich hole richtig tief Luft. Vermutlich war das ihr größtes Geheimnis. Es ist nur fair, dass ich ihr jetzt meins erzähle. »Wir sind wegen mir umgezogen.«

»Warum?«

»Weil es nicht gut war.« Sie löst ihre Hände von den Knien, schlägt die Beine übereinander, sieht mich an. »In der Schule haben von Anfang an alle auf mir herumgehackt. Weil ich groß war oder weil meine Mums lesbisch waren oder meine Schwester so schlau. In der Siebten habe ich eine Geschichte über einen traurigen Mond während einer Mondfinsternis geschrieben, und irgendwelche Leute haben sie entdeckt, kopiert und überall in der Schule aufgehängt. Es waren kleine Dinge. Dämlicher Scheiß. Aber eine Menge dämlicher Scheiß.«

»Das ist ja furchtbar. Ich wusste nicht …«

Ich falle ihr ins Wort. Wenn ich es ihr erzähle, dann erzähle ich ihr alles. »Sie haben eine Website für mich gemacht.«

»Was?«

»www.wirhassengideon.com, voller übelster Anfeindungen. Sie haben mich heimlich in der Schule fotografiert und Kommentare gepostet und …«

»Oh, Gideon, das ist ja total übel.« Sie legt ihre Hand auf mein Knie, aber diesmal lässt sie sie da liegen.

»Ja?«

»Was ist passiert?«

»Es ist alles rausgekommen. Meine Eltern waren stinksauer und sind in die Stadt zur Schule gefahren. Sie haben erfahren, dass eine Gruppe Kinder das alles gemacht hat. Ihre Eltern haben sich eingemischt und gesagt, das war doch alles nur Spaß, und davon sind meine Eltern noch wütender geworden und die Schule hat wirklich ganz schlecht reagiert. Und dann hat jemand ›Schwuchtelhaus‹ auf unsere Garage gesprüht.« Ich verstumme, weil Ava sich entsetzt die Hand auf den Mund gelegt hat. »Am nächsten Tag hat Annie einen Baseballschläger mit in die Schule genommen und sich ausgetobt.«

Ava kichert los, fängt sich aber gleich wieder. »Tut mir leid.«

»Ist in Ordnung. Dieser Teil ist ja eher lustig. Sie war so wütend, dass sie einem der Jungs ein paar Zähne ausgeschlagen hat. Die Eltern wollten uns verklagen. Also sind wir umgezogen.«

Ava sagt nichts, aber ich sehe ihr an, dass sie das, was ich ihr erzählt habe, erst mal verarbeiten muss.

»Ich schleppe eine ganze Menge Mist mit mir rum.«

»Das kann man wohl sagen«, sagt sie. »Aber deine Gedichte.«

»Das bin ich nicht. Oder doch. Und trotzdem eine andere Person. Irgendwie. Ich weiß nicht.«

»Niemand hier weiß davon?«, fragt Ava.

»Nein.« Ich lege mich auf die Seite und Ava rührt sich nicht. Ich lausche unserem Atem. Endlich kommt sie näher, legt sich so hin, dass wir einander ansehen, Nase an Nase.

AVA

Nach einer Weile sage ich: »Gideon, ich finde dich fantastisch.«

Er schließt die Augen. Ich sehe, dass er schluckt. Dann rinnt eine einzelne Träne über seine Wange. Er atmet drei Mal kurz und stoßartig ein, und dann war's das. Er schluchzt einfach los, heftiges, schweres, gequältes Schluchzen. Er wälzt sich von mir weg und weint in sein Kissen. Ich schiebe meinen Arm unter seinen und lege ihn auf seine Brust und ich drücke ihn an mich. Ich bin der große Löffel. Ich drücke ihn ganz fest. Ich spüre, wie sein ganzer Körper sich zusammenzieht, als er versucht, zwischendurch wieder Luft zu bekommen. Keiner von uns beiden spricht. Dann bewegt er sich und er legt seine Hand auf meine, zieht sie dichter an sich heran, drückt sie mitten auf seine Brust und flicht seine Finger in meine.

»Tut mir leid«, sagt er schließlich.

»Nicht …«

Er fällt mir ins Wort. »Nein. Es tut mir leid, du musst dich jetzt nicht mit meinem Mist belasten.«

»Du belastest dich ja auch mit meinem«, sage ich, und das stimmt.

»Ja, schon, aber …«

Ich falle ihm ins Wort. »Ich meine, vielleicht sind wir einfach dazu bestimmt.«

»Wozu?«

»Dazu, uns mit dem Mist des anderen zu belasten.«

»Du und ich?«, fragt Gideon.

Wir liegen da, dicht aneinandergedrängt, und flüstern.

»Nein. Alle«, murmle ich.

Gideon wälzt sich flach auf den Rücken. Er lässt meine Hand nicht los und er sieht mich nicht an.

»Da sind so viele Leute um mich herum, die nicht zulassen, dass ich ihnen helfe«, sage ich. »Mein Dad. Lincoln. Sogar Kelly. Sie hat mir erst gesagt, dass sie einen schlechten Tag hatte, nachdem sie den schlechten Tag hatte, weißt du? Ich habe eine Nachricht bekommen, in der stand, dass ihre Eltern sie wieder ins Krankenhaus gebracht haben, oder ich wachte auf und sie lag in meinem Bett, weil sie wieder weggelaufen war. Oder sie ist einfach verstummt und ich habe nichts mehr von ihr gehört oder sie hat mir einfach traurige Emojis geschickt. Aber wir haben nie darüber geredet. Nicht ernsthaft.«

Gideon holt tief Luft. Mir ist klar, dass er überlegt, was er dazu sagen könnte. »Wahrscheinlich wollte sie dich nicht belasten.«

»Hätte sie es nur getan. So ein großer Teil ihres Lebens, ein ganzer Teil ihrer Persönlichkeit, von dem ich nichts wusste. Ich meine einfach, vielleicht …«

Er fällt mir ins Wort, er weiß, was ich sagen möchte. Wie macht er das? »Du kannst nichts machen, Ava.«

»Das weißt du nicht.« Es muss doch etwas gegeben haben, was ich hätte tun können, auch wenn es nur eine Kleinigkeit war. Das muss es doch gegeben haben.

»Doch, ich weiß es«, sagt er. Und wenn es einer weiß, dann er. »Du kannst nichts machen.« Er wendet den Kopf und sieht mich an. Seine Augen sind immer noch glasig, aber sie haben jetzt eine andere Farbe, vielleicht ein helleres Braun. Als hätten die Tränen etwas Farbe herausgewaschen.

Ich versuche, meine Hand wegzuziehen, aber er hält mein Handgelenk mit beiden Händen fest und streicht mit seinen Fingern über meine, als würde er sie untersuchen, und ich lasse es zu. Er streicht mit den Fingern über jeden meiner Finger, berührt meine Ringe und spürt den Linien nach, den Falten und Beugungen meiner Gelenke, und dann stößt er laut die angehaltene Luft aus, sieht immer noch meine Hand an und nicht mich.

»Bis auf das hier. Das hier kannst du tun«, sagt er. »Da sein.«

Ich kann mich nicht dagegen wehren, das Ventil zwischen meinen Gedanken und meinen Tränen ist so abgenutzt, dass ich irgendwie gar keine Kontrolle mehr darüber habe. Dicke Tränen tropfen mir auf die Wangen. Ich spüre sie, noch bevor ich verstanden habe, was passiert, und ich lasse sie einfach fallen. Ich ziehe an meiner Hand und Gideon wälzt sich herum und sieht mich an.

»Hey? Hey, was ist …?«, fragt er, sieht mich an.

»Du.«

»Ich möchte nicht, dass du …«

»Du«, falle ich ihm ins Wort. »Dass du traurig bist. Ich hasse das. Ich hasse es, dass dein Gehirn dir das antut.«

»Aber du sollst nicht weinen. Ich habe heute genug für uns beide geheult.« Er lächelt.

»Es ist einfach …«

»Ja. Ich weiß. Ich weiß, Ava«, flüstert er.

Ich glaube ihm. Manchmal glaube ich, er weiß mehr über meine Gefühle als ich selbst.

»Ich hasse es, dass ich überhaupt nichts tun kann«, schluchze ich.

»Ava.« Er zögert und sieht mich an, während ich versuche, wieder Luft zu bekommen. »Ich gehe nirgendwo hin.« Er sagt das mit absoluter Sicherheit.

Ich nicke und weine und er legt die Arme um mich und quetscht mich an sich und ich weine. Ich weine, weil ich nicht möchte, dass er fortgeht, und ich habe so furchtbare Angst, dass ihm etwas passieren könnte, und weil ich ihm glauben möchte. Ich möchte ihm glauben, dass er die Wahrheit sagt. Ich weine, weil ich einerseits all das für ihn empfinde, und trotzdem ein Teil von mir immer noch wünscht, er wäre sie.

»Hey? Hey, sieh mich an.« Gideon streicht mir eine Haarsträhne hinters Ohr und fährt mit dem Daumen über meine Wange, bis er an meinem Kinn angekommen ist. Mit Finger und Daumen hebt er mein Gesicht. So sanft. Ich sage nichts. Er wischt mir mit dem Daumen über die Wange, zeichnet einen Halbkreis darauf.

»Hey, ich muss dich was fragen.«

»Was?«, murmle ich.

»Schmierst du jetzt deinen Rotz über mein ganzes Kissen?«

Ich muss grinsen und wische mir mit dem Handrücken über die Nase.

Gideon setzt sich auf, klettert rüber und ich höre seine Schritte auf dem Holzboden, als er in Richtung Badezimmer flitzt. Sekunden später kommt er mit einer Rolle Klopapier zurück, wirft sie mir zu und setzt sich neben meinen Füßen auf die Bettkante.

Ich setze mich auf, schnäuze mich und beobachte Gideon.

Er sieht zu Boden, seine Ellbogen auf die Knie gestützt, die Hände perfekt parallel. Ich wünschte, ich könnte seine Gedanken lesen.

⌘

»Ava, gehst du heute Abend noch weg?«, fragt Dad.

Ich schüttle den Kopf und er wirkt echt überrascht. »Ja dann … möchtest du irgendwas machen?« Kurze Pause. »Mit mir rumhängen vielleicht?« So ein dämliches Grinsen erscheint in seinem Gesicht und ich muss lachen.

»Genau.«

Nach intensiver Abwägung aller Optionen beschließen wir, einfach zu Hause zu bleiben und uns einen Film anzusehen. Wir schließen einen Kompromiss: Ich suche aus, was wir essen, und Dad sucht den Film aus. Das läuft darauf hinaus, dass wir uns irgendeinen bekloppten Action-Kriegsfilm ansehen werden, die findet er nämlich toll, aber es ist mir egal, er scheint sich richtig darüber zu freuen, dass er Zeit mit mir verbringen kann.

Dad kommt mit der Pizza und einer Plastiktüte voller Süßigkeiten herein und wirft mir einen minzgrünen Umschlag zu.

»Wer schreibt dir eigentlich dauernd Briefe?«

»Gideon.«

»Der Dichter?«

»Genau.«

»Das ist sehr romantisch.« Dad lächelt und ich schüttle verächtlich den Kopf. Ich spüre, dass ich rot werde.

»Wir sind nur Freunde.« Er wirkt nicht überzeugt. »Er hat kein Telefon … auch kein Internet. Also schreiben wir uns

Briefe. Das ist vollkommen unschuldig.« Dad murmelt etwas vor sich hin, als er in Richtung Küche geht, und ich werfe ein Kissen nach ihm.

Ich öffne den Umschlag und ziehe eine A4-Seite heraus. Die Worte *Make Magic* in großen, dicken Kugelschreiber-Buchstaben füllen das ganze Blatt, nur unten am Rand sieht man eine winzige, krakelige Skizze von Rickys Känguru-Tätowierung. Auf einem winzigen, Fetzen Papier steht:

Geschichte war heute
langweilig, deswegen
habe ich das hier für
Dich gemacht.
P.S.: Kängurus sind
schwer zu zeichnen.

Dad kommt ins Wohnzimmer zurück; er hat immer noch so einen merkwürdigen Blick.

»Was?«, frage ich.

»Nichts.« Er lächelt. »Ich würde ihn gern kennenlernen.«

»Ich glaube, du wirst ihn mögen. Er ist sehr ...« Ich überlege, versuche, den richtigen Ausdruck zu finden. »Speziell. Er ist cool. Er bringt mich zum Lachen.«

»Das sehe ich.« Ich erzähle ihm von Rickys Tätowierung und er wirkt angewidert. »Das ist ekelhaft. Warum schickt er dir so was? Das willst du dir doch nicht zur Erinnerung an die Wand hängen.« Er grinst.

»Er ist in Ordnung, Dad.« Und nach einer kurzen Pause

füge ich hinzu: »Er ist mir als Freund schon eine große Hilfe gewesen.« Und ich stopfe mir schnell ein Stück Pizza in den Mund, genauso, wie ich jeden Gedanken, Gideon könnte vielleicht doch etwas anderes sein, schnell hinunterschlucke.

GIDEON

Wieder so ein langweiliger Schultag. Wieder so ein langweiliger Vortrag über unsere Zukunft. Ich weiß nicht – ist das alles in letzter Zeit so ermüdend, weil wir kurz vor dem Abschluss stehen, oder bin ich einfach drüber weg? Oder ist sonst irgendwas los?

Seit der neunten Klasse habe ich einen klaren Plan für mein Leben: Ich kriege es hin. Ich gehe an die Uni. Studiere Kreatives Schreiben. Ziehe weg. Fange mein eigenes Leben an. Bin glücklich. Einfach. Das war immer meine Rettungsleine, wenn es gerade mies lief; diese wunderschöne Vorstellung, dass mein Leben irgendwann nicht mehr beschissen sein wird, weil ich dann nicht mehr zur Schule gehe und tun kann, was ich will, wo ich will, und, ja verdammt, ich kann sogar der Mensch werden, der ich sein will. Fantastische Aussichten. Aber jetzt steht diese Zukunft quasi schon hinter der nächsten Ecke, ist so nah, dass ich sie sehen kann, und plötzlich finde ich das alles gar nicht mehr so toll. Ich glaube, ich habe panische Angst. Was, wenn mein Plan nicht aufgeht? Oder, noch schlimmer: Was, wenn ich das alles plötzlich gar nicht mehr will?

Auf der Küchentheke liegt ein Brief von Ava, als ich nach Hause komme. Ich reiße ihn auf und eine kleine Känguru-

Zeichnung flattert heraus und fällt zu Boden. *Besser als deins*, steht darauf. Ich muss lachen. Ja, es ist besser als meins.

Gideon,

Mitternacht ist gerade vorbei und ich kann nicht schlafen, also habe ich beschlossen, Dir einen Brief zu schreiben. Wenn Du ein normaler Mensch mit Handy wärst, würde ich Dir ein Selfie von mir mit dämlicher Grimasse schicken, in der Hoffnung, dass Du noch wach bist. Wenn Du noch wach wärst, würdest Du antworten und dann könnten wir uns über irgendeinen sinnlosen Mist unterhalten, bis ich endlich müde würde. Aber Du hast kein Handy, also muss ich mich mit mir selbst unterhalten.
Du wirst es ja lesen. Briefe sind etwas Merkwürdiges.
Wir haben in Englisch Memoiren durchgenommen und wir sollen jetzt so einen persönlichen Aufsatz schreiben, über irgendeinen Moment, in dem uns das Leben etwas gelehrt hat, was wir gerne mit anderen teilen möchten. Ich fand es verdammt schwierig, mich für irgendein Thema zu entscheiden, aber dann hat mir Deine Zeichnung geholfen.
Ich werde über Ricky schreiben, darüber, wie er mit Vollidioten umgeht und darüber, wie man, na ja, Magie in sein Leben bringt. Ich habe das Gefühl, das ist so eine Lehre aus dem wahren Leben, über die ich schreiben könnte.
Danke also für Deine Hilfe … in verschiedener

Hinsicht. Zum Beispiel dieses Wochenende, dafür bedanke ich mich schon im Voraus. Du bist ein guter Typ, Gideon. Echt jetzt. Ich habe das sogar meinem Vater gesagt. Er möchte Dich übrigens kennenlernen … er hat Dich einen Renaissance-Typen genannt.
Ich weiß nicht, was er meint.
Ich hoffe, es ist nichts Schlechtes.

Alles Liebe,
Ava

Ich grinse und spüre den merkwürdigen Salto, den mein Magen jedes Mal schlägt, wenn irgendwas im Zusammenhang mit Ava Spirini passiert. Ich würde Ava niemals verraten, was ich für sie empfinde. Ich möchte das auf keinen Fall vermasseln. Außerdem besteht nicht die geringste Chance, dass ein Mädchen wie sie sich auch nur im Geringsten für mich interessiert. Wir sind Freunde und so wird es auch bleiben. Ich habe viel Übung, wenn es darum geht, meine Gefühle zu ignorieren. Robbie würde mir recht geben: Ava zu erzählen, was ich für sie empfinde, wäre ein zu großes Risiko. Davon hat niemand etwas. Ich würde sie in eine Situation bringen, in der sie mir verlegen beibringen müsste, dass sie für mich nur Freundschaft empfindet, und dann wäre es komplett ausgeschlossen, dass die Dinge jemals wieder so werden, wie sie jetzt sind. Und es gefällt mir so, wie es jetzt ist. Ich bin gerne Avas Freund. Wenn ich sie morgen treffe, wird sie mich als Freund brauchen.

Morgen ist Kellys Geburtstag.

Eigentlich hatte sie ursprünglich vor, ihn einfach zu ignorieren, aber ich habe sie davon überzeugt, dass sie sich mit mir treffen soll, dass ich ihr helfen kann. Und wenn ich nur dafür sorge, dass sie nicht allein ist. Mein Plan sieht so aus, dass ich ein riesiges Sortiment albernster Snacks besorge. Ich habe eine Sammlung von Filmen ausgesucht, in denen es nicht um Tod oder Selbstmord oder beste Freunde geht, und das war schwieriger, als ich es mir vorgestellt hatte. Und ich habe wieder eine Liste vorbereitet, eine mit oberflächlichen Themen, für den Fall, dass wir in trübe Gewässer abdriften.

Morgen werde ich verdammt noch mal der beste Freund sein, den sie jemals hatte.

AVA

Gideon und ich kichern gerade über irgendeine alberne Stelle im Film, als es an die Tür klopft. Ich halte das Video an. Es waren einige Überredungskünste seinerseits nötig, bis ich mich heute mit ihm verabredet habe. Eigentlich hatte ich vorgehabt, den ganzen Tag zu verschlafen und einfach zu warten, bis er vorbei ist. Dann dachte ich, wenn ich mich schon beschissen fühle, kann ich das auch in der Gesellschaft von Gideon.

Ich bewerfe ihn mit einer Handvoll Skittles und marschiere zur Tür, reiße sie auf und Lincoln steht da, eine Dose Rum-Cola in der Hand. Ich schlucke schwer, es ist noch nicht mal Mittag.

»Was willst du?«

»Dich sehen.«

»Warum?«

»Du weißt schon warum.« Er schwankt und klammert sich am Türrahmen fest.

»Du hast wochenlang nicht mit mir gesprochen, und dann tauchst du heute einfach bei mir auf und … was? Glaubst du denn, alles wird einfach wieder ganz normal? Geh nach Hause, Lincoln.« Ich versuche die Tür zu schließen, aber er drückt sie auf.

»Ich dachte, wir könnten ein bisschen zusammen sein«, murmelt er und macht einen Schritt ins Haus hinein.

»Ich möchte nicht mit dir zusammen sein.«

Gideon steht vom Sofa auf. Lincoln sieht ihn und schnaubt verächtlich. »Ach, du hast dir einen neuen Lover besorgt …«

»Er ist ein Freund«, fauche ich. »Und dich geht das nichts an.«

Lincoln kocht vor Zorn. Das ist mir egal, ich bin so sauer auf ihn. Gideon sitzt da wie erstarrt.

»Heute ist ihr Geburtstag.« Meine Worte hängen schwer in der Luft.

Lincoln wendet sich um und sieht mich an. »Besonderer Tag, ja? Ich dachte, wir könnten feiern.« Er packt mein Gesicht mit beiden Händen und küsst mich hart auf den Mund und ich stoße ihn mit aller Kraft von mir weg. Er sieht mich fassungslos an, als ich ihn wieder in Richtung Tür schiebe. »Ich möchte ihren Geburtstag nicht mit dir feiern.«

Er betritt die Veranda und schleudert die Getränkedose weg, sie springt vom Beton auf und landet wild sprühend auf der Straße. Ich knalle die Tür zu.

»Fick dich, Ava!«, schreit er.

Gideon kommt auf mich zu. »Alles okay bei dir?«

»Nein.« Ich fange an, im Zimmer auf und ab zu gehen. »Ich bin so wütend. Er hat wochenlang nicht mit mir geredet, seit … er diese Sache gemacht hat, und jetzt? Glaubt er wirklich, ich lasse ihn einfach rein und hüpfe mit ihm ins Bett, als wäre nichts passiert?« Von Gideon kommt ein merkwürdiger Laut, aber ich rede einfach weiter. »Er hört nicht zu. Er denkt nicht nach. Er zieht einfach ein überhebliches Gesicht und benimmt sich wie ein Vollidiot.«

»Er ist ein Vollidiot.« Gideon schüttelt den Kopf.

»Ist er nicht. Er ist nur … Er fühlt sich auch so wie ich.« Meine Stimme ist angespannt, Tränen stehen mir in den Augen, werden jeden Moment losfließen, nur gerade jetzt noch nicht – »Du hättest sie kennen müssen. Richtig kennen« – jetzt fließen sie – »Und ich wäre so froh, ich hätte dich auch damals schon gekannt. Ich habe einfach das Gefühl, als sie gestorben ist, bin ich mitgestorben. Jedenfalls ein Teil von mir. Mein Herz vielleicht.«

Gideon nimmt mich in den Arm, er lässt mich weinen und sagt nichts. Es ist alles zu schwer, wie ein Zentnergewicht auf meiner Brust. Als würde sich meine Kehle zuschnüren und ich bekäme keine Luft mehr.

In letzter Zeit war ich immer wieder wie überrumpelt von Augenblicken, die … gut waren. Richtig schön sogar. Wenn ich mich wohlfühle bei diesem cleveren Jungen, der Gedichte schreibt und mich zum Lachen bringt. Und in dem Moment, in dem ich mich wohlfühle, fällt sie mir ein, denke ich, dass ich ihr das unbedingt erzählen müsste, weil sie es super finden würde. Alles. Sie würde ihr typisches, wild gackerndes Gelächter ausstoßen und so etwas sagen wie: »Dieser Mist gefällt mir richtig gut«, und wir würden herumalbern. Sie hätte sich jedes Detail schildern lassen, und dann hätte ich die Geschichte noch mal und noch mal wiederholen müssen. Ich mache mich los und sehe Gideon an und er sieht mich an mit seinen schlapp herunterhängenden Haaren, als würde er etwas von mir erwarten und gleichzeitig gar nichts, und ich bin wie versteinert.

»Wie du es ausgedrückt hast, ich bin zerbrochen. Mein Herz. Ist zerbrochen. Und deswegen ist all das. Mit dir. Einfach nur …« Ich verstumme. Ich hasse mich selbst. Ich hasse das, was ich sage, schon in dem Moment, in dem die Worte aus meinem Mund strömen.

Kelly hätte mich angebrüllt, mir Sabotage vorgeworfen, mir gesagt, ich solle die Eier haben. Einfach ohne Umschweife drauf losgehen, wie sie es getan hätte. Jedenfalls hat sie es in ihren besseren Zeiten getan. An ihren guten Tagen. Dann mussten wir jede Menge Pläne entwickeln, wie wir sie aus den Situationen, in die sie sich hineinmanövriert hatte, wieder herausboxen konnten. Wie damals, als sie Andre Daar den Liebesbrief schrieb.

Wir waren in der Achten und Andre in der Zwölften. Er war noch nicht lange in Australien, vielleicht ein Jahr. Er kam aus Somalia und sprach nicht gut Englisch, aber er konnte beatboxen und deswegen fanden alle an unserer Schule ihn cool. Er war fantastisch. Ist fantastisch. Er hat einen Vertrag mit einem Label und arbeitet inzwischen mit berühmten Musikern. Kelly benutzte *Google Translate,* um ihm einen Brief auf Arabisch zu schreiben, und an einem Freitagnachmittag steckte sie ihn in sein Schließfach. Am Sonntagabend stand ich in einem von Lincolns Kapuzenshirts in der Schule, in der Hand ein Stemmeisen und eine Blechschere, weil wir den Brief wieder herausholen mussten. Niemand hat je herausgefunden, dass wir diejenigen waren, die Andres Schließfach geknackt hatten. Mrs Bryan hielt in der Aula eine glühende Rede zum Thema Gleichheit und Multikulturalismus, deswegen glaubten alle, dass dieser schlimme Schließfach-Vandalismus aus purem Hass geschehen war. Niemand hat je herausgefunden, dass er aus purer Liebe geschah. Fehlgeleitete Liebe, aber trotzdem.

Andre hat nie erfahren, dass zwei Mädchen aus der Achten nur für ihn lernten, was »Ich liebe dich« auf Arabisch heißt.

Kelly hat es nur für ihn gelernt. Ich habe es gelernt, weil sie das von mir erwartet hat.

»Ja, eben, Gideon, ich bin einfach …«, und er unterbricht mich.

»Weißt du, was die Japaner mit Dingen machen, die zerbrochen sind?«

Ich sage nichts.

»Sie setzen sie wieder zusammen. Aber die Lücken füllen sie mit Gold. Sie gehen davon aus, dass diese Risse eine Sache nur noch schöner und wertvoller machen, weil sie ein Teil ihrer Geschichte sind.«

Ich zögere. »Du kannst es nicht wieder ganz machen, Gideon.«

»Ich weiß.«

Und ich kann es auch nicht ganz machen. Jedes Mal, wenn mir klar wird, dass sie nicht zurückkommt, bricht mein Herz erneut, und ich hasse diesen melodramatischen Mist so sehr. Ich lese die Blogs und Foren im Netz und überall steht, dass das normal ist. Da steht, dass die Zeit alle Wunden heilt. Aber das ist Blödsinn, das ist nur so eine bescheuerte Redensart. Die Zeit heilt manche Wunden. Aber es gibt auch Wunden, die sind zu tief. Manche Wunden können dich umbringen. Manchmal hat man noch nicht mal eine Wunde. Manchmal ist das, was dich krank macht, dein Blut, dein Gehirn, deine ganze Chemie. Und manchmal bringt dein Blut, dein Gehirn oder deine Chemie oder sonst irgendwas dich einfach um.

Ich sehe Gideon an, und das, was ich wirklich im Kopf habe, sprudelt aus mir heraus. »Manchmal denke ich, ich will mich nicht umbringen, aber wenn ich sterben würde, wäre das okay.«

»Ava.« Gideon setzt sich neben mich auf den Boden.

»Nein. Dann wäre alles okay, weil ich all das hier nicht mehr fühlen müsste.«

Wir schweigen beide einen Moment lang, er sieht mich nur an.

»Gideon. Ich bin es so müde. Ich bin einfach so. Ich hasse das ständige Geheule. Ich will nicht mehr weinen. Und du bist so, so besonders und so …«

»Attraktiv?« Er sagt das so schnell, dass ich durch meine Tränen und meinen Rotz hindurch lächeln muss.

»So fantastisch. Kelly hätte dich einfach nur super gefunden. Wirklich. Findet sie wahrscheinlich auch. Ich hasse dieses ganze Gerede in Vergangenheitsform. Gott. Ich weiß nicht mal, wie ich mich ausdrücken soll, wenn ich über sie rede.«

»Ich weiß meistens nicht, wie ich irgendwas ausdrücken soll. Es ist noch nie jemand gestorben, der mir etwas bedeutet. Ich habe immer noch alle vier Großeltern. Und noch denselben Hund, den ich mit fünf Jahren bekommen habe.«

»Ich kann dir sagen, es ist total beschissen.«

»Ja, dachte ich mir schon. Aber vielleicht wird es mit der Zeit leichter?« Er schiebt eine Handvoll Skittles auf dem Boden zusammen und fängt an, daraus Muster zu legen.

»Was?«

»Das Gewicht. Es geht nicht weg. Aber vielleicht findest du mit der Zeit heraus, wie du es besser tragen kannst.«

»Wie die Kiste?«

»Wie die Kiste.«

Er hat aus den Skittles auf dem Teppich ein A gelegt. Er sieht nicht mich an, sondern die Skittles. Ich fühle mich besser. Ein bisschen durcheinander, aber besser.

»Sollen wir jetzt ein Gedicht schreiben?«, witzle ich.

»Können wir.« Gideon sieht mich lächelnd an. »Rosen sind rot. Veilchen sind blau. Gideon findet Ava sehr hübsch ... manchmal jedenfalls«, sagt er und sieht mir einen Moment lang in die Augen, bevor er den Blick auf den Teppich senkt.

»Das ist alles?« Ich kichere durch die Nase, mein Bauch spannt sich an. »Das war aber schlecht.«

»Hab ich dir ja gesagt.«

»Hat sich nicht mal gereimt.«

Gideon lacht laut und ich sehe auf, hole tief Luft. »Du bist so ein guter Freund, Gideon.«

»Ja.« Er nickt, sein Lächeln wirkt angespannt.

»Weißt du, was die Japaner mit guten Freunden machen?«, frage ich.

Gideon lacht wieder. »Nein, du?«

Ich nicke und küsse ihn. Ich küsse ihn, weil ich noch nie in meinem Leben jemanden dringender küssen wollte, als ich jetzt in diesem Moment Gideon küssen will, und er küsst mich zurück und das geht einfach so weiter. Es ist der beste Kuss meines Lebens. Jedenfalls bis draußen ein Auto hupt und Gideon sich losmacht und aus dem Fenster sieht. Es sind seine Mütter. Sein Gesicht läuft feuerrot an und er rast ohne ein einziges Wort aus der Tür. Steigt einfach ins Auto und sie fahren weg.

Was war das denn?

Wir küssen uns und er sagt kein Wort. War es ihm peinlich? Vielleicht wollte er das gar nicht, vielleicht war es das Beste, was ihm passieren konnte, dass er sich nicht losmachen und mich freundlich zurückweisen musste. Aber ich habe schon Erfahrung damit, wie es ist, wenn man jemanden küsst, der das nicht möchte, und so hat sich das ganz bestimmt nicht angefühlt … Es ist so, als würde er mich heranlassen, dann dicht machen, und dann lasse ich ihn heran und ich laufe davon. Wenn ich bloß wüsste, was er fühlt.

Ich stehe auf, und dann sehe ich es, auf dem Teppich. Gideons Gefühle in Skittles-Buchstaben:

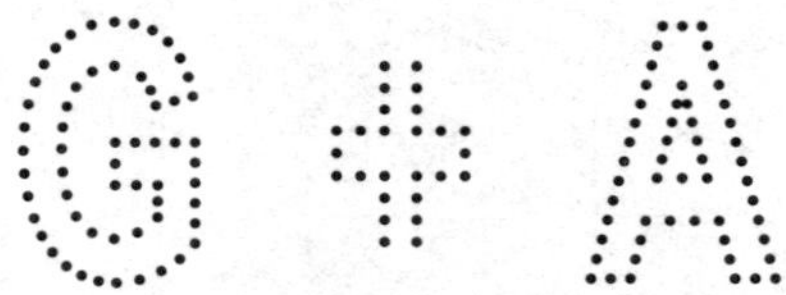

GIDEON

Seit einer ganzen Weile drehen sich immer dieselben Gedanken in meinem Kopf im Kreis. Ava hat mich geküsst. Ich habe sie geküsst. *Ava und ich haben uns geküsst.* Es war fantastisch. Aber dann schalten andere Gedanken auf Dauerschleife. Du hast alles ruiniert. Du bist ein verdammter Idiot. Warum bist du einfach weggelaufen? Was für ein Volltrottel küsst den Menschen, den er mag, und rennt dann einfach weg?

Genau. So einer wie ich.

Ich gehe in meinem Zimmer auf und ab und überlege, wie ich weiter vorgehen soll, was ich tun kann, um das wiedergutzumachen, aber ich weiß nicht, was ich tun soll, also rufe ich den einzigen Menschen an, der mir jetzt helfen kann.

»Na dann«, sagt Annie. »Erzähl mir von diesem Mädchen.«

Also tue ich das. Ich erzähle ihr von Ava. Ich erzähle ihr alles über Ava, weil ich allen anderen Menschen gegenüber versucht habe, mich irgendwie cool zu geben, aber wenn ich mit Annie rede, habe ich überhaupt nichts Cooles mehr an mir. Sie weiß, dass ich meine eigene My-Little-Pony-Sammlung hatte, als ich sieben war, weil ich mit ihr und ihren Freundinnen spielen wollte. Sie weiß, dass ich im Kino bei *Charlie – Alle Hunde kommen in den Himmel* Rotz und Wasser geheult habe.

Da war ich zwölf. Sie erinnert sich daran, dass ich mich im Karussell von oben bis unten vollgekotzt habe. Annie ist bereits klar, dass ich absolut uncool bin, also lasse ich wie ein Idiot alles aus mir heraussprudeln. Ich erzähle ihr alles über den *Magic Kebab* und unsere Briefe und unseren ersten Kuss. Ich verwende ungefähr fünf Minuten auf Dinge, die Ava lustig findet und darauf, wie sie lacht, und ich schildere Annie, was für ein Gefühl ich habe, wenn sie bei mir ist: »Als würde sich mein Magen vor lauter Schwindel so eng zusammenknoten, dass er mir durch den Bauchnabel fällt.«

»Wow. Hast du ihr das alles gesagt?« Annie lächelt, als ich eine weitere, atemlose Schilderung abschließe.

»Na ja, nein. Sie weiß es. Sie muss das doch wissen, oder?«, frage ich.

»Wahrscheinlich nicht.«

»Ich soll es ihr also sagen?«

»Unbedingt. Wir haben es alle nötig, dass jemand uns toll findet. Sage es ihr und lauf nicht wieder weg. Bleib bei ihr und warte auf die Reaktion.«

Das erzeugt bei mir nichts weiter außer einer Welle der Panik. Ich dachte, diese Panik würde verschwinden, sobald Ava und ich uns geküsst haben, ist sie aber nicht. Sind Beziehungen so? Einfach ein dauerhafter Panikzustand? Warum kommt das in den romantischen Filmen nicht vor?

»Hör auf, darüber nachzudenken, und sage es ihr einfach«, sagt Annie. »Was kann denn schlimmstenfalls passieren?«

Ich denke an all die üblen Dinge, die geschehen könnten – es fällt mir nicht schwer, eine ganze Liste aufzusetzen.

Annie fährt fort: »Das Schlimmste, was sein kann, ist, dass sie nicht dasselbe empfindet. Ja, dann wärst du verletzt, aber was soll's? Würdest du dann etwas anderes für sie empfinden?«

»Nein«, sage ich.

»Dann tu es.«

Nach einer kleinen Schweigepause fährt sie fort: »Okay, soweit zu deinem Herzen. Jetzt erzähl mir von deinem Kopf.« Annie legt das iPad auf ihre Knie und fasst sich mit den Händen die Haare zu einem hohen Pferdeschwanz zusammen.

»Es wird besser.«

»Bist du sicher?«

»Ja. Nicht wie die letzten paarmal, Annie. Es ist anders. Es ist trotzdem …« Ich versuche, das richtige Wort zu finden. »Es ist trotzdem beschissen.«

»Wie poetisch.« Annie lacht.

»Sei ruhig.« Ich grinse sie an. »Mir geht es gut. Es ist nur …« Ich verstumme.

»Was?«

»Nee. Nichts.«

»Erzähl es mir.«

Es dauert eine Weile, bis ich es ausgesprochen habe. Hauptsächlich, weil ich nicht richtig weiß, was ich überhaupt sagen will. Ich erzähle ihr, dass mir die Schule so sinnlos erscheint und dass ich alle Bewerbungen für die Universitäten losgeschickt habe, aber wenn ich ans kommende Jahr denke, fühle ich mich vollkommen betäubt. Ich habe mir immer vorgestellt, Umzug und Studium wären der Ausweg. Als würde mein Leben dann erst anfangen. Ich habe mich so darauf konzentriert, einfach nur die zwölfte Klasse zu schaffen, in die Uni zu kommen, und jetzt, wo es so weit ist, wo das so in die Nähe rückt, fühlt es sich plötzlich gar nicht mehr so dringend an.

Es fühlt sich nicht mehr spannend an. Es fühlt sich einfach an wie … nichts. Und das macht mich völlig verrückt, weil – was ist, wenn es gar nicht das ist, was ich will? Was, wenn es gar keinen Grund gibt, gespannt zu sein und sich darauf zu freuen, und was, wenn ich für den Rest meines Lebens für alle Dinge so empfinde?

»Dann geh doch nicht auf die Uni«, sagt Annie ganz sachlich. »Wenn es sich nicht richtig anfühlt, dann lass es.«

Ich schnaube verächtlich. »Und was soll ich tun? Bei *Magic Kebab* arbeiten?«

»Nein.« Sie zögert. »Komm hierher.«

»Urlaub machen?«

»Vielleicht. Oder zieh richtig hierher. Zu mir.«

Ich starre sie an, spüre die Furchen, die sich in meiner Stirn bilden. »Das ist nicht dein Ernst. Ich kann nicht.«

»Warum nicht?«

»Weil. Ava. Und …« Ich verstumme. Ein weiterer Grund fällt mir nicht ein.

»Das ist alles. Das ist der einzige Grund?«

Das ist typisch Annie. Sie ist zu klug, um ihre Position zu verteidigen, sie stellt einfach nur gezielte Fragen, in der Hoffnung, dass man von selbst drauf kommt.

»Komm, lass dich auf ein Abenteuer ein, Gideon. Finde heraus, was du überhaupt willst. Schreibe. Lern verrückte Leute kennen. Sieh dir die Welt an. Fühle etwas.«

Ich sage nichts und augenblicklich fällt mir Robbie ein: *Füll deine Sprünge mit Gold, Junge.* Was für eine vollkommen absurde Idee. Was würde Ava dazu sagen? Sie fände es furchtbar. Meine Mütter fänden es furchtbar. Ich kann doch nicht …

»Denk einfach darüber nach. Okay?«

»Okay.«

»Und du willst überhaupt nicht fragen, wie es mir so geht?« Sie bewegt das iPad so, dass ich einen Typen mit Rauschebart sehe, der neben ihr in tiefem Schlummer liegt.

»Annie!«, schreie ich vollkommen aus dem Häuschen. »War der die ganze Zeit dabei?«

»Gideon, darf ich dir Mario vorstellen?« Sie grinst. »Er ist Italiener.«

Ich fange an zu lachen. »Bist du mit ihm zusammen?« Annie stupst den bärtigen Mann an und er öffnet ein Auge. »Guten Morgen, mein Schöner«, sagt sie mit breitem Akzent, während mir die Augen aus dem Kopf treten. Ich spüre, wie ich rot werde. Das ist mir vielleicht peinlich.

»Mein Bruder möchte wissen, ob wir zusammen sind.«

Mario entdeckt das iPad in ihrer Hand und nimmt Blickkontakt mit mir auf. Wahrscheinlich müsste ich jetzt lächeln. Oder vielleicht winken. Keine Ahnung. Was gehört sich denn, wenn man den Italiener im Bett seiner Schwester kennenlernt? Mario nimmt Annie das iPad aus den Händen und hält es, immer noch auf dem Rücken liegend, direkt über sein Gesicht.

»Hallo, Gideon, schön, dich kennenzulernen. Ich habe schon ganz viel über deine Gedichte gehört.« Hat er? Was hat Annie ihm erzählt? »Das mit dem Löwenzahn gefällt mir am besten.« Das habe ich für Annie vor ihrer Abreise geschrieben. »Und um jetzt deine Frage zu beantworten«, er grinst, aber das kann ich nur am Zucken seines Barts erkennen, »Annie und ich sind auf keinen Fall zusammen.«

Ich höre Annie verächtlich grunzen, sie taucht wieder auf,

ihr Kopf liegt auf seinem Brustkorb. »Na also, damit wäre das geklärt.« Sie holt tief Luft. »Du fehlst mir, Gideon.«

»Du fehlst mir auch.«

Dann legt sie auf. Ich möchte nicht darüber nachdenken, was danach passiert.

⌘

»Du siehst zum Schreien aus«, sagt Ava kichernd. Wir tragen beide dick gepolsterte Jacken und Handschuhe. Heute ist es so weit: Wir müssen für Ricky den Kühlraum des *Magic Kebab* putzen. Außerdem sehen wir uns heute zum ersten Mal, seit wir uns geküsst haben. Spannung liegt in der Luft.

»Steht mir das?« Ich posiere mit einer Hand auf dem Regal. Meine Jacke ist viel zu klein und reicht mir nur bis zur Hüfte – ich bin mir ziemlich sicher, dass es eine Damenjacke ist, während Avas Jacke ihr bis über die Knie reicht und eine Kapuze mit Fellbesatz hat. Sie zieht die Kapuze auf und ich platze heraus. »Ja, das sieht gut aus.«

»Du siehst ja mein Gesicht gar nicht.«

»Eben.«

Danke, Ricky, denke ich, denn diese dämlichen Billigjacken haben, man verzeihe das Wortspiel, das Eis zwischen uns gebrochen.

Wir widmen uns wieder der Arbeit, kontrollieren Verfallsdaten und entsorgen Produkte. Eine Ladung Olivenbüchsen ist seit sechs Jahren abgelaufen, was wir aus irgendeinem Grund zum Schreien finden. Dann entdecken wir in einer verborgenen Ecke hinter einer Fleischkiste etwas, das sich nur als außerirdische Lebensform bezeichnen lässt. Ich habe noch nie etwas mit so vielen Lagen Schimmel übereinander gesehen.

»Das fasse ich nicht an.« Ava drückt sich gegen die Tür, so weit entfernt von dem unheimlichen Schimmelwesen auf dem Boden wie nur möglich.

Ich stupse es mit einem Stück Pappe an. Was ist das überhaupt?

»Das ist so widerlich.« Sie lacht, als ich eine Mülltüte aus meiner Hosentasche zaubere, mit katzenhafter Eleganz nach vorne springe, das unheimliche Wesen mit der Tüte packe, diese umstülpe und verknote. Ich wende mich Ava mit einer Verbeugung zu.

»Ich bin doch hier der verdammte Ritter auf dem weißen Pferd«, sage ich, und dann tue ich das, was jeder Junge in meiner Situation tun würde: Ich bewerfe sie mit der Tüte. Sie kreischt und schlägt sie zu mir zurück und dann liegt der schwarze Plastik-Schimmel-Haufen zwischen uns auf dem Boden. Wer zieht schneller in der großen Schlacht im Kühlraum? Ava kichert nervös, als ich auf den Beutel zuhechte und ihn mit einer Hand aufhebe.

»Nicht. Nicht. Nicht. Nicht«, quiekt sie.

»Okay, okay. Ich mach es nicht.«

»Versprochen?«

»Ja. Ein Mann, ein Wort.« Ich bücke mich und werfe den Beutel in die riesige Mülltonne, die wir für unsere Aktion benutzen. In diesem Moment spüre ich einen Schlag gegen den Kopf. Schlabberige Salatstückchen gleiten über mein Gesicht. Ava springt an mir vorbei, sie kichert wild.

»Und was machst du jetzt?« Sie sieht sich im Kühlraum um. Sie ist in die hinterste Ecke zurückgewichen und es gibt für sie keinen Fluchtweg mehr. Sie fleht verzweifelt um Gnade, als ich zwei Schritte auf sie zugehe, ihr eine Handvoll Salat in die

Kapuze stopfe und ihr diese über den Kopf ziehe. Sie sieht zu mir auf. Wir erstarren beide.

So nah waren wir uns noch nicht, seit wir uns geküsst haben. Ava presst mich gegen das Metallregal und mein Herz fängt wild an zu klopfen. Sie sieht mir mit einer Art verschlagenem Grinsen in die Augen. Streckt sich und küsst mich.

Ich erwidere ihren Kuss und höre, wie unsere Plastikjacken gegeneinanderquietschen, und, o Mann, ich spüre Avas Hand an meinem Hosenknopf. Ich höre auf, sie zu küssen, und atme tief ein. Ich spüre, wie sich das kalte Metall gegen meinen Rücken presst, aber das ist mir egal – das ist die heißeste Geschichte aller Zeiten. Ich küsse sie wieder und sie zieht an meinem Hosenbund und ihre Hand gleitet hinein und ich versuche verzweifelt, einen kühlen Kopf zu bewahren, aber dann ist es plötzlich ganz woanders kühl.

Kalt sogar. Kalt und feucht – Ava hat nämlich gerade eine Handvoll Salat in meine Hose fallen lassen.

AVA

Ich lache mich schief, während ich beobachte, wie Gideon den Salat aus seiner Hose fummelt.

»Du bist böse! Eine bösartige, verdorbene Person, Ava Spirini.« Er droht mir mit dem Finger. Als ich heute zur Arbeit kam, war ich noch ganz nervös, weil zwischen uns so eine verlegene Stimmung herrschte. Er konnte mir nicht in die Augen sehen und ich dachte: Er bereut es. Garantiert. Aber als wir dann in den Kühlraum kamen, legte sich die Spannung und wir amüsierten uns und wurden wieder so locker wie sonst. Er küsst gut, also: richtig gut – ich küsse ihn richtig, richtig gern.

»Ich habe hundertprozentig immer noch Salat in der Hose«, sagt er und kratzt sich an den Beinen. »Fühlt sich an wie Nacktschnecken.«

»Dann zieh sie doch aus«, sage ich.

Gideon macht ein schockiertes Gesicht. »Ich habe von Mädchen wie dir schon gehört«, sagt er.

»Mädchen wie mich?«

»Ja. Mädchen, die arglosen Jungs in kleinen, kühlen Räumen auflauern und sie verführen. Nun, meine Eltern haben mich wohlerzogen, und ich bin nicht bereit, mich in die Serie deiner Opfer einzureihen, Fräulein Spirini. Ich habe meine

Grundsätze.« Er setzt sich auf eine Kiste und fängt an, sich die Stiefel auszuziehen.

Ich tue so, als würde ich mich auf einen Stapel Dosen auf dem untersten Regalbrett konzentrieren, aber aus dem Augenwinkel beobachte ich, wie Gideon sich aus seiner engen Jeans schält und ein Salatblatt zu Boden fällt. Die Innenseiten seiner Schenkel sehen aus wie seine Unterarme – sie sind von feinen Narben bedeckt. Es sind nicht so viele, aber sie ziehen sich mit äußerster Präzision sein Bein hinauf. Unwillkürlich beuge ich mich vor und berühre sie, und Gideon sieht mit der Jeans in der Hand auf mich herab.

»Ich vergesse immer, dass die da sind«, sagt er. Er rührt sich nicht. »Sie sind total hässlich, oder?« Ich sehe zu ihm auf und schüttle den Kopf und streiche mit dem Finger über die winzigen Narben, über eine nach der anderen.

»Ich finde nicht, dass irgendwas an dir hässlich ist«, sage ich, und er legt seine Hand auf meine.

Und in diesem Moment fliegt die Tür zum Kühlraum auf und Ricky steht da wie vom Donner gerührt. Ich auf den Knien und Gideon in den Unterhosen, die Jeans in der Hand.

Gideon ist wie vom Donner gerührt. »Wir können das erklären«, stottert er schnell und zieht sich die Jeans über, aber ich sitze nur da und grinse, weil er unrecht hat. Ich kann gerade überhaupt nicht erklären, was ich fühle.

⌘

»Ava, ich bin Nola.« Sie lächelt. »Keine Angst, ich zwinge dich nicht, irgendwas zu sagen oder zu tun, was du nicht willst. Du bezahlst mich dafür, dass ich dir helfe, und ich möchte, dass du dir das klarmachst. Weil ich weiß, dass manche Leute die totale Panik vor Therapien haben, und das ist vollkommen unnötig. Ich möchte alle meine Patienten daran erinnern. Ich kenne dich nicht. Ich kenne keinen der Menschen, die du kennst. Alles, was ich über dich erfahre, kommt direkt von dir. Du kannst mir so viel oder so wenig erzählen, wie du möchtest. Aber eigentlich geht es darum, dass wir zusammen einen Weg finden, wie du dich wieder besser fühlen kannst. Dass wir Strategien entwickeln, wie du mit Gefühlen umgehen kannst, die nicht gut für dich sind. Ergibt das für dich einen Sinn?«

Nola ist ganz ruhig. Und wunderschön. Ihr hellroter Lippenstift passt genau zu ihrer roten, eckigen Brille. Ich würde sagen, sie ist zwischen dreißig und vierzig. Sie trägt einen großen brillantbesetzten Ehering. Ihre Haut ist von einem dunklen karamell-braun und sie hat so einen breiten australischen Akzent. Sie ist still. Sie starrt mich nicht an. Alle Flexi-Schüler gehen zu Nola, wenn sie möchten. Minda hat gesagt, sie ist fantastisch und ich wäre ganz schön blöd, wenn ich nicht zu ihr gehen würde.

»Willst du mir von dir erzählen?«, fragt sie.

»Ich rede eigentlich nicht so gern.« Ich sehe mich in ihrem Büro um. Jede Menge Kinderzeichnungen hängen an der Wand und das Bücherregal ist vollgestopft. Ein riesiges auf Leinwand gesprühtes Graffiti bedeckt eine ganze Wand, lauter orange, blaue und violette Kringel.

»Nicht über dich oder gar nicht?«

»Weder noch.«

»Wir müssen gar nicht reden. Was hältst du von zeichnen?«

»Kann ich nicht besonders gut.«

»Das ist egal. Was hältst du davon, wenn ich Musik auflege

und wir zeichnen einfach und dann haben wir etwas anderes, worüber wir reden können, anstatt über dich?«

»Klar.« Ich nehme an, ich habe nicht viel zu verlieren, und alles, was dazu beiträgt, dass ich nicht reden muss, klingt großartig.

Ich hatte Termine bei einer anderen Psychologin und zwei Therapeuten, sie waren alle drei gut, stellten dieselben Fragen, aber irgendwie redeten sie mit mir, als wäre ich ein kleines Kind, und das hat mich total genervt. Ich bin zu keinem ein zweites Mal hingegangen, obwohl Dad das gern wollte.

Nola steht auf und geht zu einem Schubladenschrank in der Ecke des Raums. Sie zieht die unterste Schublade auf und holt zwei Schuhschachteln heraus, die bis oben hin mit Bastelmaterial gefüllt sind.

»Möchtest du dir ein Lied aussuchen?« Sie deutet auf das Bücherregal, auf dem eine Stereoanlage und ein iPod stehen. Ich gehe hin, scrolle die Musikerliste durch und klicke auf Jeff Buckley.

Nola schließt die Augen und nickt. »Gute Wahl. Dieses Album habe ich bekommen, als ich etwa in deinem Alter war. Es war mir sehr wichtig.«

»Ich habe es gerade zum ersten Mal gehört.« Ich zögere. »Mein Freund hat es mir gegeben.«

»Na, dann hat dein Freund ja einen guten Geschmack.« Nola wirft ihre Schuhe von den Füßen und setzt sich neben dem Kaffeetisch auf den Boden. Ich setze mich ihr gegenüber; auf dem Boden verstreut liegen buntes Papier, Farbkästen, Pastell- und Wachskreiden, Klebstifte und anderes Bastelmaterial, und vor mir ein leerer Zeichenblock.

»Es geht darum, dass du einfach irgendwas machst. Denk

nicht zu viel darüber nach. Es kann Gekritzel sein oder Worte, wirklich alles, aber mach einfach das, was sich für dich gut anfühlt.«

Ich grinse über die ganz offensichtlich schmutzige Andeutung und Nolas Augen glitzern ein bisschen. Sie grinst ebenfalls. »Wir tun das nicht oft genug.«

Sie schlägt ihr eigenes Skizzenbuch auf, nimmt sich eine gelbe Wachskreide und fängt an zu zeichnen. Ich sehe ihr einen Moment zu. Sie wechselt zu einem roten Stift und zeichnet große Kringel. Ich sehe zu, wie der Stift in ihrer Hand chaotisch über ihr Blatt kreist, dann schnappe ich mir einen schwarzen Filzstift und fange an, Quadrate zu zeichnen. Ich fange mit einem kleinen Quadrat an, dann zeichne ich noch eins und noch eins. Ich nehme mir einen rosa Textmarker und zeichne ein Herz in das kleinste Kästchen. Ich male es aus. Ich nehme mir einen dunkelblauen Stift und eine Textstelle dringt in mein Bewusstsein. *I'll only make you cry.* Ich bringe dich nur zum Weinen. Also schreibe ich das in winzigen Kringelbuchstaben auf. Und dann noch eine Textstelle: *I didn't know him at all.* Ich habe ihn gar nicht gekannt. Ich schreibe es hin. Ich wähle einen grünen Stift, streiche das Wort »him« aus und ersetze es durch »her«. Dieses Wort schreibe ich größer und immer größer, bis nichts anderes mehr zu sehen ist: unordentliche grüne Buchstaben, die immer wieder das Wort »her« ergeben. Nola macht die Musik leiser und sieht sich mein Bild an.

»Ich weiß selbst gar nicht, was das soll«, sage ich unglaublich verlegen.

»Es muss doch gar nichts sein«, sagt sie.

»Es war nur der Liedtext«, sage ich. Ich beobachte ihr Gesicht. Wird sie jetzt gleich irgendein durchgeknalltes Psychologen-Voodoo veranstalten, sich dann umdrehen und mir erklären, dass ich reif für die Klapsmühle bin?

»Wenn du dieses Blatt zum ersten Mal sehen würdest, wenn ich das gezeichnet hätte, was würdest du zuerst darüber wissen wollen? Was glaubst du, worauf würde sich dein Blick zunächst richten?«

»Auf das Herz«, sage ich.

»Ja, okay. Und warum?«

»Weil man es gerade nur so erkennen kann. Gerade nur so wahrnehmen.«

»Es ist ziemlich klein. Ziemlich gut versteckt.«

»Ja. Es ist von den ganzen anderen Strichen zugedeckt.« Ich weiß nicht, ob das richtig ist, ob es das ist, was sie von mir hören will, aber das ist wohl der Fall, denn danach reden wir über die Farben, die Linien, alles andere, was uns beiden auffällt, und plötzlich ist das Bild gar nicht mehr etwas, was ich selbst gezeichnet habe, sondern nur noch eine Sache, über die wir reden, und am Ende erzähle ich ihr dann doch etwas über mich. Über einige der Dinge, die geschehen sind.

»Ich sage dir jetzt genau das, was ich über Trauer weiß, und vielleicht stellt das einige Dinge klar.« Sie nimmt sich einen Stift und zeichnet zwei Linien auf ein Stück Papier. »Das ist ein Koordinatensystem, ja?«

Ich nicke.

Sie fährt fort. »Diese Linie ist die Zeit, die vergeht, und diese Linie zeigt, wie stark du trauerst. Okay?« Ich nicke wieder und spüre Abwehr gegen das, was Nola jetzt gleich sagen wird – nichts, was irgendjemand jemals gesagt hat, hat für mich irgendeinen Sinn ergeben. Nola trägt ein x in das System ein.

»Das hier ist der Tod. Er zeigt den Beginn unseres Schaubilds an. Und das hier, das ist die Trauer.« Sie fängt an, beliebige, krakelige Linien über das ganze Schaubild zu ziehen. Es ist ein planloses Chaos aus rosa Tinte. Dann sagt sie: »Es gibt keinen typischen Weg, Ava. Es ist, was es ist, und du fühlst, was du fühlst. Und es ist beschissen. Und es wird weiterhin beschissen sein. Bis es eines Tages ein bisschen weniger beschissen ist. Ich kann dir nicht sagen, wann das sein wird, aber ich kann dir sagen, dass der Tag irgendwann kommt. Du musst einfach so lange durchhalten.«

Ich spüre eine vollkommen überwältigende Welle der Erleichterung. »Danke«, sage ich.

»Danke?« Sie wirkt überrascht. »Die meisten Leute sind erst einmal vollkommen enttäuscht, wenn ich ihnen das sage.«

»Nein. Ich finde, das klingt so sinnvoll wie nur irgendwas. Allein dass Sie zugegeben haben, dass es beschissen ist. Das hilft.«

»Ich habe nie erlebt, dass jemand, der mir viel bedeutet, den Kampf gegen die Depression verliert«, sagt sie. »Aber vor vier Jahren ist mein Vater gestorben und er fehlt mir jeden Tag. Ich erwische mich immer noch dabei, dass ich ganz automatisch nach meinem Telefon greife, um ihn anzurufen, und dann wird mir klar, dass ich das nicht kann, und das ist ...«

»So beschissen«, falle ich ihr ins Wort. »Ich mache das ständig, und es geht um irgendein sinnloses Zeug, das ich ihr am liebsten erzählen möchte, oder ihr schreiben, wenn ein Lied gespielt wird, das wir mögen, oder wenn ich etwas sehe, was sie witzig finden würde.« Nach einer kurzen Pause fahre ich fort: »Ich habe das Gefühl, ich werde nie wieder dieselbe sein.«

»Wirst du auch nicht. Kannst du gar nicht sein. Wir sind

keine starren Dinge, Ava. Wir verändern uns jeden Tag. Ich meine, in unserem Körper sind Dinge, die jede Sekunde entstehen und sterben. Körperlich verändern wir uns auch jetzt in diesem Moment.« Sie verstummt, sieht mich an und ich höre ihr zu. Aufmerksam. »Du bist nicht die, die du warst, bevor Kelly gestorben ist. Du bist anders. Und ein Teil deiner Trauer besteht darin, dass du um diejenige trauerst, die du damals warst, denn einiges von diesem Mädchen ist für immer verschwunden.«

Ich weiß nicht, wie ich das verarbeiten soll, was ich sagen soll. Das klingt heftig.

»Aber du bist nicht tot, Ava. Du bist immer noch da. Also müssen wir jetzt herausfinden, was diese neue Ava will und wie sie sich fühlen möchte.«

»Schon.« Ich hole tief Luft. »Aber das ist schwer.«

Sie grinst fröhlich. »Nein, das ist nicht schwer. Es ist alles sowieso vergänglich, weil wir uns ständig verändern. Geh das einfach langsam an, sagen wir eine Woche nach der anderen. Soll sich die zukünftige Ava doch Gedanken über die weiteren Veränderungen machen. Außer es gibt Veränderungen, die du gleich jetzt vornehmen möchtest, über die können wir reden, wenn du möchtest.«

Ja, ich möchte. Ich möchte unbedingt. Ich möchte ihr von der größten Veränderung in meinem jetzigen Leben erzählen: Gideon. Oder genauer gesagt: Gideon und ich. Ich erzähle ihr alles über meinen Freund, wie es ist, ihn zu küssen, dass ich es nicht mehr schaffe, ihn nicht zu küssen, wenn wir zusammen sind, und ich erzähle ihr von unserem Streit, von dem, was wir zueinander gesagt haben.

»Wenn du ein guter Freund sein willst, Gideon, dann hör auf, dich so zu benehmen, als hätten wir eine Beziehung«, habe ich ihn angefahren. Er hatte versucht, meine Hand zu halten, als wir die Straße hinuntergingen.

»Ich wollte nicht …« Er zieht die Hand schnell weg.

»Du sollst nicht in der Öffentlichkeit meine Hand halten und mir keine Blumen kaufen und mir keine Gedichte schreiben oder die ganze Zeit so supernett zu mir sein.«

Ich weiß nicht, warum ich das gesagt habe. Es gefiel mir, dass er meine Hand gehalten hat. Aber es fühlte sich so endgültig an, es bedeutete, dass er sich unserer Beziehung sicher war, dessen, was wir hier tun, und ich selbst war mir überhaupt nicht sicher. Er sagte nichts.

»Gideon?« Ich wollte mir sicher sein, dass er es verstanden hatte.

Hatte er, denn er murmelte: »Ich weiß nicht, was du willst, Ava.«

Guter Punkt. Ich weiß selbst nicht, was ich will. Ich wusste, dass ich Gideon nicht verletzen wollte, aber der Ausdruck in seinem Gesicht zeigte mir, dass ich genau das getan hatte.

»Ich glaube, ich sollte gehen«, sagte ich. Er sah mich durch seine langen Wimpern an.

»Willst du das denn?«, fragte er und wieder antwortete ich nicht.

Schließlich sagte er: »Wenn du eine Freundin für mich sein willst, Ava, dann musst du aufhören …« Ich war mir nicht sicher, ob der Satz schon zu Ende war, oder ob da noch etwas kam.

»Was?«, hakte ich nach.

»Mit mir herumzuspielen. Wenn du meine Freundin sein

willst, Ava, dann musst du aufhören, mit mir herumzuspielen.« Sein Blick flackerte schnell über mein Gesicht, dann senkte er ihn und ich spürte, wir mir das Blut aus dem Gesicht wich. Ich suchte verzweifelt nach einer Antwort.

Nola sieht mich an. »Weißt du denn, was du willst?«

»Ich weiß, dass ich ihn nicht verletzen will.«

»Schon, aber was willst du?«, hakt Nola nach.

»Ihn«, sage ich nach einer langen Pause und sie nickt.

Ich will ihn. Ich will ihn ganz. Ich will alles mit ihm. Das will ich und es ist absolut erschreckend.

GIDEON

Als ich nach Hause kam, erwartete mich eine kurze Nachricht von Ava. Sie enthielt eine Frage und zwei Kästchen zum Ankreuzen.

Date mit mir?

Ja ☐ *Nein* ☐

Bei unserem letzten Gespräch habe ich Ava vorgeworfen, dass sie nur mit mir spielt. Daher hat mich diese Wendung der Ereignisse ziemlich überrascht. Ava Spirini möchte ein richtiges Date mit mir. Ich hatte noch nie zuvor ein richtiges Date und sofort überspült mich eine Flut romantischer Fantasien und zugleich Bilder aller möglicher Katastrophen.

Am selben Abend, bei der Arbeit, überreiche ich ihr die Karte, ich habe das Kästchen mit dem »Ja« angekreuzt. Sie sieht es sich an und lächelt.

»Gut.« Sie zögert, ihre Augenbrauen tanzen, als habe sie ein Geheimnis. »Morgen? Ich hole dich um sieben ab.«

⌘

Vor ihrer Ankunft bin ich in gutem Zustand. Also, für meine Verhältnisse. Ich habe nur drei mögliche Szenarien durchgespielt, wie ich den Abend ruinieren könnte. Ich habe eine Anzahl unterschiedlicher interessanter Gesprächsthemen vorbereitet und trage meine Glücks-Unterhosen. Ich weiß nicht, ob sie Glück bringen. Es sind einfach nur meine Lieblingsunterhosen. Aber ich schätze, ich brauche jede Hilfe, die ich kriegen kann.

Ava klopft um 7:04 Uhr an die Tür – ich weiß das, weil ich im oberen Stockwerk warte und dabei auf die LCD-Anzeige meiner Uhr starre. Ich marschiere nach unten und versuche, cool zu wirken, übersehe allerdings die unterste Stufe und poltere irgendwie mit einem dumpfen Schlag auf den Boden. Ava und Susan lachen sich schief.

»Ruhig, mein Sohn«, flüstert mir Susan ins Ohr und ich bedenke sie mit einem Seitenblick, den sie vollkommen korrekt folgendermaßen versteht: »Verdammte Hacke, ich habe ein Date und möchte es auf keinen Fall vermasseln und bitte sag mir jetzt, dass ich es nicht vermasseln werde und dass alles einfach fantastisch wird.« Sie grinst nur wissend.

Ava und ich gehen eine Weile schweigend nebeneinanderher, es ist so merkwürdig, dass man buchstäblich seine Zunge in den Mund eines anderen Menschen stecken kann und dann fällt einem nicht ein, worüber man reden soll.

Dann sagt sie: »Ich habe vergessen, dir das zu geben«, und sie zieht ein kurzes geflochtenes Lederband hervor, auf das eine kleine weiße Blume aufgestickt ist.

»Ich habe es gemacht. Für dich. Anstelle von Blumen.« Sie ist verlegen, als sie es mir ums Handgelenk bindet, kichert so ein bisschen.

»Danke schön!«, sage ich lächelnd, betrachte das Armband, sehe dann sie an.

Wir gehen noch ein paar Schritte und Ava hält meine Hand. Lässt einfach ihre Hand in meine gleiten und fängt an, über irgendwas zu reden, nur dass ich überhaupt nicht zuhöre; ich bin vollkommen darauf konzentriert, wie es sich anfühlt, wenn sich unsere Handflächen berühren.

Ava Spirini hält meine Hand. In der Öffentlichkeit, sodass jeder, der zufällig vorbeikommt und uns zusammen sieht, davon ausgehen würde, dass wir ein Paar sind. Ich frage mich, ob er damit recht hätte. Hoffentlich. Avas Hand in meiner fühlt sich richtig an.

Avas großer Date-Plan sieht vor, dass wir Trampolinspringen gehen. Das ist jetzt nicht das, was ich erwartet hätte, aber es funktioniert recht gut, im Großen und Ganzen. Wir hüpfen auf Trampolinen und in Schaumgruben, jagen einander wie die Deppen und werfen uns gegen Trampolinwände. Sie lacht jedes Mal, wenn ich falle, stolpere oder mit dem Gesicht auf den festen, elastischen Matten lande, also dauernd. Eine Gruppe Achtjähriger, die uns zu einem Korbwurfwettbewerb herausfordert, führt mich vor. Sie alle schaffen es mit einem raffinierten Sprung, den winzigen Schaumgummiball durch den Reifen zu schießen; ich dagegen lande lediglich im Spagat und zerre mir einen Lendenmuskel.

Ava streckt die Hand aus und hilft mir auf die Füße: »Komm, Dünner, bevor du deine Familie noch weiter blamierst.«

Ich humple hinter ihr her, versuche, sie davon zu überzeugen, dass ich betrogen worden bin. Sie geht nicht darauf ein. Dafür schlage ich Ava vier Mal hintereinander in irgendeinem Baller-Videospiel und habe danach das Gefühl, dass meine Männlichkeit wiederhergestellt. ist. Wir lachen und mogeln bei dem Spiel, bei dem man Gutscheine gewinnen kann. Wir gewinnen so viele, dass wir beide Bleistiftspitzer mit Smiley-Gesichtern bekommen.

»Ich habe eine Idee«, sagt Ava. Sie packt mich am Handgelenk und bindet meinen Smiley-Anspitzer an meinem Armband fest. Dasselbe tut sie mit dem Armband, das sie selbst trägt, und schon haben wir Partner-Schmuck. Sie lässt mich den ganzen Abend nichts bezahlen und sagt, es sei ihr »verfassungsgemäßes Recht als Einladender, dem Eingeladenen zu einem besonderen Abend zu verhelfen.« Ich wehre mich nicht.

Ich denke darüber nach, wie großartig ich mich fühle. Es gefällt mir, dass sie sich Mühe gibt. Es gefällt mir, dass sie mir einen besonderen Abend bieten will. Es gefällt mir, dass sie an mich gedacht hat, als wir nicht zusammen waren.

AVA

Ich bin bis obenhin angefüllt mit Eis und Gelächter und guten Gesprächen. Als Gideon und ich endlich wieder auftauchen und Atem holen, haben wir alles besprochen, von unseren größten Ängsten bis hin zu den Orten, die wir gerne bereisen möchten, und unserer Lieblings-Ninja-Turtle. Er hat mir alles darüber erzählt, dass ihn der Schulabschluss ganz durcheinanderbringt und dass er den großen Plan hat, Romane zu schreiben, und ich erzähle ihm noch mehr von Kelly und dass ich gerne mal in die Antarktis reisen möchte. Ich finde es toll, wie leicht es ist, mit ihm zu reden. Ich habe ihm heute Abend Dinge erzählt, die ich noch nie jemandem erzählt habe, nicht einmal Kelly.

Ein paar ungehaltene Teenager in neongrünen T-Shirts stellen um uns herum laut polternd die Stühle hoch und versuchen, uns loszuwerden, aber wir reden und kichern immer weiter.

»Komm, ich bring dich nach Hause«, sage ich irgendwann zu ihm.

Als wir seine Haustür erreichen, plappern wir etwas Sinnloses über die Sterne und ich warte auf eine Lücke im Gespräch, um ihn küssen zu können. Endlich verstummt er und ich küsse ihn, als würde mein ganzes Leben davon abhängen.

Er macht sich los, grinst breit. »Möchtest du reinkommen?«

»Was ist mit deinen Eltern?«

»Sie sind heute Nacht unterwegs, bei einer Party, und übernachten da«, sagt er.

Mein Magen krampft sich zusammen – es ist eine Mischung aus Vorfreude und Nervosität. Ich nicke schnell und eifrig. Noch nie wollte ich etwas, wollte ich jemanden mehr als ihn.

GIDEON

Ich flippe völlig aus und höre nur noch die Stimmen meiner Mütter im Kopf, und das sind so ziemlich die letzten Menschen, an die man denken möchte, wenn man ein wunderbares Mädchen im Zimmer hat, das neben einem auf dem Bett sitzt und einen anlächelt.

In der fünften Klasse fuhr ich einmal mit dem Bus und Amanda Pearson fragte mich, ob ich mit ihrer besten Freundin Emily Drake ausgehen wollte. Ich sagte Ja. Emily Drake war hübsch. Ich hatte keine Vorstellung davon, was von einem erwartet wurde, wenn man mit einem Mädchen ausging. Ich durfte nirgendwo ohne Erlaubnis meiner Eltern hingehen, also erzählte ich ihnen, dass ich mit Emily ausgehen würde, und sie sagten Folgendes: »Mädchen sind auch aufgeregt. Vielleicht noch aufgeregter als du, und wir gehen jetzt mal davon aus, dass sie sich richtig, richtig wünscht, dass du ihre Hand hältst, wenn du sie das nächste Mal triffst. Also musst du einfach mutig sein, auch wenn du jetzt aufgeregt bist.«

Du musst mutig sein, auch wenn du jetzt aufgeregt bist. Danke, liebe Mütter.

Ich sehe Ava an und tue etwas Mutiges – das Erste, was mir einfällt. Ich stehe auf und gehe durch den Raum, entferne mich von dem wunderbaren Mädchen in meinem Zimmer. Ich stehe auf und *entferne mich* von dem wunderbaren Mädchen, das auf meinem Bett sitzt. Ich stehe auf und *entferne mich* von dem wunderbaren Mädchen, das auf meinem Bett sitzt und mich anlächelt. Ich mache drei große Schritte und schalte das Licht aus.

»Gideon, was machst du da?«, fragt sie.

Ich habe keine Ahnung.

AVA

Ich grinse so breit, dass mein Gesicht ganz zerknautscht ist, und schließe die Augen. Er ist so süß und so aufgeregt. Und ich bin auch aufgeregt. Ich war noch nie so aufgeregt. Ich habe schon eine Menge Jungs geküsst, einschließlich Gideon. Aber das hier fühlt sich einfach anders an. Riesig fühlt es sich an. Gerade war es richtig gut, wir haben so eng nebeneinander auf dem Bett gesessen, dass wir einander nahe waren, aber haben noch so viel Platz zwischen uns gelassen, dass wir uns nicht berührt haben. Als wir nach oben kamen, haben wir erst einmal geredet und uns angelächelt und ich habe darauf gewartet, dass er diesmal mich küsst, hat er aber nicht. Also wurde es ziemlich verklemmt und ich habe mich gefragt, ob er das Ganze vielleicht doch für eine blöde Idee hält. Und weil er Gideon ist, bedeutet das wahrscheinlich, dass er nicht weiß, wie er mir sagen soll, dass er mich nur in sein Zimmer eingeladen hat, um mir zu sagen, dass er mich gar nicht »so« mag, dass er sich getäuscht hat und dass ihm klar geworden ist, dass er nur mit mir befreundet sein will. Während ich damit beschäftigt bin, all diese Gedanken durchzukauen, steht er auf und macht das Licht aus.

Jetzt ist es stockdunkel.

»Gideon, was machst du da?«

»Ich bin mutig.«

»Was? Fürchtest du dich vor der Dunkelheit?«

»Nein.« Er zögert. »Vor dir.«

»Du fürchtest dich vor mir?«

»Genau.«

Also stehe ich auf. Der Raum ist dunkel und ich kann Gideon nur schemenhaft erkennen, los schon, ihr Augen, beeilt euch, passt euch an, aber es dauert zu lange, also greife ich in meine Hosentasche und ziehe mein Handy heraus.

»Bleib, wo du bist«, sage ich.

GIDEON

Die Taschenlampe an ihrem Handy leuchtet auf, sie ist auf den Boden gerichtet. Ich erkenne nur ihre Umrisse, mit jedem ihrer Schritte bewegt sich das Licht. Ich bin mir eigentlich sicher, dass sie etwas sagt, etwas summt, aber mein Herzschlag dröhnt mir so laut in den Ohren, dass ich nicht wirklich etwas höre. So viel zum Thema Mutigsein.

Ava steht direkt vor mir. Eine ihrer Hände packt mein Handgelenk, die andere tastet sich an meinem Arm entlang zu meiner Schulter und meinem Hals. Sanft legt sie mir beide Hände aufs Gesicht.

»Gideon?«, flüstert sie.

»Ja?«

»Du solltest mich jetzt küssen.« Sie zögert eine Sekunde. »Wenn du willst.«

O ja, und wie ich will.

Also tue ich es. Und sie tut es. Wir küssen uns so ausführlich, dass mir dieser Moment so lang erscheint wie mein ganzes bisheriges Leben, und ich möchte niemals aufhören. Ich möchte einfach irgendwie in sie hineinschmelzen, in den Boden, in diesem Moment und ihn nie enden lassen. Es ist genau so, wie ich es mir eine Milliarde Mal vorgestellt habe, und trotzdem vollkommen anders.

Und dann stellt sich heraus, dass ich gar nicht mutig sein muss, weil alles einfach irgendwie passiert, als würde das Gehirn von allein wissen, was es tun soll, wenn man es eine Sekunde lang abschaltet. Meine Hände liegen auf ihren Hüften, unter ihrem Shirt, berühren die Haut ihres Rückens, sie ist weich, so weich, dass ich die Hände wegziehe und ihr einfach nur in die Augen sehe. Sie wirkt schüchtern. Ava ist niemals schüchtern, deswegen bringt mich das zum Lachen.

»Was denn?«, fragt sie.

»Nur …«, bringe ich heraus, und sie lacht und wir verstummen und mein Herz schlägt laut und ich kann hören, wie ihr Herz laut schlägt, und meine Hände zittern und unsere Atemzüge synchronisieren sich.

Ein.

Aus.

Ein.

Aus.

Ava umarmt mich. Quetscht mich beinahe, und ich quetsche zurück. Fest und verzweifelt, als würde sie einfach verschwinden, wenn ich sie losließe, und dieser Moment hier wäre zu Ende. Sie macht sich gerade so weit los, dass sie mit der Hand über mein Haar streichen kann, über meine Wange, und dann küsst sie mich wieder. Es ist drängend, schnell und unsere Zungen gleiten über die Münder des anderen und ich halte mich an ihr fest. Eine Hand auf ihrem Rücken, eine Hand auf ihrem Nacken, drücke sie so fest an mich, wie ich nur kann, und sie streicht mit den Händen über meine Wangen, meine Schultern, meine Brust, sie drängt ihre Hüften an mich und als wir das nächste Mal Luft holen, bin ich mir sicher, dass meine Haut kribbelt. So wie eine Frucht kribbelt, wenn sie die Zunge berührt, nur besser. Eine Milliarde Mal besser.

Ich ziehe ihr das T-Shirt über den Kopf und wir schieben und drängen und küssen uns bis zu meinem Bett; allerdings straucheln wir, stolpern übereinander, und wir fallen. Und das finde ich ganz passend. Schließlich bin ich gefallen. Verfallen bin ich. Ava nämlich. Da bin ich mir sicher.

Ich lande auf dem Boden, sie liegt auf mir, und sie lacht mit dem ganzen Körper, er schüttelt sich gegen meinen, ihre Augen sind zusammengekniffen und sie legt ihren Kopf auf meine Brust und seufzt tief. Und die Erkenntnis trifft mich wie ein Schlag, dass ich sie zum ersten Mal so habe lachen hören. Es gesehen. Es gespürt. Als könnte sie sich nicht dagegen wehren. Als wäre in ihr etwas aufgebrochen, würde aus ihr herausströmen, und es ist ansteckend, denn ich kann mich auch nicht wehren und lache mit. Lache, bis mir Tränen in die Augen treten und ich keine Luft mehr bekomme. Und dann wird mir schlagartig klar, dass ich auch mich selbst eine lange, sehr lange Zeit nicht mehr habe so lachen hören.

»Ich kann mich nicht erinnern, wann ich mich das letzte Mal so gefühlt habe, so …« Ava verstummt, aber ich weiß genau, was sie sagen wird.

Ich weiß auch genau, was sie meint. Nur dass ich noch nie so glücklich war. Noch nie.

AVA

Ich drehe meinen Mund von ihm weg, bleibe aber dicht vor seinem Gesicht.

»Möchtest du?«

Er küsst mich. Nickt. Bewegt den Mund von mir weg, bleibt aber so dicht vor mir, dass er antworten kann.

»Ja.«

Gut.

Ich ziehe ihm das T-Shirt über den Kopf und küsse seinen Nacken. Während ich seine Haut küsse, mache ich mir klar, dass dies sein erstes Mal ist. Wenn er irgendwann einmal davon erzählt, wie er seine Unschuld verloren hat, dann wird er von diesem Moment hier erzählen. Ich bin das Mädchen, an das er sich erinnern wird, also schwöre ich mir selbst rasch, ja, ich werde dafür sorgen, dass es passiert. Und ja, ich werde alles in meiner Macht Stehende tun, um sicherzugehen, dass es eine Erinnerung wird, von der er mit Begeisterung erzählen kann.

GIDEON

Ich habe Sex. Ich habe tatsächlich Sex.

Es ist genau so, wie ich es mir vorgestellt habe, und gleichzeitig ganz anders, als ich es mir vorgestellt habe. Es fühlt sich so verdammt fantastisch an. Meine Augen sind geschlossen und ich bin mir meines Atems so bewusst, meines flachen und doch tiefen Atems. Ich spüre Avas Hände auf meiner Brust, während sie sich auf und ab bewegt, und ich bin einfach drin. Ich bin ganz drin. In diesem Moment und in einem Mädchen und o verdammte Scheiße. Jetzt ist mir völlig klar, warum die Leute so einen Aufstand um das Thema Sex machen; es ist wahrscheinlich das Beste, was jemals erfunden wurde.

Ava lehnt sich gegen meinen Nacken und murmelt: »Wir brauchen ein Kondom.«

O Scheiße, ein Kondom. Ja. Sofort verspanne ich mich, eine Welle der Enttäuschung überspült mich. Ich habe keine Kondome.

»Ich hab keine«, flüstere ich.

»Was?« Sie bewegt sich nicht mehr, aber wir bleiben verbunden.

»Ich nehme ja die Pille. Aber«, antwortet sie.

»Aber?«

Sie stößt enttäuscht den Atem aus. »Lieber nicht. Wir sollten lieber nicht. Weißt du?«

Sie küsst mich wieder und wir bewegen uns gemeinsam, aber ich drücke sie weg. »Okay, okay, wir müssen aufhören.«

Ava lächelt und schiebt ihren Körper neben mich.

»Tut mir so leid«, flüstert sie mir ins Ohr.

»Was? Warum?«

»Das ist so frustrierend«, und sie fängt an zu lachen und wir können uns nicht mehr beruhigen, bis wir uns wieder küssen und Avas Hand an meinem Körper hinuntergleitet, an meinem Nabel vorbei, und alles fühlt sich unglaublich an, und dann kann ich überhaupt nicht mehr denken, denn ... O Mann, Scheiße, ja!

AVA

Ich sitze in der Dusche. Das heiße Wasser donnert auf mich herunter. Ich verschränke die Beine und schließe die Augen und atme tief ein. Wenn ich ruhig genug werde, kann ich sie in meinem Kopf heraufbeschwören, mir vorstellen, was geschehen würde, wäre sie noch am Leben.

Sie liegt ausgestreckt auf meinem Bett, ihr rosa Haarband auf der Stirn zusammengeknotet, grinst mich an, während ich auf dem Boden knie und vor Begeisterung kreische.

»Erzähle es mir!«, schreit sie lachend.

»Es ist so peinlich.«

»Es ist nicht peinlich. Habt ihr es gemacht?«

»Nein.«

»Warum nicht?«

»Weil er doch ein …«

»Ich habe vergessen, dass er noch Jungfrau ist.« Sie überlegt. »Und, was habt ihr dann gemacht?«

Ich sehe ihr in die Augen und grinse. Ich spüre, dass ich rot werde. Sie wälzt sich auf die Knie und packt mein Gesicht mit beiden Händen.

»Hattest du einen …?«, fragt sie, sieht mir tief in die Augen, grinst breit. Ich nicke und muss lächeln und sie kreischt. »Sei still! Echt jetzt? Erzähl mir alles.«

»O Mann. Es war so toll, Kelly.«

»Das ist der Hammer!«, schreit sie, fällt aufs Bett zurück, strampelt lachend mit den Beinen.

»Wie?«, fragt sie.

»Er hat es mit … du weißt schon.« Ich halte meine Hand hoch und schüttle sie. Ich bin so verlegen und glücklich und finde das alles so zum Schreien, aber wenn ich es ihr nicht erzähle, dann habe ich das Gefühl, ich werde gleich platzen.

»Wirklich? Wer hätte gedacht, dass dieser weiße Junge die Eier hat.« Sie verarscht mich, kichert. »Das ist so gut. So, so gut«, ruft sie lachend, und ich lege mich neben sie und drücke ein Kissen gegen meine Brust.

»Hattest du das schon mal?«, frage ich und kann gar nicht glauben, dass Kelly und ich nie über das Thema Orgasmus gesprochen haben, oder besser, dass wir es nur auf eine schwammige, blumige Art getan haben, dabei aber nicht von uns selbst geredet haben.

»Nicht mit jemand anderem. Alleine, ja. Dauernd«, murmelt sie.

»Ich noch nie«, sage ich und warte ab.

»Noch gar nie?«, kreischt sie. »Ava, das ist ja furchtbar!« Sie schlägt mich erneut mit dem Kissen. »Und das macht das alles ja noch viel fantastischer.« Sie streckt sich neben mir aus. »Du magst ihn wirklich, oder?«

Ich nicke. O ja.

Und dann ist sie weg und ich sitze in der Dusche und das Wasser ist kalt und mir ist schwindlig und ich bin traurig, alles gleichzeitig. O Mann. Ich vermisse sie. Seit zwei Tagen blitzen ständig Erinnerungsbilder von Gideon in meinem Kopf auf und ich werde ganz aufgeregt und verlegen. Zum Beispiel wenn ich Geschirr spüle oder in der Schule oder wenn ich mir die Zähne putze, dann plötzlich – *bamm!* – kommt so eine Erinnerung von einem unserer letzten Treffen und ich werde ganz rot. Früher hätte ich solche Momente peinlich gefunden, aber jetzt bin ich einfach nur aufgeregt. Es ist merkwürdig, sich vorzustellen, dass wir die einzigen beiden Menschen auf der Welt sind, die wissen, was zwischen uns passiert ist.

Und unwillkürlich muss ich dann daran denken, dass alle anderen Menschen auch Sex haben. Ich stelle mir das nicht bildlich vor oder so etwas. Ich denke nur daran, dass alle diese Menschen auf der Welt ebenfalls diese vollkommen geheimen Dinge übereinander wissen, dass sie die einzigen beiden Menschen auf der Welt sind, die es wissen. Ich finde das einfach faszinierend.

Ich hatte vorher auch schon Sex. Mit drei Leuten. Ich habe dreizehn Jungs und zwei Mädchen geküsst. Aber mit Gideon zu schlafen ist etwas anderes: Ich denke dabei nicht nach. In allen anderen Fällen gab es auch Momente, wo man irgendwie aufhört nachzudenken, aber sie sind nur kurz. Irgendwann drängt sich wieder irgendein Gedanke auf, darüber, wie du aussiehst oder über das Licht oder etwas Merkwürdiges, was der andere gerade tut, oder man fühlt sich so verdammt fett und dumm. Ich bin immer so furchtbar nervös. Das sage ich dem jeweils anderen natürlich nicht. Wahrscheinlich, weil ich die meiste Zeit in meinem Kopf verbringe. Wieder kollidiert eine Erinnerung mit der Gegenwart und ich grinse so breit, dass meine Augen sich zukneifen: Wir hatten dann noch dieses Gespräch.

»Woher hast du gewusst, wie das geht?«, fragte ich ihn, verschwitzt, ein bisschen verlegen, aber total entspannt.

»Ich hab's gegoogelt«, wisperte Gideon.

»Was? Du hast es gegoogelt? Was hast du denn da gegoogelt?«

»Das geht nur Google und mich etwas an.«

»Das heißt, dein Internetentzug ist abgeschlossen?«

»Nein. Aber ich dachte, das wäre eine besonders dringliche Ausnahme.« Sein Oberkörper ist nackt, er liegt neben mir auf der Seite. Ich liege auf dem Rücken und blinzle zu ihm hoch. Schweigen. Gideon lächelt mich an, sieht mir fest in die Augen. Er sieht so verändert aus, so gechillt. Merkwürdig.

»Du siehst so aus, als wärst du stolz auf dich.« Ich lege mir die Hände auf die Augen, fühle eine seltsame Scheu.

»Ich bin ja auch total stolz auf mich«, ruft er lachend.

Nach dem Vorfall mit dem Kondom haben wir es nicht noch mal probiert, wir sind beide wohl zu nervös, um damit anzufangen. Was ich nicht ganz verstehe, angesichts der Tatsache, dass andere Teile unserer Körper andere intime Bereiche am Körper des anderen berührt haben, aber über Kondome zu reden, das erschien aus irgendeinem Grund plötzlich zu heftig, als würden wir uns eingestehen, dass wir miteinander schlafen würden. Es ist ja nicht so, dass man es erst miteinander schläft und dann darüber redet.

Es fühlt sich so an, als säßen wir auf der Absprungkante eines Flugzeugs Tausende von Meter hoch über dem Boden und würden jeden Moment aus dem Flugzeug springen, aber beide warten wir darauf, dass der jeweils andere zuerst springt. Einer von uns muss etwas unternehmen.

⌘

»Ich weiß nicht, wofür du mich hier brauchst«, sagt Minda. Wir befinden uns in der Drogerie, zwischen den Regalen mit den Kondomen.

»Ich habe noch nie welche gekauft«, murmle ich und tue so, als würde ich auf die Männer-Rasierklingen starren, während ich versuche, aus den Augenwinkeln die verschiedenen Päckchen zu mustern. Minda marschiert direkt auf sie zu und fängt an, die Beschreibungen auf der Verpackung vorzulesen. Ziemlich laut. »Dünn, normal, aromatisiert, groß.« Sie sieht mich an. »Hat er einen großen Penis?«

Ich sterbe vor Scham. Ich spüre, wie ich erröte, als ich sie ansehe, und mit den Augenbrauen flehe ich sie an, nicht weiterzureden.

Sie grinst nur breit. »Federleicht, gerippt … oooh, nachtleuchtend?« Sie greift nach dem Päckchen und fängt an zu lesen. »Das ist ja der Knaller. Wozu um alles in der Welt sollen sie denn im Dunkeln leuchten?« Sie schüttelt den Kopf und ich starre so angestrengt auf das Männer-Haarwuchs-Shampoo, dass dieses Bild vermutlich meine Netzhaut versengt. Mina greift nach einer anderen Packung und reicht sie mir. »Kauf die da.«

Das tue ich und bin sehr dankbar, als ich diese harte Prüfung hinter mir habe.

»Wer ist der Typ denn?«, fragt Minda, als wir im Schnellrestaurant unsere Pommes verspeisen.

»Wir arbeiten zusammen«, erkläre ich lächelnd. Ich möchte nicht eins von den Mädchen werden, die wegen eines Typen völlig den Verstand verlieren. »Er ist aufmerksam und süß und lustig. Er bringt mich zum Lachen.« Ich lege mein Kinn in meine verschränkten Hände und sehe zu Minda auf.

»Du hast doch schon Sex gehabt, oder?«, fragt sie. »Warum bist du dann plötzlich so nervös?«

Ich denke darüber nach. »Es ist der erste Typ, den ich richtig, richtig mag. Das fühlt sich anders an.«

»Das ist auch anders.« Mindas Antwort kommt wie aus der Pistole geschossen, ihre grünen Haare fliegen ihr ums Gesicht.

»Ja?«

»Verstehe mich nicht falsch. Der mechanische Ablauf ist genau derselbe.« Sie grinst. »Und es kann auch ziemlich gut sein, wenn man jemanden nicht so besonders mag. Aber wenn doch und es ist gut, dann ist es richtig gut.« Minda grinst vor sich hin und ich beiße auf meinen Strohhalm.

»Mach es doch endlich.« Sie wirft mir ein Pommes ins Gesicht und ich sehe sie an, tue so, als wäre ich sauer.

Also gut. Dann werde ich das wohl tun.

⌘

Ich lege die Platte auf und wende mich zu ihm um. Er sitzt auf der Bettkante und kritzelt Worte in sein Notizbuch. Er beißt sich auf die Unterlippe, runzelt die Stirn, seine Hände fliegen über die Seite, versuchen, den Gedanken einzufangen, der ihm gerade gekommen ist. Seine braunen Locken fallen ihm leicht in die Stirn, wippen mit den Bewegungen seiner Hand ein bisschen mit. Wenn ich ihn ansehe, quetschen sich alle Innereien in mir zusammen, es fühlt sich so an, als würde eine Art pulsierendes, flüssiges Glück durch meinen ganzen Körper gepumpt. Ich frage mich, ob es sich so anfühlt, verliebt zu sein. Ich gehe hinüber und nehme ihm das Heft und den Stift aus der Hand.

»O, hallo«, murmelt er, als ich mich auf seinen Schoß setze, nach seinem Gesicht fasse, ihn küsse. Seine Hände liegen auf meinem Rücken. Der Kuss ist langsam und sanft, aber innerhalb von Sekunden wird er schneller, es ist so, als könnten wir einander gar nicht nah genug kommen, und ich fühle, wie er seine Hände unter mein T-Shirt schiebt und die Haut an meiner Hüfte berührt. Ich küsse seinen Nacken und lasse meine Hände über seine Flanken gleiten, dann wieder den Brustkorb hinauf, bis ich den obersten Knopf seines Hemdes erreiche. Ich öffne ihn. Ich öffne sie alle, aber wir küssen uns dabei immer weiter. Wir sind so eng zusammen und wir atmen beide sehr schnell. Ich öffne sein Hemd und er schüttelt es ab und wirft es zu Boden. Ich möchte ihn wieder küssen, aber er hält inne und sieht mir direkt in die Augen. Ich bin total hingerissen davon, wie gut er ist. Seine Hand streicht mir über die Wange zum Kinn, den Hals hinunter bis zum Brustkorb, verharrt am ersten Knopf, er sieht mich lächelnd an. Seine Brust hebt und senkt sich heftig, als er jeden meiner Knöpfe bedächtig öffnet. Er streicht mit den Fingern daran entlang, küsst jede Stelle, die er berührt. Er zieht mir das Shirt aus, lässt es zu Boden fallen und wir kippen aufs Bett, wälzen uns so hin, dass Gideon auf mir liegt. Ich lasse meine Hände seinen Rücken hinabgleiten, taste nach seinem Hosenbund.

Er öffnet seine Shorts und versucht, sie abzuschütteln, aber es geht nicht, er liegt zu schräg. Ich muss kichern, und er lacht ein bisschen frustriert, dreht sich um, schiebt die Shorts ganz nach unten und kickt sie weg. Er ist nackt. Ich schiebe mich wieder über ihn, küsse seinen Hals und seinen Brustkorb. Hake meinen BH auf und werfe ihn auf den Boden. Gideon schüttelt irgendwie fassungslos den Kopf.

Dann gleiten seine Hände an meinen Hüften vorbei bis

hinauf zu meinen Brüsten und über meine Schultern zu meinem Nacken. Er zieht mich zu sich hinunter und wir küssen uns. Ich öffne meinen Rock und wir ziehen ihn über meinen Kopf und lachen, als sich der Knopf in meinen Haaren verfängt und Gideon mir helfen muss, ihn zu lösen.

Ich küsse seine Brust, seine Brustwarzen, er legt den Kopf zurück und atmet laut aus. Ich küsse seine Schulter und die Wölbung seines Oberarmmuskels. Ich küsse seinen Unterarm. Er verspannt sich ein bisschen, als ich mit den Lippen über seine Haut streiche – all die kleinen Narben – aber er lässt es mich eine Weile tun, zieht mich dann wieder zu sich hinauf. Wir küssen uns schnell, drängend, und pressen unsere Körper ineinander. Es ist die heißeste Geschichte aller Zeiten. Ich habe mich noch nie mit irgendjemandem so gefühlt. Ich will ihn unbedingt.

GIDEON

Ich hatte Sex. Ich hatte wirklich Sex. Kompletten, vollständigen und abgeschlossenen Sex. Mit einem Kondom. Ich hatte Sex mit einem Kondom.

Ich fühle mich allerdings gar nicht so sehr verändert. Ich dachte eigentlich, das würde ich. Tue ich aber nicht. Ich fühle mich so, wie wenn jemand einem sagt, man solle sich unbedingt eine supertolle Sendung im Fernsehen ansehen und sie ist zu Ende und man ist höchst zufrieden, aber auch ein bisschen enttäuscht, weil sie ja jetzt vorbei ist und damit auch das Geheimnis um diese Sendung, die Vorfreude darauf. Selbst wenn man sie sich von vorne bis hinten noch mal ansieht, ist es nicht mehr das Gleiche. So fühle ich mich jetzt.

Allerdings wird dieses Gefühl rasch verdrängt von einem ganzen Sturm wichtigerer Gedanken, wie etwa:

Mir war gar nicht klar, wie eng unsere Duschkabine ist.

Mir wird das jetzt erst klar, weil Ava und ich uns zu zweit darin befinden.

Ava ist so witzig. Sie hat sich die wilden Haare gewaschen und sie wie eine Trollpuppe hochgesteckt und mich gefragt, ob mir ihre neue Frisur gefällt. Natürlich gefällt sie mir. Mir gefällt alles an ihr.

Es hat sich herausgestellt, dass wir beide, Ava und ich, unser

Kondomkauf-Abenteuer hatten, und ich lache, als sie mir von ihrem Erlebnis in der Drogerie erzählt. Meins war so ähnlich, allerdings habe ich erst mal einen kurzen, sehr gezielten Erkundungs-Spaziergang durch den entsprechenden Korridor gemacht, um sicherzugehen, dass ich ganz genau weiß, wo die Kondome liegen. Dann habe ich bei den Milchprodukten gewartet, bis der Laden relativ leer war, bin wieder zu den Regalen marschiert und hielt dabei eine Hand so ausgestreckt, dass ich mir das erstbeste Päckchen schnappen konnte. Ich bremste keinen Moment lang ab, ging direkt durch zur Selbstbedienungskasse. Innerhalb von vier Minuten und siebenundzwanzig Sekunden war ich drin und wieder draußen. Ich habe die Zeit gestoppt.

Ava und ich küssen uns und ich kriege Seife in die Augen. Als ich noch versuche, mein Auge auszuspülen, klopft es zweimal gegen die Tür.

»Gideon, wir sind wieder da!«, schreit meine Mutter.

»Scheiße«, murmelt Ava.

Ich kreische: »Okay!«, und wir starren einander mit aufgerissenen Augen an. Plötzlich wird mir verzweifelt bewusst, wie nackt ich bin. Ich drehe die Dusche aus, schnappe mir ein Handtuch und werfe Ava auch eins zu.

»Was machen wir jetzt?«, flüstert sie und kichert nervös.

»Ich weiß nicht«, flüstere ich zurück. Ich kann keinen klaren Gedanken fassen.

Ich wickle mir das Handtuch um die Hüften und bedeute Ava, sie solle hinter mir zurückbleiben. Ganz vorsichtig öffne ich die Tür, trete in den Flur, schließe die Tür hinter mir, gehe noch zwei Schritte. Susan kommt mit einem Wäschekorb aus dem Schlafzimmer.

»Hey, Sohn.«

»Hey!« Meine Stimme ist viel zu laut.

»Wie war dein Tag?«

»Gut. Ja, gut.« Aber da blitzen diese schnellen Bilder von heute Nachmittag in meinem Bewusstsein auf, mein Magen verspannt sich, mein ganzer Körper errötet.

»Schule gut?«

»Gut. Jaja.« Ich rede wie ein Höhlenmensch. Ich Gideon. Nacktes Mädchen in Dusche. Mum. Peinlich.

»Das sind deine Sachen«, sagt sie und kommt auf mich zu.

»Ich nehme das schon.« Verdammt, zu eifrig. »Ich kann das machen. Genau. Ich räume das weg.« Jetzt klinge ich so wie eine Imitation von John Travolta in *Grease*.

»Okay.« Sie reicht mir den Korb mit amüsierter Miene. »Was willst du heute Abend essen?«

»Nicht. Weiß nicht«, murmle ich. Sie wendet sich um und geht durch den Korridor zurück und mir ist sehr, sehr bewusst, dass sich in unserem Bad gerade ein sehr nacktes Mädchen befindet.

»Ich muss noch was machen, also, ich bin dann in meinem Zimmer.«

»Okay.«

Sie geht die Treppe hinunter, vollkommen ahnungslos, dass ihr Sohn seine Unschuld verloren hat. Dass er Sex hatte. In ihrem Haus. Vor nicht mal einer Stunde.

Ich warte, bis ich die beiden in der Küche höre, dann gehe ich zurück zum Badezimmer. Ich mache die Tür auf und Ava steht da, das Handtuch um sich gewickelt, die Haare hinter dem Kopf zusammengefasst, klatschnass, mit großen Augen, aber lächelnd. Sie muss lachen. Und so muss ich auch lachen.

Ich lege mir den Finger auf die Lippen, fasse nach ihrer Hand und ziehe Ava auf mich zu. Ich küsse sie hastig, lege meinen Arm um ihre Taille, schiebe sie vor mir her, halte sie aber immer noch fest. Gemeinsam schleichen wir auf Zehenspitzen den Flur hinunter auf mein Zimmer zu. Mein Herz schlägt wie wild.

»Gideon, was hältst du von Chinesisch?« Susans Kopf taucht am unteren Treppenabsatz auf. Sie hat freien Blick auf Ava und mich. Wir erstarren beide. Ich wende mich langsam um und sehe sie an, beiße die Zähne zusammen, während ich auf ihre Reaktion warte.

»Oh.« Ein kurzer, schockierter Laut. »Oh.« Jetzt vielsagend.

»Was denn?« Mum taucht hinter ihr auf, weil die Situation bisher offensichtlich noch nicht peinlich genug war. »Oh.« Dann. »Hallo, Ava.« Sie spricht alles ganz langsam aus.

»Hallo.« Ava nimmt lächelnd meine Hand.

Ich. Möchte. Sterben.

⌘

»Also, wir müssen einfach darüber reden«, sagt Mum und reißt auf diese Weise mit einem Ruck das Pflaster von der merkwürdigen Stimmung, die uns umgibt, seit sie mich und Ava nackt im Flur angetroffen haben. Ava ist nach Hause gegangen – sie hat sich angezogen, sich wortreich entschuldigt und ist geflüchtet, das alles in etwa zwölf Komma fünf Sekunden – während ich in meinem Zimmer wartete und überlegte, ob ich es irgendwie vermeiden könnte, meinen Eltern jemals wieder unter die Augen zu treten.

Als Susan endlich »Essen« rief, ging ich nach unten und wir aßen alle schweigend vor dem Fernseher.

Aber als der Tisch abgeräumt ist, schaltet Mum den Fernseher aus und verkündet, dass jenes Gespräch, das ich so gefürchtet habe, nun tatsächlich stattfinden wird.

»Müssen wir das?« Ich lege meinen Kopf in die Hände und stütze meine Ellbogen auf die Knie.

»Ja. Absolut. Ja, das müssen wir«, stammelt Mum.

»Das muss doch überhaupt nicht peinlich sein.« Susan grinst und legt ihre Hand auf den Kaminsims. Mum und ich sehen sie an, als hätte sie nicht alle Tassen im Schrank. »Wir müssen nur über bestimmte Grenzen und über Sicherheit reden«, fügt sie hinzu und grinst jetzt noch breiter.

Sie genießt das hier. Susan ist wie Annie ... Zurückhaltung kennt sie überhaupt nicht. Sie fühlt sich in den unangenehmsten Situationen vollkommen wohl und rein gar nichts kann sie erschüttern. Mum und ich dagegen haben denselben Fluchttrieb, wenn es ungemütlich wird, und zucken zurück wie eine AK-47, wenn irgendetwas entfernt nach Konflikt riecht.

Susan lügt nicht. Niemals. Das heißt: Wenn man ihr eine Frage stellt, muss man sich immer darauf einstellen, dass man eine ehrliche Antwort bekommt. Wie damals, als ich in der Vierten war und Annie in der Sechsten. Annie fragte sie, was ein Dildo sei. Ich war auf diese Antwort nicht gefasst. Ich werde niemals auf ihre Antworten gefasst sein. Mum dagegen drückt sich gern etwas blumiger aus, benutzt jede Menge sprachliche Bilder und errötet. Als ich krank war, waren diese beiden Ansätze zu verschiedenen Zeitpunkten ganz hilfreich. Mum hat mir versichert, es werde alles gut werden und dies sei ein Kampf, den wir gewinnen würden. Susan hat mir gesagt, ich solle jetzt gefälligst meine Tabletten nehmen und dass sie alle scharfen Gegenstände im Haus versteckt hätte, nur für den Fall, dass ich mich wieder ritzen wollte.

Susan fängt an. »Wir müssen über die Verantwortung reden, die Sex mit sich bringt. Einverständnis. Schutz. Schwangerschaft ...«

»... Krankheiten«, fügt Mum hinzu.

»O Mann«, murmle ich.

»Und eins ist ganz klar, Junge – wenn du nicht darüber reden kannst, solltest du es nicht tun. Du und Ava, ihr müsst über so was reden.« Susan gestikuliert wild.

»Okay. Tun wir. Schon. Werden wir.« Ich weiß nicht, was ich sage. Ich versuche nur, das hier aufzufangen, bevor es noch schlimmer wird.

»Gut. Okay. Ist schon okay.« Mum ist rot wie eine Tomate. »Sex ist wie eine Blume.«

»Was?«, fragt Susan lachend.

»Ich bin nur ... o Mann«, murmelt Mum.

»Die Sache ist die«, fährt Susan fort, »ich weiß nicht, was ich davon halten soll, dass ihr hier im Haus Sex habt.«

»Suse«, sagt Mum tonlos.

»Was? Weiß ich eben nicht. Aber andererseits möchte ich nicht, dass ihr weggeht und es woanders macht. Hast du Kondome?«

»Ja«, piepse ich.

»Gideon!«, kreischt Mum.

»Was?«

»Das bedeutet, dass ihr wirklich ...« Mum verstummt und Susan übernimmt.

»Okay. Gut. Das ist gut. Das habt ihr gut geregelt.«

Mum tätschelt mein Bein und starrt Susan mit aufgerissenen Augen an. Wann hört das denn auf?

»Hast du wirklich Kondome?«, fragt Susan.

»Ja, hab ich gekauft.« Ich antworte wie aus der Pistole geschossen. Das Letzte, was ich jetzt brauche, ist ein Kondom-Einkaufstrip mit meinen Müttern. Ich kann mir die Diskussion vor dem Regal gut vorstellen – welche halten am längsten, welche sind umweltfreundlich produziert …? Außerdem, warum sollte eine von ihnen beiden etwas von Kondomen verstehen?

»Okay.« Mum atmet auf.

»Okay.« Susan nickt.

»Okay.« Ich lehne mich im Sessel zurück und entspanne mich ein bisschen. Jetzt sind wir doch sicher fertig?

»Ich meine, wir sollten jetzt mal über die Vagina reden.« Susan grinst begeistert.

»Suse!«, fällt ihr Mum ins Wort.

»Ist sie wie eine Blume?«, frage ich und Susan lacht los, während Mum mich mit ihren Blicken durchbohrt.

»Hat mit einer Blume nichts zu tun, Kumpel«, sagt Susan und ich lache auch.

»Eher wie eine Schachtel Cornflakes?«, schlage ich grinsend vor.

»Wie ein Wasserfall auf Tahiti«, sagt Susan.

»Super, jetzt verarscht ihr mich beide. Großartig.«

»'tschuldigung, Mum.«

»Es ist nur … Sei ein … Sei nett. Auch Mädchen sind nervös. Achte einfach darauf, dass sie …« Mum verstummt, sie weiß nicht, was sie sagen soll.

Susan mischt sich ein. »Achte darauf, dass es euch beiden Spaß macht.«

»Okay. Sind wir jetzt fertig?«

»Ja.«

»Gott sei Dank.«

Sie sagen mir, dass sie mich lieben, und ich empfinde alle Abstufungen von Verlegenheit, schlechtem Gewissen und Verwirrung. Dann stelle ich mir vor, wie seltsam das erst für die beiden sein muss, und ich bin dankbar dafür, dass es schnell vorbei war und dass sie nichts allzu Dämliches gesagt haben. Ich überlege einen Moment, wie lange es dauern wird, bis sie Annie alles erzählt haben und wann sie anrufen wird. Meine Schätzung beläuft sich auf zehn Stunden.

Zwei Tage. Es hat zwei Tage gedauert, bis Annie angerufen hat. Sie war gerade auf der Rückreise aus Marrakesch und hat Susans Nachricht erst erhalten, als sie gelandet ist; aber dann hat sie sofort angerufen. Sie verarschte mich total und zeigte mir auf dem Bildschirm ein High Five.

»Das ist die genialste Sache aller Zeiten.«

»Dass ich meine Unschuld verloren habe?«

»Nein. Dass du so verknallt bist. Was für ein Mist, dass ich nicht da bin. Mum kann damit doch überhaupt nicht umgehen.«

»Kann sie nicht und Susan blüht total auf. Gestern Abend haben wir uns einen Film angesehen und sie hat auf den Bildschirm gezeigt und mich gefragt, und ich zitiere wörtlich, ob ich was mit ihr anfangen würde.«

Annie kriegt sich nicht mehr ein. Sie lacht unkontrolliert, laut und mit offenem Mund.

»Was hast du gesagt?«

»Ich habe gesagt, klar, und weißt du, was sie gesagt hat?« Ich spüre, dass ich immer noch rot werde. Annie wartete gespannt. »Sehr gut, mein Junge, geht mir genauso.« Sie benutzt das alles als Entschuldigung dafür, nur noch über Sex zu reden. Sie ist besessen.«

Annie lacht Tränen und schnappt nach Luft. Ich erzähle ihr von dem merkwürdigen Aufklärungsgespräch und irgendwann erzähle ich ihr von Ava. Sie stellt Fragen und ich antworte und ich habe das Gefühl, sie freut sich richtig für mich. Ich freue mich auch richtig für mich.

AVA

An die letzten Wochen kann ich mich nur verschwommen erinnern – wunderbare Momente, Küsse … Ich beschließe, das zu tun, was Gideon tun würde, und schreibe eine Liste meiner Top Five, damit ich mich immer an sie erinnern kann.

1. MUSIK UND BETT

Ein großer Teil der Zeit, die Gideon und ich miteinander verbringen, also die Zeiten, die ich am liebsten mag, sind die, wenn wir einfach nur zusammen sind, auf einem unserer Betten herumliegen, Musik hören und reden. Es müssen keine tiefsinnigen Gespräche sein. Zusammen sein, einander zum Lachen bringen, kuscheln. Je unbefangener Gideon in meiner Nähe wird, desto interessanter finde ich ihn. Er ist so klug und weiß so viel über die Welt und über Politik und er hat Meinungen zu globalen Themen, über die ich gar nichts weiß. Musik ist ihm sehr wichtig, oder besser gesagt: vor allem die Liedtexte. Wir verbringen ganze Abende, an denen er mir einfach nur Stücke vorspielt und mich auf seine Lieblingszeilen aufmerksam mach. Ich liebe sein Gehirn.

2. MAUERBLÜMCHEN UND BRAUTALARM

Gideon zeigt mir die Verfilmung von *Vielleicht lieber morgen*, es ist sein Lieblingsbuch.

»Hat das dich auf die Idee gebracht, mir Briefe zu schreiben?«, habe ich gefragt und er hat genickt. Ich bin ja so froh, dass er das gemacht hat!

Wir haben eine ganze Rolle Fertig-Keksteig gegessen und am Ende furchtbar geweint. Es war merkwürdig, über etwas zu weinen, was gar nichts mit mir persönlich zu tun hat, aber ich habe in dem Film so viel von Gideon erkannt.

Ich dagegen habe ihm *Brautalarm* gezeigt, weil das der Lieblingsfilm von Kelly und mir war. Wenn das jetzt kein deutlicher Beweis dafür ist, wie gegensätzlich Gideon und ich sind, dann weiß ich nicht, was noch kommen soll. Er hat gelacht, ziemlich oft. Aber er hat an anderen Stellen gelacht als ich und Kelly. Das war seltsam. Aber ich finde es gut, dass ich mit ihm über Kelly reden kann.

3. MITEINANDER GEHEN

Gideon ist ein Händchenhalter. Wenn sich meine Hand in seiner Nähe befindet, dann hält er sie. Das gefällt mir an ihm. Wir verbringen unsere ganze Freizeit zusammen und halten Händchen. Wir gehen beide zur Schule und nachmittags landen wir in einem unserer Elternhäuser. Wenn wir zu verschiedenen Zeiten bei *Magic Kebab* eingeteilt sind, kommt der andere dazu und leistet Gesellschaft. Wir verbringen alle unsere Wochenenden zusammen.

Es war naheliegend, davon auszugehen, dass wir eine Beziehung haben, aber wir haben nicht darüber geredet. Einmal waren wir nachmittags bei mir zu Hause und Yiayia rief an. Ich habe den Lautsprecher eingeschaltet, damit Gideon ihre Stimme hören konnte. Sie hat einen ganz breiten Akzent und verwechselt manche Wörter und ich finde sie echt lustig. Wir haben nur so geplaudert und Gideon hat interessiert gelauscht und die Augenbrauen gehoben, wenn sie witzige oder rassistische Dinge gesagt hat, und leise über sie gelacht, wenn sie über ihren Tagesablauf, über meinen Pappou, meine Cousins, ihr Mittagessen plapperte. Sie fragte mich, was ich gerade mache, und aus meinem Mund purzelten die Worte: »Yiayia, ich hänge hier gerade nur so herum, mit meinem Freund.« Gideon starrte mich an und mir kippte die Kinnlade herunter. Mein Freund, formte er mit den Lippen und lachte.

»Oh, dein Freund? Ava, du bist doch zu jung für einen Freund!«, spöttelte Yiayia

»Nein, Yiayia, er ist nett, du wirst ihn mögen.« Ich spürte, wie ich errötete, und Gideon packte meine Hand und hielt sie fest.

»Ist er ein guter Junge?«

»Ja.«

»Ist er intelligent?«

»Ja. Er ist ein Dichter, Yiayia.« Er küsste meine Hand und ich schüttelte den Kopf. So verlegen.

»Oooh. Ist er weiß?«

»Yiayia!«, schrie ich und schüttelte über sie den Kopf, und Gideon schüttelte sich vor Lachen. Siehst du?, formte ich mit den Lippen. Sie ist völlig daneben.

»Was? Ich möchte etwas wissen über diesen Freund. Du schickst mir ein Bild auf dem Telefon.«

»Okay. Ich hab dich lieb.« Und nachdem sie mir den Refrain von *You Are My Sunshine* vorgesungen hatte, legte sie auf.

»Dein fester Freund, ja?« Gideon grinste.

»Bist du das denn nicht?«

»Ich weiß nicht. Bin ich das?«

Ich verdrehte die Augen. »Ja.« Und ein breites Lächeln überzog sein Gesicht.

»Willst du meine feste Freundin sein, Ava?«

Ich zuckte mit den Achseln und er packte mich bei den Schultern und beugte sich zu mir herunter.

»Ja, ich glaube schon.«

Ich lächelte und er küsste mich.

4. EISLAUFEN

Wir haben beschlossen, Eislaufen zu gehen, weil Gideon das noch nie gemacht hat und ich dachte, das wird bestimmt lustig. Ich habe mich getäuscht. Keiner von uns beiden hat den Bogen rausgekriegt. Entweder klammerten wir uns ans Geländer oder wir klammerten uns aneinander, und das war keine gute Idee, weil wir uns so nur gegenseitig zu Fall brachten. Die meiste Zeit lagen wir auf dem Eis, in einem Gewirr aus Armen und Beinen, lachten, wenn der andere aufstehen wollte. Gideons Beine sind so lang, dass er an ein Giraffenbaby erinnerte, das zum ersten Mal aufstehen will.

Einmal sah mich Gideon an und sagte: »Als wir klein waren, hat Annie mir so eine Geschichte erzählt von einem Jungen, der Eislaufen war und hingefallen ist und ein anderes Kind ist über seine Finger gefahren und sie waren alle abgeschnitten.« Dann zeigte er mir, wie er damals den restlichen Ausflug verbracht hatte: mit an den Brustkorb gepressten Fäusten. Wir versuchten beide, in dieser Haltung aufzustehen, und ein Schüler aus der Achten, der an der Eisbahn jobbte, musste zu uns rüberfahren und uns sagen, wir sollten vom Eis verschwinden. Wir hatten blaue Flecken, waren durchnässt und zitterten vor Kälte, wir lachten hysterisch. Es war das beste, schlimmste Date aller Zeiten.

5. DER ABSCHLUSSBALL

Ich werde nie vergessen, wie mich Gideon zum Abschlussball eingeladen hat. Er hatte sich schon den ganzen Nachmittag so merkwürdig verhalten, hatte mir gesagt, wir dürften nicht in sein Zimmer gehen, seine Eltern hätten gerade die Teppiche reinigen lassen und sie müssten erst trocknen. Die ganze Zeit schlich er sich davon und blieb eine Weile weg. Endlich kam er zurück, nahm meine Hände und sagte: »Ich habe eine Überraschung für dich.«

Wir gingen hoch in sein Zimmer und er stellte sich hinter mich und legte seine Hände auf meine Augen, dann schob er mich in sein Zimmer.

Vom Plattenspieler her erklang ein sanftes Lied, und als er die Hände von meinen Augen nahm, sah ich, dass er die ganze Decke, und alle Wände mit Lichterketten behängt hatte, sodass das ganze Zimmer sich in ein glitzerndes Paradies verwandelt hatte.

Nervös trabte er los, schnappte eine Rose von seinem Schreibtisch und reichte sie mir. »Muss ich jetzt auf die Knie fallen?«, fragte er, und mein Herzschlag setzte aus, dann schüttelte er den Kopf und plapperte los. »Ich weiß, dass es ein völlig überholtes, chauvinistisches Ritual ist und die Leute sich wahnsinnig Druck machen, nur damit dieser eine Abend perfekt wird, und sie schmeißen so viel Geld sinnlos zum Fenster raus, aber ich dachte vielleicht … wenn du ein schönes Kleid anziehen willst … oder vielleicht gar kein Kleid, das war ein bisschen übergriffig von mir … du kannst anziehen, was du willst. Wir könnten. Wenn du willst. Du kannst auch Nein sagen, weil ich sowieso nicht hingehen wollte und wir beide könnten uns auch einfach treffen und etwas anderes unternehmen.« Er verstummte und ich lachte über ihn. »Ava, möchtest du mit mir zum Abschlussball gehen?«

»Ach nö«, sagte ich.

»O, gut. Ich bin froh, dass wir das geklärt haben.«

Dann legte ich meine Hand auf seine Wange. »Natürlich gehe ich mit dir zum Abschlussball.«

GIDEON

»Dreh dich mal um«, sagt Annie auf dem Bildschirm, als ich zurücktrete und ihr meinen Anzug zeige. »Du siehst total gut aus!«, quietscht sie.

»Danke«, murmle ich.

»Du siehst gut aus, Gideon.« Annie lächelt wissend. Ich fühle mich gut. Alles ist besser als nur gut. Es sind goldene Zeiten. Ich bin beinahe mit der Schule fertig. Ich kann es schon fast riechen. Ich habe eine feste Freundin. Ich fühle mich gut. Alles ist gut. Bis auf eins, darüber habe ich lange nachgedacht.

»Da ist noch was«, sage ich. »Ich habe ein Gedicht für sie geschrieben.«

»Ja? Lies es mir vor.«

»Nein. Es ist peinlich.«

»Bitte.« Annie legt sich die Hand unters Kinn und blinzelt flehentlich.

»Na gut.« Ich protestiere zwar, aber insgeheim habe ich gehofft, dass sie so reagieren würde. Ich möchte ihre Einschätzung hören. Soll ich Ava das auf dem Abschlussball geben oder nicht? Ich greife nach meinem Notizbuch. »Nicht lachen.«

»Ich werde ganz bestimmt nicht lachen.«

Ich hole tief Luft – ich werde jetzt schon rot – und fange an zu lesen.

Ich ertappe mich beim Schreiben von Liebesgedichten/ bislang waren es immer nur so traurige Geschichten/ wäre ich dir nur zuvorgekommen/hätte mir gleich Papier und Feder genommen/ich möchte keinen Augenblick mit dir versäumen/ich möchte auf dem Zettel Worte erträumen/eine ganze Doktorarbeit verfassen, das Ergebnis lässt leicht in Worte sich fassen/einen Preis würde ich nur von dir mir geben lassen, meine Liebe

Du streichst den Vorhang deiner Haare zurück, so schwer wiegt dein Blick/Strom fließt, wenn du mich anfasst, ein Kribbeln im Genick/du leuchtest so hell/dein Lächeln, fast zu grell/zu viel für den Dichter, um sie zu fassen/die richtigen Worte stehen zu lassen/für dich

Ich lese Gedichte, als kämen sie in Mode/versuche, die Worte darin zu finden, die richtige Methode/die Worte, die so sind wie die, die uns verbinden/man kann sie nicht in Sylvia Plath verrücktes Mädchens Liebeslied finden/Shakespeare schrieb über einen Handschuh an der Wange/Blake über den Wind, und wie er nach ihr suchte, so lange/Cummings möchte dein Herz auf Händen tragen/aber ihre ganze Kunst/kann nicht die Worte sagen, die ich brauche/für dich

Und es ist genau, wie sie es nennen/und darf trotzdem nicht so bleiben/der allergrößte Dichter kann es nicht beschreiben/ich liege vor dir/ich liege dir zu Füßen

Langsam hebe ich meinen Blick wieder zum Bildschirm und erkenne nur Annies feuchte Augen, die mich ansehen. »Oo-ooh«, macht sie verzückt.

»Ein bisschen lahm, oder?«

»Nicht im Geringsten. Es ist wunderschön, Gideon.«

»Wirklich? Meinst du, sie kriegt die Krise?«

»Ich weiß nicht. Meinst du das denn?«

»Vielleicht ein bisschen. Ich weiß nicht, was sie empfindet. Ich weiß, dass sie mich mag. Sehr. Aber Liebe … Das kommt mir zu gewaltig vor, um es ihr einfach so zu sagen. Ich weiß nicht. Ich glaube, es ist zu früh.«

»Du wirst es wissen, wenn der Moment da ist. Mach dir keinen Stress. Sie muss wirklich etwas Besonderes sein.«

»Sie ist wunderbar.«

»Ach, kleiner Bruder. Ich freue mich so für dich. Ich bin aber auch traurig, weil das ja bedeutet, dass ich es nicht schaffen werde, dich hierher nach London zu kriegen, oder?«

Ich schüttle den Kopf.

»Ach, verdammt«, murmelt sie. Der Bildschirm friert ein und ihr Gesicht verzerrt sich. Das Messenger-Fenster ploppt auf.

Internet macht Zicken.
Du bist großartig.
Sei tapfer, kleiner Bruder.
Hab dich lieb.

Tapfer sein, das würde heißen, ich sage Ava, was ich empfinde. Was habe ich denn zu verlieren? Außer alles.

AVA

Ich drehe mich so um mich selbst, dass der Stoff meines riesigen Rocks rauscht.

»Du siehst wunderschön aus.« Mein Vater lächelt, macht ein Foto mit seinem Handy, und ich fühle mich auch wunderschön.

Als Gideon mich sieht, wird er ein bisschen rot, aber er sagt nichts. Es hat ihm buchstäblich die Sprache verschlagen. Ich sollte mir öfter die Haare glätten und einen Push-up-BH tragen. Seine Mütter schütteln meinem Dad die Hand und wir stehen verlegen herum, während sie uns fotografieren und wir dazu lächeln.

Schon komisch, dass man jemanden erst seit so kurzer Zeit kennt und sich das Leben trotzdem nicht mehr ohne ihn vorstellen kann. Gideon und ich sind ganz rasch an einem ziemlich entspannten Ort gelandet, der sehr viel Ähnlichkeit mit dem Dasein eines glücklichen Pärchens hat. Und ich bin ja auch glücklich – wirklich, richtig glücklich – jedenfalls in achtzig Prozent der Zeit. Während der restlichen zwanzig Prozent bin ich einfach traurig darüber, dass so viel Gutes passiert und Kelly nicht da ist und es mit mir teilen kann.

Ich habe den ganzen Tag mein Bestes getan, um die Melancholie zu unterdrücken, aber es fühlt sich so an, als schwappe sie in meinem Inneren herum, sodass ich mich ganz schwer fühle. Kelly und ich haben stundenlang über die Bälle geredet, die wir besuchen würden, was wir anziehen würden, was für ein Spaß das sein würde. Sie sollte jetzt hier sein und ist es nicht. Und obwohl ich mich glücklich fühle und wunderschön und so, als wollte ich diesen wunderschönen Abend in vollen Zügen genießen, wirklich, erinnern mich solche Momente daran, dass sie nicht zurückkommt. Sie ist weg.

Es ist, als würden die Risse in meinem Herzen, die gerade erst ein bisschen abgeheilt sind, aufs Neue aufbrechen.

GIDEON

Ava ist so wunderschön, so nicht-von-dieser-Welt-wunderschön, so mir-fehlen-die Worte- und mein-Körper-verlangt-nach-ihr-wunderschön. Ich hatte null Absicht, jemals zu meinem eigenen Abschlussball zu gehen, daher fühlt es sich ein bisschen verrückt an, dass ich es innerhalb von ein paar Monaten geschafft habe, so normale Dinge zu tun. Ein Mädchen kennenlernen, sich mit dem Mädchen anfreunden, das Mädchen küssen, mit dem Mädchen Sex haben, Gott im Himmel. Dieses Mädchen meine feste Freundin nennen und jetzt mit diesem Mädchen zum Abschlussball gehen, das ist mehr als lächerlich. Plötzlich erscheint alles möglich. Nicht direkt wegen Ava, aber weil all diese vor Kurzem noch unmöglichen Dinge sich plötzlich als durchaus möglich erwiesen haben.

Ich kann meinen Blick nicht von ihr abwenden, als sie neben mir auf der Rückbank des Wagens sitzt. Sie hält meine Hände ganz fest und ich drücke die ihren kräftig, um sicherzugehen, dass das alles wahr ist, aber irgendetwas fühlt sich komisch an. Ava hat den ganzen Abend noch kaum ein Wort gesprochen.

»Alles okay bei dir?«, frage ich.

»Jaja.«

»Bist du sicher? Du wirkst irgendwie so … still.«

»Ich denke nur nach«, sagt sie und mein Herz wird ein bisschen schwer. Woran denkt sie? Ist es etwas Schlechtes? Geht es um mich?

»Worüber?«

Ava sieht aus dem Fenster, dann wendet sie mir langsam ihr Gesicht zu. »Ich vermisse sie einfach.«

Natürlich geht es nicht um dich, du selbstsüchtiger Idiot.

»Ich weiß«, sage ich.

Sie versucht zu lächeln. »Ich wünschte, sie wäre hier.« Ich kann sehen, dass sich ihre Augen mit Tränen füllen.

»Ach, Ava, es ist in Ordnung. Es wird alles gut werden. Wir werden uns amüsieren. Wir werden tanzen wie die Bekloppten und dann vergisst du …«

»Ich will nicht vergessen«, faucht sie mich an. Ich habe das Falsche gesagt. Das habe ich nicht gemeint. Verdammt.

»Nein, ich meine nicht, Kelly vergessen, ich meine nur, vergiss es …« Ich weiß nicht, was ich sagen will. »Du wirst vergessen, dass du traurig bist«, murmle ich, aber es hat nicht funktioniert. Ava lässt meine Hände los.

»Manchmal bin ich eben traurig, Gideon. Tut mir leid, wenn ich dir deinen perfekten Abend verderbe.«

»Nein, nein, Ava. Das habe ich doch nicht gemeint. Scheiße.«

Ist das unser erster Streit? Ist das ein Streit? Bring es in Ordnung, Gideon. Bring es in Ordnung.

Schweigen. Eine gefühlte Ewigkeit sagt keiner von uns ein Wort.

»Tut mir leid«, murmelt sie schließlich, tätschelt mir den Schenkel und sieht mich an. »Ich fühle mich einfach komisch.«

»Ich weiß. Ich möchte, dass du fühlst, was auch immer du gerade fühlst. Es ist absolut logisch, dass du dich so fühlst.

Natürlich vermisst du sie heute Abend.« Ava entspannt sich ein bisschen und ich fühle mich etwas erleichtert. »Wir müssen noch nicht mal hingehen, wenn du nicht willst«, sage ich.

»Aber du siehst so umwerfend aus«, sagt sie und ich lache.

Ava holt tief Luft. »Nein. Wir werden uns amüsieren. Werden wir. Mir geht es gut.« Sie stößt die Luft aus. »Gut. Wir amüsieren uns.« Ich kann nicht erkennen, ob sie mich überzeugen will oder sich selbst.

Aber zu dem Zeitpunkt, als wir das Hotel erreichen, lachen wir fröhlich und der schwierige Moment im Auto ist definitiv vorbei. Ava und ich erobern die Tanzfläche, als wären wir zu nichts anderem geschaffen. Wir reden mit niemand anderem. Wir befinden uns in unserer eigenen Blase, versuchen, einander möglichst herzhaft zum Lachen zu bringen, mit albernen Tanzschritten oder indem wir die Lieder laut mitgrölen. Es ist mir sogar total egal, dass ich der beschissenste Tänzer aller Zeiten bin; ich sehe aus wie ein abgeknickter Pogo-Stick, dem jemand eine Lockenperücke aufgesetzt hat. Aber es ist mir egal. Das Einzige, was zählt, ist, dass ich mit ihr hier bin. Sie ist alles, was zählt. Es gibt nichts Schlimmeres, als zu wissen, dass Ava unglücklich ist, aber es ist noch schlimmer, zu wissen, dass ich absolut nichts tun kann, um das in Ordnung zu bringen.

AVA

Ich sitze auf der Kante meines Stuhls im abgedunkelten Raum, ringe nach Luft, beobachte die Tanzfläche, während ich darauf warte, dass Gideon vom Klo wiederkommt. Die Stimmung schlägt hohe Wellen. Lehrer bewegen sich vollkommen unelegant, die meisten Mädchen haben ihre High Heels stehen lassen und eine Gruppe von Jungs lacht laut grölend. Lincoln ist unter ihnen. Sie stehen Schulter und Schulter und schaukeln vor und zurück. Er sieht glücklich aus. Ich lache ihnen zu – genau in dem Moment, als er die Tanzfläche verlässt. Unsere Blicke treffen sich. Lincoln nickt mir zu und ich grinse. Es ist unsere erste Begegnung seit Kellys Geburtstag.

Er hat mir ein paar Tage darauf eine Nachricht geschickt, am frühen Morgen, und darin stand nur: *Hey.* Ich habe sie ignoriert.

Ich sehe wieder dorthin, wo er steht und sein Handy in die Luft hält, mich dabei anstarrt. Ich weiß nicht, was er meint. Er deutet auf sein Telefon, also greife ich nach meiner Handtasche und ziehe mein Handy hervor. Ich habe eine Textnachricht von Lincoln.

Hi

Hallo, schreibe ich zurück, ohne nachzudenken.

Mein Telefon vibriert. *Du siehst gut aus.*

Danke. Ich drücke auf Senden. Und dann tippe ich weiter. *Du auch.*

Ich beobachte, wie er meine Nachricht liest. Er lächelt, dann fängt er an, etwas zu tippen, allerdings hört er auf und wendet den Blick ab, bevor er wieder anfängt zu schreiben. Ich beobachte mein Telefon, warte. Bis endlich …

Entschuldigung.

Das ist es. Ich weiß nicht, was ich sagen soll. Ein Teil von mir möchte ihn fragen, wofür genau er sich entschuldigt. Ein Teil von mir freut sich, dass er es überhaupt ausgesprochen hat. Ein Teil von mir weiß nicht, was er denken soll. Mein Telefon vibriert in meiner Hand. *Willst du tanzen*? Ich lächle, sehe zu Lincoln auf und nicke. *Ja, will ich.*

Lincoln kommt auf mich zu und fängt dabei schon an zu tanzen. Als ich ihn erreiche, streckt er die Hand aus, ich nehme sie und er wirbelt mich herum.

»Du siehst wunderschön aus, Ava.« Er lallt ein bisschen, legt seinen Arm um meine Taille und schaukelt uns hin und her.

»Du bist betrunken.« Ich schüttle den Kopf über ihn. »Aber danke.«

»Das hier ist mein Abschlussball.« Er lächelt. Wir sagen nichts, wir tanzen nur. »Also …« Er lacht.

»Also.« Ich sehe ihm ins Gesicht und mein Herz krampft sich zusammen, denn ich sehe nur Kelly. Sie haben dasselbe Lächeln, dieselben Augen. Sie ist nicht hier und sollte es sein. »Das hätte ihr so gut gefallen«, sage ich.

Lincoln bleibt stehen und einen Moment lang befürchte ich, dass er gleich ausflippt, aber er tut es nicht. »Ja. Hätte es.«

Lincoln zieht mich näher an sich heran, sodass wir uns

aneinanderschmiegen, aber unsere Füße bewegen sich hin und her. Technisch gesehen tanzen wir immer noch. Es fühlt sich merkwürdig an, sicher und falsch und behaglich, alles gleichzeitig. Ich weiß, dass ich von ihm abrücken müsste, aber ich schaffe es nicht, mich wirklich aus seiner Umarmung zu schälen.

Er flüstert mir ins Ohr: »Du hast mir gefehlt.«

Ich lehne mich leicht zurück und sehe ihm ins Gesicht, erwarte eigentlich, dass er das sofort zurücknimmt, tut er aber nicht. Er meint es ernst. Ich weiß nicht, was ich sagen soll. Aber ich brauche gar nichts zu sagen, denn er wirbelt mich plötzlich aus seinem Arm und ich schieße davon, der Schreck und die Geschwindigkeit bringen mich zum Lachen, und in diesem Moment entdecke ich Gideon am anderen Ende der Tanzfläche. Er starrt uns mit gequälter Miene an.

Mein Magen zieht sich zusammen. Ich lasse Lincoln los, als Gideon auf mich zukommt.

»Wer ist denn der Typ?«, witzelt Lincoln.

»Das ist Gideon«, sage ich lächelnd, versuche es mit Leichtigkeit anzugehen. »Er ist …«

Aber Gideon fällt mir ins Wort. »Ihr Freund«, faucht er aggressiv.

Ich sehe, wie sich Lincolns Schultern verspannen. »Ihr Freund?«

Lincoln sieht mich an. Ich nicke. Er grinst amüsiert. Mustert Gideon von oben bis unten. »Du bist ihr Freund?«

»Jawohl, bin ich.« Gideon packt meine Hand und zieht mich etwas zu heftig an sich heran. Er merkt sofort, dass das zu grob war, sieht mich entschuldigend an, aber meine Hand lässt er nicht los. Ich fühle mich seltsam.

»Komm, Junge, beruhige dich. Wir haben bloß getanzt. Bloß zwei Freunde, die miteinander tanzen.« Lincoln nimmt meine andere Hand und fängt an, mich herumzuwirbeln, wie vorher. Ich lasse beide los und mache einen Schritt nach hinten.

Gideon geht auf Lincoln zu, ganz dicht an ihn heran, und tippt ihm mit dem Finger auf die Brust. »Ich weiß über dich Bescheid, Lincoln.«

Was geht denn jetzt ab? Was macht Gideon da?

»Was meinst du damit?« Lincoln stupst ihn zurück, dann sieht er mich an. »Was meint er damit, Ava?«

»Gideon, beruhige dich.« Ich packe seine Hand, reiße an seiner Schulter, versuche ihn von Lincoln wegzudrehen, aber ihre Blicke sind ineinander verkeilt.

»Was machst du?« Ich stelle mich auf die Zehenspitzen, flüstere ihm ins Ohr.

»Ich verteidige dich«, zischt er zurück.

Ich drehe ihn so um, dass er mich ansieht. »Ich brauche dich nicht zu meiner Verteidigung.«

»Mann! Du verlierst doch echt den Kopf, wenn dieser Idiot auftaucht, Ava. Weißt du denn nicht mehr, was er getan hat?«

»Hey! Reiß dich zusammen, Arschloch! Ava kann machen, was sie will«, sagt Lincoln.

»Nein, kann sie nicht!«, faucht Gideon.

»Wie bitte?«, frage ich geschockt.

»Ich habe das nicht so gemeint. Ich meine nur …« Er sieht mich an, sein Blick flehend. »Er hat dich doch geschlagen.«

»Hast du ihm das erzählt? Ava? Das war ein Unfall«, wehrt Lincoln ab.

»Das habe ich doch auch gesagt.« Ich sehe Lincoln an, dann wieder auf Gideon. »Beruhige. Dich.«

»Sie braucht dich nicht mehr. Sie hat mich.« Gideon sieht Lincoln direkt in die Augen.

»Ach, wirklich?« Lincoln stößt seinen Brustkorb gegen Gideons Brustkorb, aber Gideon weicht nicht zurück. Das kann doch nicht wahr sein!

»Hört jetzt auf, beide!« Sie stehen Brust an Brust, fixieren einander, sehen so aus, als würden sie einander jeden Moment umbringen. Gideon zittert. Ich fange an, ihn wegzuziehen.

»Sie ist gut im Bett, was, Kumpel?«, spottet Lincoln.

Und alles um mich herum versinkt. Ich kann mich nicht rühren. Ich kann nichts hören, nur ein leises Rauschen. Mein Herz klopft wie verrückt. Gideon springt Lincoln direkt ins Gesicht, sagt etwas, und Lincoln versetzt ihm einen Stoß. Wie in Zeitlupe sehe ich Gideon stolpern und dann wieder nach vorne stürmen, mit ausgestreckter Faust, die direkt auf Lincolns Gesicht zielt.

Gideon schlägt ihn. Schlägt ihn aufs Auge, heftig. Lincoln fällt nach hinten und landet mit einem dumpfen Schlag auf dem Boden.

Alles wird plötzlich wieder lebendig und ich kann Lincolns Stöhnen und Gideons Keuchen hören, und ich trete zwischen die beiden. Lincoln blutet und Gideon ist wie erstarrt, betrachtet seine Hand.

»Ava, ich …«, murmelt Gideon, und Lincoln knurrt irgendwas. Keine richtigen Worte, es ist nur ein tiefes Grollen. Er springt auf. »Du gottverdammter Dreckskerl!« Er wischt sich mit dem Handrücken über die Nase, verschmiert Blut über seine Wange. Er sieht so aus, als würde er Gideon jeden Moment angreifen, also stoße ich ihn nach hinten, versuche alles, um ihn dazu zu bewegen, mich anzusehen, sich auf mich zu konzentrieren anstatt darauf, Gideon umzubringen. Ich packe sein Gesicht, eine Handfläche auf jeder Wange, flehe ihn an, mich anzusehen, aber er tut es nicht, weil er ganz damit beschäftigt ist, sich von mir loszureißen und auf Gideon zu zeigen. Ich sehe, dass Gideon sich nicht vom Fleck rührt.

»Lincoln, sieh mich an. Lincoln, hör einfach auf damit.«

Ich stolpere mit jedem seiner Schritte nach hinten, er schubst mich weg, greift über meine Schulter hinweg nach Gideon. »Verdammt, ich bring dich um!«, schreit er, und ich weiß nicht, was ich tun soll. Mein Herz rast und ich kann nicht mehr denken und ich atme so schnell, und da tue ich das Einzige, was mir einfällt, wenn es um Lincoln geht.

Ich küsse ihn.

Ich küsse ihn fest auf den Mund, meine beiden Hände immer noch auf seinem Gesicht, und erst verspannt er sich, versucht, sich loszumachen, aber ich drücke mich enger an ihn, mein ganzer Körper presst sich an ihn. Dann spüre ich, wie sein Körper sich gegen meinen drängt. Ich fühle seine beiden Hände auf meinem Gesicht und er erwidert meinen Kuss. Wild und fest und intensiv. Und dann höre ich zweierlei: mein eigenes Schluchzen und Gideons fliehende Schritte.

GIDEON

Ich weiß nicht, wie lange ich schon draußen war, bis Ava auftaucht. Ich hocke auf dem Fußweg vor dem Hotel, ringe nach Luft. Ich schluchze. Versuche, mir darüber klar zu werden, was gerade geschehen ist und was ich gerade getan habe. Wie konnte ich nur so dumm sein? Aber als ich die beiden so miteinander tanzen sah, haben sich meine Innereien einfach in glühende Lava verwandelt, ich habe vollkommen die Beherrschung verloren.

Ava berührt meine Schulter. Ich sehe zu ihr auf und sie ringt keuchend nach Luft. Sie ist gerannt und ihre Wimperntusche ist über ihr ganzes Gesicht verteilt. Ich stehe auf und packe sie. Halte sie fest, als würde alles davon abhängen. So fühlt es sich auch an.

Ich weiß nicht, was mit mir nicht stimmt, aber als ihr Name aus seinem Mund drang, ist etwas in mir zerbrochen, und jedes Quäntchen Angst in mir verwandelte sich in Wut. Jede noch so geringe Enttäuschung, Verwirrung, Demütigung verwandelte sich in rot glühende Wut. Ich kann nichts sagen. Ich kann nicht. Ich werde von einem anderen Teil von mir gesteuert. Ich zittere. Ich kann nicht glauben, dass ich ihn geschlagen habe. Mit Absicht. Ich wollte ihn schlagen. Ich wollte ihm wehtun.

»Was gerade … es tut mir so leid.« Ava stöhnt.

»Es ist okay. Es ist okay. Es ist okay«, sage ich hastig, presse sie an mich, aber sie reißt sich los. Sieht mich an.

»Gideon, nein. Du solltest wütend sein.«

Ich nicke, lege meine Hände auf ihr Gesicht, um sie zu überzeugen. »Ich bin wütend.«

Ava sieht mich verwirrt an, dann sagt sie leise: »Ich habe ihn geküsst.«

Diese Worte brennen auf jedem Quadratzentimeter meiner Haut. »Ja, aber du wolltest ja nicht …«

»Ich …«

»Wolltest du?«

»Ich weiß nicht. Nein. Aber …« Sie zögert. »Ich habe es gemacht. Und wir können nicht einfach so tun, als wäre das nicht passiert.«

»Aber ich darf dich nicht verlieren, Ava.« Ich versuche, sie zu küssen, aber sie macht sich los.

»Warum bist du nicht wütend?« Ava schubst mich. »Du müsstest total sauer sein.«

»Ich bin einfach …«

»Gideon?«

»Weil ich schuld bin. Ich bin an allem schuld. Es tut mir leid. Es tut mir so leid.«

»Wofür entschuldigst du dich?«

Ich muss es ihr sagen, sie überzeugen. »Weil ich ihn geschlagen habe. Ich hätte ihn nicht schlagen dürfen. Wenn ich ihn nicht geschlagen hätte, wäre das alles nicht … es ist meine Schuld. Ich weiß nicht, was passiert ist. Ich habe euch tanzen gesehen und bin eifersüchtig geworden und es tut mir leid. Lass uns einfach so tun, als wäre nichts passiert.«

Sie schließt die Augen und ein merkwürdiger Ton, eine Art Stöhnen, entringt sich ihr. »Ich kann nicht«, sagt sie.

»Was?«

»Ich kann das nicht mehr.«

»Was?« Nein, nein. Nicht das. Bring es in Ordnung. Ich muss das in Ordnung bringen. »Ich habe nur … Bitte, Ava, mach nicht Schluss mit mir.« Ich schluchze. In meinem Inneren schreit alles.

»Ich kann nicht …«

Sie verstummt und plötzlich liegt vollkommene Klarheit in ihrem Blick.

»Wir können nicht mehr zusammen sein.«

AVA

»Wir können nicht mehr zusammen sein.« Ich habe die Worte ausgesprochen, bevor ich sie auch nur gehört habe.

Gideon erstarrt. Er reißt seine braunen Augen auf, sein Mund öffnet sich, als wolle er sprechen, aber er tut es nicht.

Ich gehe auf und ab. Ich rede einfach drauflos. »Ich hätte das nicht tun sollen und ich weiß nicht, warum ich es getan habe. Ich war so glücklich; du hast mich glücklich gemacht. Vielleicht weiß ich einfach nicht mehr, wie das geht, glücklich sein. Ich glaube, ich habe einfach … Angst davor, weil ich ein schlechtes Gewissen habe. Ich habe ein schlechtes Gewissen, weil sie tot ist und nicht zurückkommt und sie war gar nicht glücklich und ich habe ihr nicht geholfen und das ist doch nicht fair, dass ich glücklich sein darf, ohne sie?«

»Du verdienst es, glücklich zu sein, Ava.«

»Ja. Und du auch. Ich meine …« Ich verstumme, suche nach den richtigen Worten. »Es ist nur … Gideon, du bedeutest mir so viel.«

»Nein.« Er schüttelt weinend den Kopf.

»Es tut mir leid. Ich weiß nicht, was ich sage. Ich möchte dich nicht traurig machen. Und jetzt habe ich das gemacht, beinahe, als wäre das jetzt vollkommen unvermeidlich, und ich glaube einfach …«

»Ava.« Er bringt mich zum Schweigen. Wir atmen heftig, als wir einander gegenüberstehen. Wir weinen beide.

Ich warte darauf, dass er etwas sagt, aber er schweigt. Er sieht so hilflos aus und ich rede wieder drauflos.

»Bitte, Gideon. Sag mir, dass du mich nicht hasst. Sag mir, dass wir immer noch Freunde sein können. Gideon. Bitte?«

GIDEON

Bitte? Das Wort hängt in der Luft zwischen uns wie Honig, der an der Seite des Glases heruntertropft, dick und schwer. Ich will nicht Schluss machen. Ich will nicht, dass dieses Gespräch endet. Ich will nicht, dass sie geht und sich nicht mehr als meine Freundin bezeichnet. Ich habe das Gefühl, als seien wir eben erst an diesem leuchtenden Gestade gelandet, wo alles so ist, wie es sein soll, und dann – *wumm.* Falsch.

Ava will mich nicht. Ich glaube, mein Körper steht unter Schock.

»Gideon?«

»Es ist nur so …« Ich sage das Erste, was mir einfällt, »dass ich dich liebe.« Ich spüre das Gedicht, das in meiner Jackentasche steckt, direkt über meinem Herzen, es scheint mich zu verspotten. »Und ich weiß nicht, ob ich das kann …« Ich höre, wie meine Stimme anschwillt, lauter wird. »Ich weiß nicht, ob ich klarkomme, Ava. Nicht, wenn das tatsächlich deine Entscheidung ist.« Ich sehe, wie sich ihr Ausdruck verändert, aber ich höre nicht auf zu reden. Ich tobe weiter. »Und vielleicht ist es dann deine Schuld, wenn … wenn mir etwas passiert.«

Ava wird so weiß wie ein Bettlaken. Sie schüttelt in einer perfekten Mischung aus Mitleid und Wut den Kopf über mich.

»Wie kannst du es wagen?« Ihre Brust hebt und senkt sich. »Ich kann nicht glauben, dass du so etwas sagst.«

Was habe ich getan? Das wollte ich nicht, nicht im Geringsten. Ich wollte sie einfach verletzen, wollte, dass sie auch so etwas fühlt wie ich.

Ava ist angewidert. »Ich habe gedacht, ich kenne dich.«

»Ava! Ich habe nicht …« Ich versuche, zwei große Schritte auf sie zuzugehen, aber dann passiert das Unvermeidliche: Sie wendet sich um und läuft davon. Sie ist um die Ecke, wahrscheinlich schon fast zu Hause, bevor ich auch nur den Mund aufmachen kann. Ich sehe ihr nach, mit offenem Mund.

»Ava«, rede ich mit der Luft.

Ich drehe mich auf dem Absatz um und schlage mit der Faust gegen die Betonwand, mit aller Kraft.

⌘

Ich stürme ins Haus, dicht gefolgt von meinen Eltern. Wir haben gerade sieben Stunden in der Notaufnahme verbracht und dort erfahren, dass ich einen gebrochenen Handknochen habe. Jetzt trage ich einen schicken Gipsverband und habe für Montag einen Termin beim Chirurgen. Man muss ihnen zugutehalten, dass sie im Krankenhaus ganz vorsichtig um mich herumgeschlichen sind und sehr zurückhaltend versucht haben, Genaueres in Erfahrung zu bringen. Und sie haben gewartet, bis wir beinahe zu Hause waren, bevor sie ihrer Enttäuschung und ihrer Sorge Luft machten, aber ich kann das jetzt nicht vertragen. Nicht heute. Ich möchte ins Bett gehen und erst wieder aufwachen, wenn alles vorbei ist.

»Lasst mich doch in Ruhe!«, schreie ich, als ich die Treppe hochmarschiere.

»Junge, wir machen uns einfach Sorgen«, schreit Susan mir nach, und Mum steht hinter ihr und sieht aus wie die fleischgewordene Sorge an sich.

»Ihr braucht euch gar keine Sorgen zu machen!«, schreie ich und lasse mich auf die Stufe fallen. »Fuck! Ich bin nicht zerbrochen!« Wenn sie doch sagen würden, was sie wirklich denken. Ich wünschte, sie würden mir sagen, dass ich sie enttäuscht habe, dass sie wütend sind oder irgendwas, aber das tun sie nicht, sie gleiten nur über die Oberfläche, zu verängstigt, um allzu viel Staub aufzuwirbeln. Aber ich stehe vor ihnen und die Staubwolke ist bereits ziemlich dicht, also können sie doch auch zur Sache kommen.

»Ich habe ein gebrochenes Herz«, sage ich.

»Und eine gebrochene Hand«, sagt Mum und Tränen treten ihr in die Augen.

»Ja, die Hand auch«, sage ich und betrachte den Gipsverband. »Aber ich bin nicht gefährdet. Ich bin einfach nur traurig.«

»Ja, aber …« Susan zögert. Dann fährt sie fort: »Das letzte Mal, als du traurig warst …« Und dabei belässt sie es. Kommt die Treppe hoch und setzt sich neben mich.

Und mir wird klar, was für ein Riesentrottel ich gerade bin. Sie haben Angst, sie könnten mich verlieren. Jetzt weiß ich, wie sich das anfühlt.

Als ich mich endlich in die Ruhe meines Zimmers zurückziehen kann, fühle ich mich komplett neben der Spur. Durcheinander und traurig und wütend auf mich selbst. Meine Hand tut weh.

Ich sehe meinen Gips an. Ich fühle mich so beschissen, weil

ich die Sache mit Ava gesprengt habe, weil ich so dämliche Dinge gesagt habe, weil ich ihr nicht zugehört habe. In erster Linie fühle ich mich beschissen, weil ich ein schlechter Freund war. Und ich wollte doch eigentlich immer nur ihr Freund sein.

Ich beiße mir auf die Lippen und denke an sie und mein Herz schlägt wie wild und mein Bauch krampft sich zusammen, weil mir klar wird, dass ich überhaupt nichts tun kann; das was sie braucht, kann ich ihr nicht geben.

AVA

Alles ist beschissen, aber merkwürdigerweise fühle ich mich gar nicht schlecht. Ich bin traurig wegen Lincoln. Ich bin deprimiert wegen Gideon. Ich schäme mich furchtbar dafür, dass ich ihm seinen Abschlussball verdorben habe. Es war einfach so, als hätte mein Gehirn es sattgehabt, nicht zuzuhören, als hätte alles geschrien: »ES REICHT!«, und es ist durchgedreht, hat bildlich gesehen die Tische umgeworfen und mir gezeigt, wie es sich wirklich fühlt.

Und dann hat Gideon selbst auch den ein oder anderen Tisch umgeworfen. Er hat ein paar schlimme Sachen gesagt und irgendwie … das letzte fehlende Stück in das Trennungspuzzle eingefügt.

Jetzt möchte ich einfach nur mit ihm reden, noch einmal durchgehen, was überhaupt passiert ist. Ich möchte wissen, was er denkt und ob es ihm gut geht und ich möchte, dass er es wieder besser macht, dass er mich zum Lachen bringt. Aber er ist genau derjenige, mit dem ich jetzt nicht reden kann, weil er daran schuld ist, dass ich mich so beschissen fühle. Und ich bin diejenige, die daran schuld ist, dass er sich beschissen fühlt.

Ich weiß nicht, was ich jetzt tun soll. Mir fehlen meine Freunde. Ich fühle mich vollkommen allein und verlassen.

Aber darum geht es vielleicht gerade: Ich weiß nicht, wie das geht, allein sein. Und ich habe das Gefühl, genau das müsste ich lernen.

GIDEON

Irgendwann reden wir dann doch darüber, ich und Mum und Susan, nachdem ich ein paar Tage in meinem Zimmer verbracht und in meinem eigenen Saft geschmort habe.

»Es geht nicht, dass ihr ständig ausflippt und mich wie ein rohes Ei behandelt«, sage ich. »Sagt mir, dass ich Mist gebaut habe. Sagt mir, dass ich ein Idiot bin oder so etwas. Tut nicht dauernd so, als wärt ihr nicht sauer. Ihr solltet sauer sein.«

»Ich bin sauer.« Susan nickt.

»Ich bin nicht sauer, ich mache mir nur Sorgen«, sagt Mum ganz ruhig. »Wir haben doch schon in den Abgrund hineingesehen, Gideon. Ich weiß, wie es aussieht, dich zu verlieren, und dieser Gedanke ist verdammt unerträglich. Verstehst du. Ich bemuttere dich, ich mache mir Sorgen und ich höre mir an, was du dazu meinst, aber du musst dir auch anhören, was wir dazu meinen. Wir lieben dich und wir werden uns immer Sorgen um dich machen und das musst du einfach akzeptieren.« Nach einer kurzen Pause fährt sie fort: »Und außerdem musst du aufhören, wie ein bekloppter Schläger auf Leute einzudreschen.«

»Scheiße, Gideon«, sagt Susan. »Du hast es geschafft, dass sie ›verdammt‹ sagt. Die Sache ist ernst.« Und das sprengt die Spannung in der Luft und wir müssen lachen und schließlich wird doch noch ein konstruktives Gespräch daraus.

Wir reden darüber, was wir besser machen können. Wir reden über meine Trigger und darüber, wie diese Sache meine Depression beeinflussen wird. Wir reden darüber, dass ich sie an mich heranlassen, sie nicht die ganze Zeit außen vor lassen soll. Darüber, dass ich Robbie anrufen und mir seinen Rat einholen soll, und auch darüber, dass ich mir hier in der Stadt einen neuen Therapeuten suchen soll, um mich über Wasser zu halten. Wir reden über Medikamente. Sie sagen, ich muss unbedingt ehrlich mit ihnen umgehen. Ich sage ihnen, dass sie mir unbedingt zuhören müssen, mir vertrauen, wenn ich ihnen erkläre, dass es mir gerade gut geht. Ich sage ihnen, ich möchte nicht immer damit rechnen, dass sie durchdrehen, wenn ich mal nicht still in meinem Zimmer sitze. Und ich erinnere sie daran, dass ich nicht mehr der vierzehnjährige Junge bin. Ich habe mich verändert. Ich bin gewachsen.

Darüber denke ich später nach, als ich alleine bin. Über alles, was diese Woche passiert ist. Mal ganz davon abgesehen, dass ich mich von meiner Freundin getrennt habe, dass mein Herz gebrochen ist und ich mich wie ein totaler Volltrottel benommen habe, gibt es eine Sache, die ich überhaupt nicht fassen kann: Ich habe Lincoln geschlagen.

Plötzlich muss ich grinsen. Ich habe jemanden geschlagen. Ich habe mich nicht zurückgezogen. Ich habe reagiert. Ich habe mich entschieden und zu mir gestanden, auch wenn es eine Katastrophe war, ein sinnloses, idiotisches Benehmen, aber egal, ich habe es jedenfalls getan. Ich habe einfach mal gehandelt.

Ein merkwürdiger Stolz erfüllt meine Brust und ich muss ein bisschen lachen. Ich bin nicht weggelaufen. Ich war tatsächlich mutig.

Und jetzt, obwohl ich gerade eine Million Dinge gleichzeitig fühle, wird mir klar, dass es mir gut geht. Ich werde das überstehen. Ich war in diesem Jahr mutiger, als ich es je für möglich gehalten habe, und es macht sich bezahlt.

Und so möchte ich von heute an sein: mutig. Mehr handeln, mehr sein. Ich habe es satt, passiv zu sein.

Und ich muss weiter Ordnung in mein Leben bringen, denn das Leben ist nun mal ein Durcheinander.

Aber verdammt noch mal, es kann wunderschön sein.

AVA

Es klopft an die Tür. Mein Magen hüpft: Bitte, lass es nicht Gideon sein. Und gleichzeitig hoffe ich verzweifelt, dass er es ist. Ich öffne die Tür und sehe den Rücken von Lincoln, der gerade die Verandastufen hinuntergeht, und auf der Fußmatte liegt eine in braunes Einschlagpapier gewickelte einzelne Gerbera.

Er wirbelt herum. »Hey«, sagt er lächelnd.

»Was machst du da?«

»Ich wollte dir das nur hinlegen.«

»Warum?«

»Nein, nein, du brauchst dich nicht zu bedanken.«

Ich betrachte einen Moment lang die leuchtend gelbe Blume. Einen Moment lang wünschte ich, die Blume wäre von Gideon, nicht von Lincoln. So kann's gehen.

Ich möchte sauer auf Lincoln sein. Ich möchte ihm sagen, er soll sich verpissen. Ich möchte ihm die Blume vor die Brust knallen, auf den Fersen kehrtmachen und die Tür hinter mir zuschlagen. Aber als ich ihn ansehe, wie er so dasteht, Hände in den Hosentaschen und Sonnenbrille auf der Nase, wie er sich ganz schüchtern auf die Unterlippe beißt, kann ich nichts von alledem tun. Mein Gehirn schreit: Los, sag ihm, er soll sich verpissen! Aber mein Körper spürt all die Verbindungen, die durch unsere gemeinsame Geschichte entstanden sind, all diese dünnen Fäden, die uns zusammenhalten. Sie lassen sich nicht einfach zerreißen. Er ist ein Verbindungsglied zu meiner Vergangenheit, zu all diesen Gefühlen. Er spielt eine zentrale Rolle im größten Teil meiner Kindheitserinnerungen und er verbindet mich mit Kelly.

»Du hast noch nie jemandem Blumen geschenkt«, sage ich.

»Das weißt du doch gar nicht.«

»Also, wem?«

»Samia Jackson in der Zehnten. Zum Valentinstag. Ich habe ihr sogar einen Teddybär gekauft.« Er grinst.

Eine Schweigepause entsteht. Eine Pause, die so lange dauert, dass einige jener Verbindungen, die ich am Abend des Abschlussballs eigentlich hatte endgültig durchschneiden wollen, wieder zusammenwachsen, wie irgendeine wuchernde Ranke, die immer weiter wächst, egal, wie oft man sie kappt.

»Warum bist du hier, Lincoln?«

»Nur weil, Ava …« Er verstummt. »Weil das ganze Jahr, der Grund dafür … für das alles, weißt du?«

Ich nicke, weil ich genau weiß, was er meint. Ich denke es auch. Es tut mir leid, dass wir getan haben, was wir getan haben, dass wir miteinander geschlafen haben, obwohl wir das gar nicht richtig wollten, dass wir einander angebrüllt haben, all diesen furchtbaren Mist ausgesprochen. Es tut mir leid, dass ich ihm nicht gesagt habe, wie es mir nach Kellys Tod wirklich geht, dass ich ihn nicht an mich herangelassen habe. Das, was am Abschlussball passiert ist, tut mir leid, und es tut mir auch leid, dass ich jemals gedacht habe, ich könnte ihn einfach aus meinem Leben streichen. Am meisten tut es mir leid, dass wir Kelly enttäuscht haben.

Ich setze mich auf die Stufe und Lincoln schiebt sich näher

heran, lässt sich vorsichtig neben mir nieder. Eine Ewigkeit sitzen wir so da.

Ich erkenne den Bluterguss, der unter seiner Sonnenbrille hervorsieht, und ich keuche erschrocken, deute mit dem Finger. Er nimmt die Brille ab und sieht mich an. Die Haut um sein Auge herum schimmert in den unterschiedlichsten Violetttönen.

»Wir haben uns getrennt.«

»Tut mir leid.«

»Nein, tut es dir nicht.«

Lincoln zuckt mit den Achseln, grinst. »Der Knabe hat jedenfalls einen harten Schlag.«

Wir müssen beide lachen. Als wir uns beruhigt haben, sitzen wir eine Weile stumm da.

»Werden wir jemals wieder Freunde sein?«, frage ich schließlich.

»Waren wir jemals Freunde?« Er lächelt.

Er hat recht. Wir waren niemals Freunde. Er war immer nur Kellys Bruder und dann haben wir für lauter Komplikationen gesorgt, aber Freunde waren wir eigentlich nie.

»Könnten wir es werden?«, frage ich und meine das ernst, und ohne das geringste Zögern sieht er mir in die Augen und sagt: »Irgendwann.«

Und ich weiß, dass er es ernst meint.

»Immer ein Schritt nach dem anderen, was?« Ich lächle.

»Genau, Ava, wir machen einfach einen Schritt nach dem anderen.« Er überlegt. »Alles ist so ein verdammtes Chaos, oder? Im Moment weiß ich überhaupt nichts mehr. Ich bin die ganze Zeit nur wütend – auf Mum und Dad, auf dich, sogar auf Gideon, aber in erster Linie liegt es daran, dass ich wütend auf sie bin. Total wütend. Ich lasse das dauernd an allen anderen aus und das ist Scheiße. Alles ist Scheiße.«

Meine Augen brennen. Ich beiße mir auf die Unterlippe und er holt tief Luft, beherrscht sich.

»Es tut mir einfach so leid.« Er sieht zu Boden. Ich berühre seine Schulter, hole tief Luft.

»Ja. Mir auch«, sage ich, und dann schweigen wir eine Weile.

»Kommst du zur Abschlussfeier?«, fragt er dann.

»Wie kommst du überhaupt zu einem Schulabschluss?« Ich grinse.

»Nur durchgemogelt.« Er zuckt mit den Schultern. Er hat nicht gemogelt. Er ist einfach intelligent.

»Kommst du?«, fragt er.

Ich schüttle den Kopf.

»Warum nicht?«

»Weil ich dann vielleicht allen verkünde, dass sie mich am Arsch lecken können.« Ich strecke die Beine aus. Lincoln lacht.

»Komm doch einfach«, er sieht mich an. »Aus Freundschaft.« Ich lächle und einen Moment lang sehen wir einander in die Augen, und zwischen uns geht so ein Einverständnis hin und her: Von nun an wird alles anders sein.

Ich wende den Blick ab und nicke. »Was ist mit deinen Eltern?«

»Sie möchten dich sehen.« Er steht auf, drückt hastig meine Schulter und geht los in Richtung Auto. Lincoln wirkt verändert, als wäre etwas Großes anders geworden. Ich möchte wissen warum.

»Oi!«, rufe ich ihm nach und er wendet den Kopf. »Warum denn jetzt?«

Ein Grinsen geht über sein Gesicht. »Weil ich *Lilo und Stitch* gesehen habe.«

»Was?« Ich muss laut lachen.

»Ohana, Ava.« Er nickt, steigt ins Auto, hupt zweimal und fährt davon.

Es ist typisch für Lincoln, dass er aus irgendeiner beliebigen Sache eine Bedeutung zieht. Er hat auf keinen Ratschlag gehört, den er bekommen hat, auf irgendeinen Mist, den Leute angestellt haben, weil sie ihm gerne helfen wollten, und am Ende dringt ausgerechnet so ein alberner Disneyfilm zu ihm durch: *Ohana bedeutet Familie, und Familie bedeutet, dass alle zusammenhalten.* Ich grinse und spüre, wie Glück und Erleichterung durch meine Adern pulsieren, wie sich der Knoten, zu dem sich mein Magen in der Geschichte mit mir und Lincoln geballt hat, endlich löst.

Ich sitze hinter zwei Mädchen, die in meiner Klasse waren; eine von ihnen weint, die andere versucht, sie zu trösten. Die erste weint, weil die elfte Klasse vorbei ist und weil sie die Zwölftklässler so vermissen wird, weil sie alle so wunderbar sind. Es verlangt mir äußerste Beherrschung ab, ihr nicht auf die Schulter zu klopfen und zu erklären, dass sich keiner von ihnen für sie interessiert und dass sie mit diesem Drama einfach aufhören soll.

Ich sitze neben Greg und Tina, die mich entdeckt haben, als ich allein auf dem Parkplatz wartete. Mein Plan sah eigentlich vor, mich in allerletzter Sekunde in den Saal zu schleichen, im Hintergrund stehen zu bleiben und mich dann wieder davonzustehlen, aber Tina hat mich entdeckt und dann war es vorbei. Ich war mir ganz sicher, dass sie mich laut anschreien würde, aber sie sagte nichts, nahm mich einfach fest in den Arm und küsste mich auf die Stirn.

Ich sah Greg an. »Du hast uns gefehlt, Ava«, sagte er.

Ich sah in den Himmel und zwang mich, nicht zu weinen, einerseits, weil ich das Weinen satthabe, und andererseits, weil ich mich heute besonders aufwendig geschminkt habe, nur für den Fall, dass mir Gideon begegnet. Ich lächelte und nickte und Tina hielt meine Hand, als wir die Aula betraten und uns setzten.

Einer nach dem anderen schütteln die Zwölftklässler Mrs Bryan die Hand und alle stellen sich auf der Tribüne auf. Das war's. Schule vorbei. Ich wünschte, ich wäre ein Jahr älter. Ich wünschte, ich würde da oben bei ihnen stehen. Am meisten wünschte ich, ich würde neben Gideon stehen und alles wäre in Ordnung. Seit er auf die Bühne gekommen ist, kann ich meinen Blick nicht von ihm abwenden. Ich starre ihn an, hoffe und bete, dass er in meine Richtung sieht. Tut er aber nicht. Nicht ein einziges Mal. Er starrt einfach über das Publikum hinweg und sieht dabei so aus, wie er immer ausgesehen hat; Locken hängen ihm in die Augen, ein dunkler Schutzschild gegen die Welt, das Gesicht ein bisschen verzogen, als würde er entweder gleich lächeln oder sich jeden Moment übergeben. Es könnte so oder so ausgehen. Außerdem trägt er einen hellblauen Gipsverband um den Arm. Ich frage mich, was passiert ist, wie er sich verletzt hat, und hoffe aus tiefstem Herzen, dass er es nicht absichtlich getan hat. Schuldbewusstsein erfüllt mich. Wenn er es absichtlich getan hat, dann wäre das vollkommen meine Schuld. Genau wie er gesagt hat.

Die Zwölftklässler gehen von der Bühne ab und setzen sich in die erste Reihe. Marnie Albringer und ein paar andere musikalische Schüler spielen Gitarre und singen irgendwelche alten Lieder über Freundschaft. Das Mädchen vor mir fängt wieder an zu weinen, aus irgendeinem Grund, den ich noch nicht einmal erfahren möchte. Ich starre auf ihren Hinterkopf und meine Augenbrauen übernehmen die Kommunikation, teilen ihr unmissverständlich mit, was für eine blöde Kuh sie ist. Ein paar Jungs halten Feuerzeuge in die Luft und schwenken sie hin und her. Mrs Bryan bereitet diesem Mist ziemlich schnell ein Ende, aber das ganze Publikum lacht schon laut und Marnie sieht so aus, als würde sie die Jungs am liebsten umbringen. Ich muss selbst ein bisschen lachen, weil der Mund von Mrs Bryan Ähnlichkeit mit einem Katzenhintern hat, wenn sie sauer ist.

Als das Lied beendet ist, laufen die Schüler, die für die Bühnentechnik zuständig sind, wieder los und stellen ein weiteres Mikrofon auf und Mr Neville macht eine geschmacklose Bemerkung über Feuerzeuge und Lieder und alle fangen wieder an zu lachen. Ich betrachte all die Urkunden, die an den Seitenwänden der Aula aufgehängt sind, lese die Namen der Schüler, die sie bekommen haben, und höre Mr Nevilles nächsten Satz nur mit halbem Ohr.

»Ich vermute, dass nicht viele von Ihnen es wissen, aber einer unserer Schulabgänger, Gideon Frans-Myer, hat im vergangen Jahr einige Preise für seine Slam-Poetry gewonnen.«

Ich spüre, wie mein Magen einen Satz macht. Gideon wird das verabscheuen, all die Aufmerksamkeit. Wird es verabscheuen, dass über ihn geredet wird und dass er jetzt wahrscheinlich aufstehen muss und irgendeine dämliche Urkunde überreicht bekommt. Ich sehe nach vorne, suche seine Gestalt unter den Zwölftklässlern, aber ich kann ihn nicht entdecken.

»Gideon hat gebeten, heute ein Werk ohne Titel präsentieren zu können, also bitte ich um Applaus für ihn!« Mehr als tausend Handpaare schlagen gegeneinander, applaudieren, und ich sehe, wie er über die Bühne schreitet. Unwillkürlich überzieht ein Lächeln mein Gesicht, wenn ich ihn nur ansehe. Dann erlischt es. Was tut er denn da?

Gideon stellt sich vor das Mikrofon, die Augen geschlossen. Ich glaube, ich sitze gar nicht mehr, kauere eher, hänge über der Stuhlkante, starre ihn an. Ich bin nervös. Mir ist übel. Ein paar Schüler mehrere Sitzreihen vor mir kichern spöttisch und ich werfe ihnen böse Blicke zu. Ich möchte aufstehen und mich neben ihn stellen, und gleichzeitig möchte ich ganz schnell aus der Aula flüchten. Er fängt an, und es fühlt sich so an, als hätte mich jemand in den Bauch geboxt; mir bleibt vollkommen die Luft weg und ich falle schwer in meinen Stuhl zurück. Das ist nicht ein Gedicht. Das ist mein Gedicht. Das Gedicht, das ich ihm vor Monaten geschickt habe. Das ich geschrieben habe und ihm gegeben und ihm gesagt, er solle es lesen, wenn er nicht weiterwüsste. Er hat es auswendig gelernt. Er rezitiert es.

Sie hat so ein Lächeln/sie hatte so ein Lächeln/so ein Unterschied zwischen t und tte/sie hat/sie hatte/sie hatte so viele Gefühle/aber man hat sie ihr genommen/konnte nichts mehr fühlen/sie sagte/wozu jung sein, wenn man es nicht fühlt?/wie tausend sprühende Feuerwerkskörper/Sie sah die Farben, doch bestaunte nicht das Licht/sah sie den Himmel überziehen/und konnte doch nur in die Dunkelheit blicken.

Ihre Chemie und die verordnete Chemie bekämpften einander/sie wollte sich nicht daran halten/ein Gefühl, als sei sie ausgeknipst/ein ödes Leben/keiner kann sagen, sie habe nicht gekämpft/wie ein Ninja-Krieger hielt sie sich im Schatten/eine Prinzessin mit schwarzen Zöpfen im Kampf gegen Dämonen/sie wechselte vor meinen Augen die Gestalt/erschien und verschwand/trickste, knipste Schalter an und aus in ihrem achtel Leben.

Meine Geheimnisse nahm sie mit ins Grab/meine Vergangenheit nahm sie mit/in einem Nelken bedeckten Kokon/sagt jetzt bloß nicht/dass alles aus einem Grund geschieht/dass sie an einem besseren Ort ist/zerbrochen war sie/eine solche Verschwendung/weil wir reden, als habe sie ihr Leben verschwendet, verschwindet sie ganz/Ich werde sie nie verschwinden lassen.

Sie verlor/jetzt verlieren wir.

Sie wollte nicht, dass ihr Leben endet/Sie hat das Leben geliebt/Sie wollte einfach nur/dass der Schmerz endet.

Ich kann mich nicht rühren. Alles fühlt sich ganz seltsam an und dass jeder Einzelne im Publikum ganz still sitzt, ist auch keine Hilfe. So richtig totenstill.

Ich hole tief Luft, ringe nach Atem, und erst in diesem Moment wird mir bewusst, dass ich die ganze Zeit, in der er da oben gestanden hat, die Luft angehalten hat. Ich lasse meinen Blick über die anderen Reihen schweifen und alle sitzen da wie vom Donner gerührt. Gideon nickt und geht dann zur Seite der Bühne, und jetzt bricht der Applaus los, bricht richtig heftig los, und Mr Neville führt ihn zurück auf die Bühne und er muss sich verbeugen, und er lächelt und biegt seinen schlaksigen Körper ganz schnell nach vorn, und dann johlen ein paar Zuhörer und ich wische mir die Tränen, die mir natürlich über die Wangen laufen, nicht weg, weil ich selbst wie vom Donner gerührt bin. Nicht weil er das getan hat oder weil er so umwerfend war, sondern weil Gideon so anders aussieht. Nicht wirklich selbstbewusst – er wirkt immer noch verlegen und nervös, wie früher. Es ist etwas anderes. Ich wende den Kopf zur Seite und sehe die Eltern von Lincoln und Kelly und sie halten einander an den Händen. Beide weinen.

»Wer ist dieser Junge?«, fragt mich Tina.

»Er heißt Gideon.«

»War er mit Kelly befreundet?«

Ich nicke und stottere nur: »Jaja.«

Mr Neville flüstert etwas in Gideons Ohr und er lacht, lacht so richtig mit dem ganzen Körper, und ich glaube, jetzt weiß ich, was an ihm anders ist. Er sieht so aus, als hätte er überhaupt keine Angst mehr.

⌘

Ich entdecke ihn bei seinen Eltern; sie alle stehen draußen und unterhalten sich mit Mrs Bryan. Susan lächelt mir über seine Schulter hinweg zu und tätschelt seinen Arm. Er wendet den Kopf und sieht mich. Ich sehe, dass er heftig schluckt, sich wieder umwendet und seiner Mum etwas zuflüstert. Dann stopft er die Hände fest in die Hosentaschen und marschiert mit gesenktem Blick auf mich zu.

Aber er wirkt gar nicht nervös, nicht wie sonst – einfach nur nachdenklich, als würde er viel denken. Und das ist genau genommen normal.

»Du warst total cool«, ruft ein Mädchen, das wahrscheinlich in die Neunte geht, ihm aus einer riesigen Mädchenhorde heraus im Vorbeigehen zu. Ich lächle ihm zu. Er grinst und sein Blick richtet sich rasch über meine Schulter hinweg auf eine weitere Schülergruppe. Alle plappern und zeigen auf ihm. Sie winken, Gideon winkt zurück, dann sieht er mich mit hochgezogenen Augenbrauen an. Sein Ausdruck verrät mir, für wie durchgeknallt und schräg er das alles hier hält.

Ich mache den Mund auf und will etwas sagen, aber noch bevor ich anfangen kann, nimmt Gideon meine Hand und geht mit mir zurück in Richtung Aula. Er sagt nichts, also folge ich ihm. So glücklich, dass er bei mir ist, dass er mich berührt, dass er mit mir reden will. Denke ich.

Wir gehen schweigend in den Flur hinter der Aula, wo wir allein sind; er lässt meine Hand los und geht nervös auf und ab.

»Ich habe das alles genau geprobt«, sagt er. »Alles, was ich dir sagen wollte. Aber …« Er verstummt, bleibt stehen und sieht mich an: »Es ist nicht wichtig.«

»Ich auch.« Ich zögere. »Ich habe versucht, mit dir zu reden.« Und das stimmt, nachdem Lincoln zu mir gekommen war und wir die Sache irgendwie geklärt hatten, wollte ich dasselbe auch mit Gideon tun. Und wegen seines dämlichen kein-Handy-und-kein-Internet-Lebensstils habe ich eine Million Briefe angefangen, aber keiner war der richtige, deswegen habe ich keinen von ihnen fertiggeschrieben.

»Ich weiß.« Er nickt. »Ich konnte einfach nicht.«

»Ich wollte …« Ich zögere. »Ich will dir sagen, dass es mir leidtut. Noch mal. Du fehlst mir.«

»Ich weiß.«

Keiner von uns sagt etwas. Ich habe das so lange im Kopf geprobt und jetzt kann ich mich an nichts erinnern.

»Dein Gedicht …«, fange ich an, aber er fällt mir ins Wort.

»Dein Gedicht.« Er sieht mir in die Augen, sucht in meiner Miene nach einer Antwort und ich möchte ihm sagen, dass ich wütend bin, weil er es vor allen Leuten vorgelesen hat, und traurig über das, was passiert ist, und froh, dass er es behalten hat, und stolz auf ihn, weil er es laut vorgelesen hat, und dass ich ihn immer noch fantastisch finde. Aber ich tue es nicht. Das einzige Wort, das ich aussprechen kann, ist »Warum?«.

»Warum dein Gedicht?«, fragt er.

Ich nicke, er zuckt mit den Schultern.

Ich weiß, dass er genau weiß, warum, und ich möchte, dass er es mir sagt, aber ich bin so froh darüber, dass er endlich mit mir redet, dass ich ihn nicht bedrängen möchte. Also stehen wir stumm da, er tritt irgendwie auf der Stelle, ich habe meinen Blick auf seine Schuhbänder gesenkt; seine Füße zappeln verlegen.

»Ava?«

»Ja?«

»Das ist beschissen, oder?«

»Ja.« Mein Herz klopft laut. Es fühlt sich so heftig an, wenn ich auf meine Brust hinunterblicken würde, könnte ich es garantiert schlagen sehen.

»Ich habe dein Gedicht für Kelly vorgetragen, klar. Aber ich habe dein Gedicht genommen, weil ich es so mag. Teile darin kommen mir so vor, als wären sie einfach für mich und dich.

Oder es ist so: Ja, genau so fühle ich mich.« Er atmet wieder lauter, und ich kann an seiner Miene erkennen, wie schwer es ihm gefallen ist, das auszusprechen.

Warum ist alles so schwer auszusprechen? Ich möchte ihn fragen, welche Teile das sind und was er genau meint und was er über sich und mich denkt und ob wir Freunde sein können, und ich möchte ihn fragen, ob das Gedicht das Einzige ist, was er so gerne mag.

Ich möchte Gideon fragen, ob er mich immer noch liebt. Aber das werde ich nicht tun. Denn wenn ich mir vorstelle, dass er verneint, dann ist das so ungeheuer schmerzhaft, also möchte ich es lieber überhaupt nicht wissen.

»Bist du sauer?«, fragt er.

»Weil du das Gedicht vorgetragen hast?«

Er nickt.

»Nein.«

Wieder Schweigen. Er lächelt und macht ein paar Schritte in Richtung Tür. Ich möchte nicht, dass er geht.

»Ich wünschte. Ich wünschte …« Ich zögere, hole tief Luft, lasse die Worte zu. »Ich wünsche mir so vieles«, kann ich nur aussprechen, und Gideon lächelt.

»Ich schaffe es in nächster Zeit nicht, einfach mit dir befreundet zu sein, Ava.« Er murmelt das vor sich hin, und ich bin mir sicher, dass sich mein Herz tatsächlich zusammenzieht. »Ich respektiere dich und deine Entscheidung und ich verstehe, warum du das getan hast, aber du musst meine Entscheidung ebenfalls respektieren. Ich kann nicht in deiner Nähe sein oder mit dir reden. Noch nicht.«

Ich beiße mir fest auf die Unterlippe und zwinge mich, nicht zu weinen. Ich nicke, um ihm zu sagen, dass ich das verstehe.

Gideon holt tief Luft. »Aber ich werde sie nie dahinschwinden lassen«, sagt er und sieht mir in die Augen. Er nickt, atmet noch einmal ein und ich rechne damit, dass er noch etwas sagen wird, aber er tut es nicht.

Was meint er damit überhaupt? In meiner Magengrube bohrt so ein Gefühl, das verstanden hat, noch bevor mein Gehirn so weit ist, und ich spüre die Dimension dieser Enttäuschung an meinen Innereien knabbern, lasse es aber nicht wirklich zu, nicht jetzt gleich.

»Tschüs, Ava.« Er wendet sich auf den Zehenspitzen um, dreht mir den Rücken zu und geht davon. Und ich schweige.

Sechs Monate später

AVA

Es ist ein wolkenverhangener Tag im Mai; den ganzen Nachmittag über hat es geregnet, aber jetzt ist es trocken. Nun blitzt sogar die Sonne hervor. Die Wolken sind so dick, dass sie fast den ganzen Himmel bedecken und alles ein bisschen gelblich aussieht, als hätte jemand den falschen Filter aufgeschraubt und alles hätte eine ganz merkwürdige Färbung. Ich habe vier Monate Unterricht in der zwölften Klasse einer völlig neuen Schule hinter mir und ich habe nicht ein einziges Mal geschwänzt, niemanden angebrüllt, niemandem erklärt, dass er mich am Arsch lecken kann, und ich musste nie beim Schulleiter oder der Schulsozialarbeiterin antreten. Ich staune über meine eigene Willenskraft und wenn mir auffällt, dass ich von mir selbst ernsthaft beeindruckt bin, kichere ich vor mich hin.

Ich gehe über Umwege nach Hause, mache große Schritte über die Pfützen, kicke Kieselsteine zur Seite und schnippe gegen Blätter an tief hängenden Ästen, sodass die letzten Regentropfen aufgeregt davonstieben. Ich nehme gerne den längeren Weg, weil ich dann am Park vorbeikomme, direkt an der Stelle, wo ich vor einigen Monaten, also ein Jahr nach Kellys Tod, mit Kellys Familie unter dem Kuppeldach stand. Wir haben uns Geschichten über sie erzählt, über die verrückten Dinge gelacht, die sie angestellt hat, und Freudentränen geweint. Wir haben ihr Leben gefeiert.

Als Dad und ich uns an jenem Tag der Familie genähert haben, kam uns Lincoln entgegen und drückte mich so fest an sich, dass er meine Füße vom Boden hob. Es fühlte sich gleichzeitig seltsam und normal und ganz anders an. Wir haben in den vergangenen Monaten nicht viel miteinander geredet, aber ab und zu schickt er mir eine Textnachricht mit irgendeinem dämlichen Witz und ich antworte darauf. Ich glaube, zwischen Lincoln und mir wird es immer eine komplizierte Verbindung geben, so eine merkwürdige nicht-ganz-freundschaftliche und nicht-ganz-verwandte Beziehung. Ich bedauere nicht, was zwischen uns passiert ist. Ich bin auch nicht gerade stolz darauf, aber es ist in Ordnung.

Ich hole tief Luft und spüre, spüre, spüre die Ruhe. All die wilden Gefühle sind noch da, das ist mir klar; die Trauer, der Schmerz, die Wut, die Ratlosigkeit, die Liebe. Sie sind alle da. Vielleicht sind sie in der Kiste drin oder vielleicht sind sie inzwischen nicht mehr größer als die Summe all meiner Teile.

Ich gehe immer noch alle vierzehn Tage zu Nola zur Therapie. Ihr gefällt dieses Bild mit der Kiste und sie erinnert mich gerne daran, dass es nicht richtig oder verkehrt ist, irgendeines dieser Gefühle zu haben. Nur die Entscheidungen, die wir aufgrund dieser Gefühle treffen, können uns in Schwierigkeiten bringen. Mit Lincoln zu schlafen war nicht die beste Entscheidung. Mich von Gideon zu trennen? Das war die richtige Entscheidung, auch wenn es so höllisch wehgetan hat. Seit seinem Schulabschluss habe ich nichts mehr von ihm gehört. Obwohl er gesagt hat, dass er nicht mit mir reden will, habe ich ihm einen letzten Brief geschrieben. Ich habe mir gut überlegt, was ich sagen will. Ich wollte ihm danken, für … na ja, für alles.

Ich habe ihm geschrieben, dass er mir bei der Arbeit fehlt und Ricky auch. Ich habe ihm davon erzählt, dass Ricky gesagt hat: »Ich werfe dir nicht vor, dass du mit diesem Jungen Kuss-Kuss im Kühlraum gemacht hast. Er war nett. Still, aber nett. Eine gute Partie.« Ich schrieb ihm, dass ich es bereute, ihm wehgetan zu haben, und dass ich mir große Vorwürfe mache, weil ich schuld daran bin, dass er in seinem Leben noch mehr verletzt worden ist, wo er doch schon genug Schlimmes erlebt hat. Ich habe geschrieben, wie wunderbar ich ihn finde und wie dankbar ich dafür bin, ihn kennengelernt zu haben, weil er mich zum Lachen gebracht hat und weil ich mich bei ihm wunderschön gefühlt habe. Ich habe ihm geschrieben, dass es mir so vorkommt, als hätte ich nur wegen ihm erkannt, dass in meinem Leben nicht alles eine komplette Pleite war, und dass ich wegen ihm angefangen habe, meinen Mist in Ordnung zu bringen, wieder auf die Beine zu kommen. Ich habe mich für seine fantastischen Gedichte bedankt und dafür, dass er mir geholfen hat, die Scherben meines zerbrochenen Herzens einzusammeln, sodass ich damit beginnen konnte, sie selbst wieder zusammenzusetzen.

Er hat nicht geantwortet. Ich kann ihm das nicht vorwerfen. Aber trotzdem tat es weh. Ich nehme an, er ist weggezogen, an irgendeine Uni, lebt dort sein Leben – wie er es vorhatte.

Ich habe beschlossen, dieses Jahr erfolgreich abzuschließen, und dann einfach mal abzuwarten, was kommt. Ich weiß immer noch nicht, was ich tun will. Ich hoffe immer noch, dass es mir im Laufe der Zeit klar wird. Dad hat eine Ausbildung zum Therapeuten angefangen, damit er beim Telefonnotdienst Jugendlichen helfen kann, die Probleme haben. Das klingt ziemlich interessant. Vielleicht mache ich so was. Die Idee, irgendwie zu helfen, gefällt mir, und logischerweise hätte ich keine Probleme damit, mich in diese Jugendlichen hineinzuversetzen. Auf der anderen Seite könnte ich auch einfach bei *Magic Kebab* weiterarbeiten. Oder ich werde Dichterin. Wer weiß?

⌘

Das ganze letzte Jahr haben mir die Leute ständig gesagt, dass das Leben weitergeht. »Ava, irgendwann geht das Leben weiter und du wirst zurechtkommen.« Ich habe ihnen nicht geglaubt und ich glaube ihnen immer noch nicht. Ein Teil von mir ist der Meinung, dass mein Leben in dem Moment erstarrt ist, als Kelly starb. Das Leben, wie ich es kannte, hatte ein Ende. Vollständig. Totenstarre, buchstäblich. Wenn die Leute mir sagten, das Leben gehe weiter, war ich total sauer – es bewies eindeutig, dass sie keine Ahnung hatten, was Kelly mir bedeutete. Sie war eben nicht nur meine beste Freundin, sondern meine Seelenverwandte. Und eine solche Liebe endet nicht. Man kann nicht einfach so weitermachen, als wenn nichts geschehen wäre.

Aber das heißt nicht, dass es für mich überhaupt nicht weitergeht. Ich kicke das Gartentor auf, greife in den Briefkasten, gehe ins Haus. Moment. Zwischen den Rechnungen steckt ein blassblauer Umschlag. Ich betrachte einen Moment lang die Briefmarken, dann reiße ich den Brief auf und fische eine kleine, rechteckige Karte heraus. Ich lächle und stoße die angehaltene Luft aus. Wieder einmal treten mir Tränen in die Augen, aber diesmal ist es ein ganz neues Gefühl. Diesmal weine ich nur aus einem Grund: aus Freude. Echte Freudentränen.

GIDEON

Liebe Ava,

warum schickst Du mir nicht mal eine SMS – Du weißt schon, wie ein normaler Mensch?
Meine Nummer hier ist: +44 7974 812134.
London schickt liebe Grüße. Ich übrigens auch.

Immer
Dein Gideon.

HILFE IST IMMER ZU FINDEN

Solltest du – oder jemand, den du kennst – Hilfe brauchen, kannst du dich an folgende Stellen wenden. Häufig gibt es dort eine Notfallhilfe über Telefon, Online-Chat oder E-Mail. Es ist okay, nicht okay zu sein. Es wird wieder besser. Rede darüber.
Du bist wichtig.
Alles Liebe
Claire

www.claireandpearl.com

Hilfe in Deutschland:

DIE ARCHE – Suizidprävention und Hilfe in Lebenskrisen e.V.: 089 - 33 40 41 / http://hilfe-in-der-krise.de/

Die Nummer gegen Kummer: 0800 - 111 0 333 / mobil: 116 111
www.nummergegenkummer.de

INFOFON – Informations- und Beratungstelefon von Jugendlichen für Jugendliche: 089 - 1215000

Info-Telefon Depression: 0800 - 3344533
www.deutsche-depressionshilfe.de

Muslimisches Seelsorgetelefon: 030 - 44 3509 821

SeeleFon: 0228 - 71002424 oder 0180 - 5 950 951
www.bapk.de/angebote/seelefon.html

Telefonhilfe für Trauernde: 0700 - 70 40 04 00

DANKSAGUNG

Von ganzem Herzen und vielmals möchte ich danken:

Alle bei »Text«, die so wahnsinnig nett waren; insbesondere meiner Lektorin Mandy Brett.

Candice und Jen bei RGM. Die #LoveOzYA Community.

Maree Keating, Harry Wallace, Mark Mackenzie und Wren Condren – vielen Dank für eure Hilfe und dafür, dass ihr mir immer wieder zu diesem Projekt geraten habt.

All den jungen Leuten, mit denen ich arbeiten durfte, es war ein Privileg. Danke, TRACTION – ihr spornt mich immer wieder an, besser zu werden. Ich glaube an euch. Immer.

Jacq, Heidi, Sam – allerbeste Freunde, für immer. Carley, Ari und Emily – danke. Poppy, Tilda, Sid und Baby Burton – ihr Lieben, ihr schafft alles. Dave, ich werde immer dankbar an deinen Scharfsinn, deine Unterstützung und das viele Gekicher denken.

Nan, Opa, Onkel Steve, Tante Theresa, Liam, Anne, Cathy, Chris und Carla – danke dafür, dass ihr so unerschütterlich an mich geglaubt habt. Ich liebe euch. Und was das Baby angeht, meine Nichte oder mein Neffe – ich kann es kaum erwarten, dich kennenzulernen. Dad, ich liebe dich so. Mum, mein Schatten und meine Königin – deinetwegen bin ich, wer ich bin. Danke.

Steve und Midge – ich liebe euch, und was noch wichtiger ist: Ich habe euch gern. Für immer in meinem Herzen.

Und schließlich der @claireandpearl-Community – dafür, dass ihr so herrlich quicklebendig seid.